LA PENDUE DE LONDRES

DU MÊME AUTEUR (*sélection*)

Je vois des jardins partout, J.-C Lattès, 2012.
Une Anglaise à bicyclette, Stock, 2011.
Dictionnaire amoureux de la Bible, Plon, 2009.
Est-ce ainsi que les femmes meurent ?, Grasset, 2009 ; Le Livre de Poche, (*38 témoins* au cinéma, film de Lucas Belvaux).
Henri ou Henry, prix littéraire du festival du film de Deauville, Stock, 2006.
Avec vue sur la mer, Nil Editions, 2005, prix littéraire du Cotentin, prix Henri Queffélec.
Elisabeth Catez ou l'obsession de Dieu, Balland, 1991 ; Le Cerf, 2003.
Madame Seyerling, Seuil, 2002.
Jésus, le Dieu qui riait, Stock / Fayard, 1999.
Louise, Seuil, 1998.
La Route de l'aéroport, Fayard, 1997.
Il fait Dieu, Julliard, 1975 ; Fayard, 1997.
La Promeneuse d'oiseaux, Seuil, 1996.
Docile, Seuil, 1994.
Lewis et Alice, Robert Laffont, 1992.
La Femme de chambre du Titanic, Seuil, 1991.
Meurtre à l'anglaise, Mercure de France, 1988.
La Sainte Vierge a les yeux bleus, Seuil, 1984.
Les Trois Vies de Babe Ozouf, Seuil, 1983.
L'Enfant de la mer de Chine, Seuil, 1981.
John l'Enfer, Seuil, 1977, prix Goncourt.
Abraham de Brooklyn, Seuil, 1972, prix des Libraires.

DIDIER DECOIN
de l'académie Goncourt

LA PENDUE DE LONDRES

roman

BERNARD GRASSET
PARIS

Photos de couverture :
© Hulton Archive/Gettyimages.
© Nat Farbman/Gettyimages.

ISBN 978-2-246-78390-9

There are three things men can do with women :

love them, suffer for them, or turn them into literature.

Stephen STILLS

The death then of a beautiful woman is, unquestionably, the most poetical topic in the world.

Edgar POE,
The Philosophy of Composition

A Suzanne,
ma merveilleuse petite-fille première...

Quand j'opérais sur le territoire britannique, j'organisais moi-même mes déplacements. En cas de météo exécrable – la neige et les pluies verglaçantes avaient sévi de longues semaines au cours des trois premières années de la guerre –, j'empruntais le chemin de fer. Sinon je préférais utiliser ma voiture, ce qui me permettait d'harmoniser mes horaires à ma guise, notamment en roulant de nuit pour arriver tôt le matin précédant l'exécution. Même si le règlement n'exigeait pas ma présence avant seize heures, il me plaisait d'avoir du temps devant moi pour revoir et peaufiner chaque détail du protocole.

Mais cette fois j'étais appelé en Allemagne, ce qui rendait l'avion incontournable.

J'aurais aimé l'éviter, pourtant. Non pas que j'aie peur : la guerre finie, l'appareil ne risquait plus d'être pris pour cible, et les conditions de vol étaient cette nuit-là particulièrement bonnes, du moins pour un mois de décembre : 1945 était bien partie pour figurer dans les archives de la météo comme l'année la plus sèche et la plus chaude depuis 1873. A quoi s'ajoutait que le DH84M Dragon était l'un des bimoteurs les plus sûrs de son époque.

Mais cet avion me rappelait une triste histoire : dix ans auparavant, les deux jeunes filles du consul des Etats-Unis à Naples avaient pris place à bord d'un Dragon semblable à celui qu'on allait mettre à ma disposition.

Elles s'envolaient pour la Sicile où leurs fiancés, pilotes dans la Royal Air Force, venaient de se tuer dans un accident d'hydravion. Après que leur Dragon eut survolé Capri, Jane et Elizabeth Du Bois rédigèrent une lettre d'adieu à l'intention de leurs parents, elles épinglèrent la lettre au dossier d'un des sièges, puis elles ouvrirent la porte de la carlingue et se jetèrent dans le vide en se tenant par la main.

Les journaux qui rendirent compte du drame ne précisèrent pas combien de temps avait duré le plongeon mortel des deux jeunes filles. Mais j'étais bien certain que leur chute avait excédé de beaucoup les quelques fractions de seconde nécessaires à la mort telle que je la dispensais – une mort par pendaison entraînant la rupture instantanée des vertèbres cervicales.

Depuis quatre heures que l'appareil avait décollé de Northolt, dans l'ouest de Londres, je n'avais pratiquement pas détourné mon regard de la porte, essayant d'imaginer les efforts des deux jeunes filles arc-boutées pour l'ouvrir, luttant contre la pression de l'air. J'ai toujours été effaré par la rage que mettent certaines personnes à en finir avec la vie.

Je jetai un coup d'œil à ma montre, une Ebel Royal Air Force légère au poignet, et surtout si fiable – la fiabilité a toujours eu pour moi une grande importance. J'estimai qu'il s'en fallait encore d'une centaine de minutes de vol avant que le gros biplan auquel sa livrée blanche, son bourdonnement et l'épaisseur de sa carlingue par rapport à ses ailes donnaient des allures de papillon de nuit, ne se pose sur le terrain de Bückeburg.

Là, devant un hangar aux tôles maculées de coulées de rouille cisaillant les zébrures marron-rouge, vert et bleu-gris du camouflage, une voiture de l'état-major britannique devait déjà m'attendre, son moteur tournant au ralenti afin de maintenir un semblant de tiédeur dans l'habitacle. La température extérieure était de nouveau tombée en dessous de zéro, il neigeait faiblement mais avec persistance.

J'avais demandé à être conduit dès mon arrivée au pénitencier de Hamelin. Je n'avais aucune envie de passer la nuit à Hanovre dans les ruines glaciales de quelque hôtel dévasté par les bombardements.

La chambre que la prison de Hamelin mettrait à ma disposition sentirait probablement le chou aigre, l'eau de vaisselle, le Cresyl, mais tout valait mieux que l'odeur du bois calciné, de l'eau charbonneuse, des cendres froides, et surtout ce relent de vomi que dégagent les peintures et les colles fondues sous l'effet de chaleurs intenses, toutes ces puanteurs qui m'avaient si souvent agressé dans les rues de Londres frappées par les raids des V2.

J'ai toujours eu un odorat excessivement sensible.

Les exécutions ayant lieu généralement le matin, le condamné se présentait souvent sur l'échafaud sans s'être brossé les dents. Je ne lui en voulais pas pour ça, je comprenais parfaitement que le pauvre diable ait eu d'autres préoccupations ; mais pour éviter d'affronter la fadeur d'une haleine matinale alourdie par l'angoisse, je bloquais ma respiration en m'approchant du prisonnier pour lui passer la corde au cou, et ne reprenais mon souffle qu'après m'être écarté pour empoigner le levier commandant l'ouverture de la trappe.

Quant à moi, par respect pour celui qui allait mourir, je me lavais avec minutie, curant soigneusement mes ongles et mes oreilles, me rasant de près. On m'a rapporté que certains exécuteurs français travaillaient en bleu de chauffe. Eh bien, je trouve cela pitoyable. En ce qui me concerne, je revêts le plus souvent un costume trois-pièces d'un gris passe-partout, avec une pochette blanche dépassant de la poche poitrine.

En réalité, cette pochette n'est autre que la fine cagoule de lin que j'enfile vivement sur le visage du condamné juste avant d'ajuster le nœud coulant autour de son cou.

J'avais une autre raison de vouloir être à pied d'œuvre au plus tôt : le protocole d'exécution que j'allais devoir suivre à Hamelin avait été réglé par l'autorité militaire britannique ; or je craignais que celle-ci n'ait perdu la main depuis qu'on avait supprimé, quinze ans auparavant, la peine de mort pour infraction au code des armées – sauf évidemment dans les cas de trahison ou de mutinerie.

La chaleur récupérée sur le circuit des moteurs avait fini par envahir la cabine de l'avion. Je déboutonnai mon manteau et posai mon feutre gris sur le siège voisin du mien.

Si ça n'avait tenu qu'à moi, j'aurais refusé cette mission. Non pas que je me sente moins compétent pour pendre des criminels de guerre que de vulgaires assassins, mais parce que, cette fois, l'exécution allait sans doute bénéficier d'une publicité trop importante pour qu'Annie, que j'avais épousée voici deux ans, puisse continuer à ignorer, ou à *faire semblant* d'ignorer, que je ne travaillais pas seulement comme livreur pour un épicier.

Bien qu'il ne soit que dix-sept heures, il faisait

déjà nuit noire lorsque le Dragon, en approche finale du terrain de Bückeburg, alluma ses phares d'atterrissage, faisant surgir de l'obscurité les silhouettes de quelques avions de la Luftwaffe abandonnés sur les zones herbues, et celles d'appareils anglais alignés sur le tarmac comme à la parade.

Le chauffeur qu'on avait envoyé me chercher était un Allemand du nom de Rudi Aschenbrenner. Originaire de Mönchengladbach, il s'était rendu au terrain d'aviation en compagnie du *warrant officer* O'Neil, désigné pour me servir d'assistant.

O'Neil n'était pas particulièrement qualifié pour donner la mort à des êtres humains, mais il avait une parfaite connaissance de l'allemand et son impassibilité était paraît-il proverbiale.

A cause de la neige croûteuse qui collait à la route et de la lassitude de la vieille Mercedes 170V accusant ses huit années au service de la Wehrmacht – on l'avait conduite jusque sur le front de l'Est où elle avait failli brûler dans l'incendie d'un dépôt de munitions, comme en témoignaient les grosses cloques qui boursouflaient sa peinture –, il nous fallut plus d'une heure et demie pour couvrir les trente kilomètres séparant l'aérodrome de la prison.

O'Neil et moi en profitâmes pour lier connaissance, constatant avec plaisir que nous avions de nombreuses raisons de nous apprécier, notamment parce que nous étions aussi calmes et sérieux l'un que l'autre. Ce qui ne nous empêchait pas de faire preuve de jovialité quand les circonstances le permettaient.

— Je suppose que vous connaissez la légende qui s'attache à Hamelin ? demanda soudain O'Neil.

— Je ne suis pas très féru de culture allemande, dis-je. Et moins encore de légendes.

— Celle-ci vous intéressera. D'une certaine façon, elle a un rapport avec vous. En 1284, des hordes de rats envahirent Hamelin, dévorant toutes les provisions. La famine menaçait d'anéantir la population, lorsqu'un joueur de flûte proposa aux habitants de les débarrasser des rats en échange d'une prime de mille écus. Le marché ayant été conclu, le joueur de flûte emboucha son pipeau et se mit à jouer. Charmés par sa musique, les rats se rassemblèrent autour de lui. Il suffit alors au joueur de flûte de les entraîner jusqu'à la rivière Weser où ils se noyèrent.

— J'espère que les rats avaient tout de même laissé de quoi organiser un semblant de festin en l'honneur du musicien…

— Un festin ? Vous voulez rire ! Non seulement on refusa de lui payer les mille écus promis, mais on le chassa à coups de pierres. Notre homme détala sans demander son reste. Mais peu après, profitant d'une nuit obscure comme celle que nous traversons, il revint en ville, porta son pipeau à ses lèvres et se remit à jouer. Cette fois, ce ne sont pas des rats que sa musique attira, mais les enfants de Hamelin. Il les entraîna jusque dans les profondeurs d'une grotte. Et on ne les revit jamais.

— Ça me rappelle en effet quelque chose. Mais pourquoi dites-vous que cette légende me concerne ?

— J'ai précisé « d'une certaine façon », sourit O'Neil. Eh bien oui, parce que, comme le joueur de flûte, vous venez à Hamelin pour entraîner une horde de rats nazis au plus profond de la mort.

Je réfléchis un instant. Puis, lui rendant son sourire :

— Sauf que je suis moins gourmand que votre saltimbanque. Savez-vous combien je touche par pendaison ?

D'une mimique, O'Neil me fit comprendre qu'il n'en avait pas la moindre idée.

— Quinze livres sterling, dis-je.

Nous allumâmes chacun un cigare et commençâmes à discuter de quelques détails importants concernant les exécutions programmées pour le surlendemain. Je voulais notamment savoir, préoccupé que j'étais par l'éventualité d'une vive réaction d'Annie, s'il y aurait un photographe. Ce n'était pas l'usage, bien sûr, mais ces pendaisons avaient quelque chose d'exceptionnel, disons même d'historique, que l'on souhaitait peut-être fixer à l'intention des générations futures.

— Il y en aura un, confirma O'Neil. Mais rien ne vous oblige à poser pour lui.

Tout en se défendant d'être superstitieux, il fit alors remarquer que les condamnés étaient au nombre de treize, et qu'ils allaient mourir un treize décembre. Le chauffeur se retourna et dit que, par une étrange coïncidence, on venait justement, à cet instant précis, de parcourir les treize premiers kilomètres depuis le terrain de Bückeburg. O'Neil lui répondit qu'il ferait aussi bien de surveiller la route et de se concentrer sur sa conduite. Puis, revenant à moi, il me demanda dans quel ordre j'envisageais les exécutions, sachant qu'il y avait trois femmes parmi les condamnés.

— A quelle heure sommes-nous supposés en avoir fini ? demandai-je.

— J'ai cru comprendre qu'on souhaitait que tout soit terminé avant que la nuit ne commence à tomber. Ce qui arrive relativement tôt en cette période de l'année.

— Vous connaissez le protocole : bien que leur mort soit immédiate, les condamnés doivent rester pendus entre vingt et trente minutes après constatation de leur décès, ceci afin d'éviter une éventuelle, bien que totalement improbable selon moi, récupération des fonctions vitales. Je propose donc de grouper les exécutions. Sinon, en additionnant ces trente minutes de sécurité au temps nécessaire pour les extraire de leur cellule, leur lier les mains et les positionner sur la trappe, nous en aurons pour près de neuf heures.

— Très bien, consentit O'Neil, alors exécutons-les par paires.

— Sauf les trois femmes, dis-je. En étudiant le plan de la prison, j'ai constaté que leurs cellules étaient proches de la pièce où a été dressé l'échafaud. Il serait inutilement cruel de les laisser entendre le bruit de la trappe qui s'ouvre, le bruit sourd du bourdon.

— Le bourdon ?

— C'est comme ça qu'on appelle la corde la plus épaisse d'une guitare, sa note la plus grave. La chute d'un corps dans la caisse de résonance de l'échafaud produit un son de ce genre-là. Je suggère donc de commencer par les femmes pour éviter qu'elles ne s'affolent.

— Ce sont des monstres, vous savez.

— Aucun doute là-dessus, confirmai-je. Mais je n'ai pas à en tenir compte. Mon rôle se limite à les faire mourir de la façon la plus rapide et la plus indolore qui soit. Laquelle est la plus jeune ?

— Une certaine Irma Grese.

— Alors Irma Grese mourra la première.

La porte fut déverrouillée par un gardien, tandis qu'un autre, légèrement en retrait, se tenait prêt à intervenir. A peine ouverte, l'étroite cellule exhala une odeur de chou, de plâtre humide, de literie chaude et de tabac. La pièce étant trop étroite pour accueillir trois personnes à la fois, O'Neil ordonna à la prisonnière d'en sortir et de nous rejoindre. Irma Grese obéit sans empressement, mais sans rechigner non plus.

Quand elle fut dans la coursive, je lui demandai son âge. Elle m'adressa le sourire un peu embarrassé d'une femme contrainte de révéler quelque chose d'intime. Je lui souris à mon tour. O'Neil, un peu surpris, dut penser que c'était pour la mettre à l'aise et pouvoir ainsi poursuivre commodément notre travail.

En réalité, je lui avais souri tout simplement parce que cette jeune femme, à condition de ne rien savoir de ses crimes, donnait aux hommes envie de lui sourire.

Sauf, bien sûr, les détenus du camp d'Auschwitz-Birkenau, ceux de Ravensbrück et de Bergen-Belsen, pour qui elle n'avait jamais été une femme mais une hyène féroce et mortelle.

— Vingt-deux ans, dit-elle.

A voir les plis d'amertume qui marquaient déjà les coins de sa bouche, je n'aurais pas cru qu'elle fût aussi jeune.

Je la dévisageai, conscient d'enfreindre la règle que je m'étais imposée de ne jamais regarder les condamnés avec insistance. Elle était trop charpentée à mon goût, trop taillée à la serpe pour être jolie ; mais dans cette coursive de prison que la lumière crépusculaire de décembre rendait plus lugubre que tout ce qu'avaient souhaité ceux qui l'avaient bâtie, Irma Grese était encore ce qu'il y avait de moins désagréable à regarder.

Sur le territoire britannique, c'était le personnel médical de la prison qui avait la charge de peser et de mesurer les condamnés la veille de leur exécution, puis de me transmettre ces données afin que je puisse en déduire quelle longueur de corde j'allais devoir utiliser.

Une corde trop courte, entraînant donc une chute trop brève, pouvait compromettre la rupture des vertèbres cervicales et l'arrachement de la partie haute de la moelle épinière ; or c'étaient ces deux lésions qui provoquaient une mort quasi instantanée. Une chute trop longue risquait, elle, de décapiter le supplicié.

Mais on était en Allemagne, et je dus moi-même procéder à la pesée d'Irma Grese sur une balance à colonne que nous avions empruntée à l'infirmerie, puis faire passer la jeune femme sous la toise.

Je procédai de même avec les deux autres femmes, Elisabeth Volkenrath et Juana Bormann, puis avec les hommes.

Mais ma préoccupation, c'était Irma Grese, la jeunesse d'Irma Grese qui pouvait l'inciter à commettre n'importe quelle folie.

Contrairement à mon principe de discrétion, je voulus en savoir un peu plus sur elle. O'Neil me répéta qu'elle était un monstre, une fille dépravée, abjecte et cruelle, qui avait pris son plaisir, vraisemblablement d'ordre sexuel, à terroriser et torturer les détenus des camps où elle avait officié. L'adjudant O'Neil ne lui reconnaissait plus rien d'humain :

— C'est une bête qui va crever demain matin, conclut-il en perdant un peu de son flegme, une sacrée foutue sale bête qui ne mérite aucune compassion.

Sans doute. Mais pour moi, *Fraulein* Grese était d'abord une matière vivante que j'étais chargé de transformer en matière morte, et j'entendais accomplir cette mission avec autant de détachement, de célérité et d'efficacité que j'en avais mis jusqu'à ce jour.

En me fondant sur la table officielle établie par le Home Office à partir des calculs de James Berry, lequel avait officié comme exécuteur de 1884 à 1891, je décidai donc de passer au cou d'Irma Grese une corde longue de très précisément deux mètres et vingt-trois centimètres.

Je me réveillai plusieurs fois dans la nuit pour vérifier et revérifier mes calculs.

Le lendemain matin, je retrouvai O'Neil dans la coursive longeant les cellules où attendaient les condamnés. Nous gagnâmes ensemble la chambre d'exécution où des officiers déjà présents, dont quelques Allemands, se mirent au garde-à-vous.

Le brigadier Paton-Walsh, représentant l'autorité britannique, surveillait son bracelet-montre. Lorsque l'heure fut venue, il me fit un signe. Je retournai dans la coursive, et, d'une voix forte, appelai :

— Irma Grese !

Les gardiens allemands fermèrent aussitôt douze des œilletons à travers lesquels ils observaient en permanence le comportement des détenus. Au même instant, le surveillant responsable d'Irma Grese ouvrit la porte de sa cellule.

— *Komm zurück,* lui dit-il.

Elle vint sur le seuil, s'immobilisa.

— *Im Korridor,* précisa le gardien.

Il m'était apparu dès la veille que la cellule serait trop exiguë pour me permettre d'y lier en toute sécurité les mains d'Irma Grese derrière son dos. Ce rituel provoquant parfois un sursaut désespéré de la part des condamnés, il est indispensable de disposer d'un minimum d'espace vital pour pouvoir éventuellement les maîtriser. En accord avec O'Neil et Paton-Walsh, j'avais donc décidé d'entraver la jeune femme dans la coursive. En cas de rébellion de sa part (je n'y croyais guère, mais je n'ai jamais rien laissé au hasard), je pourrais alors compter sur le concours des surveillants allemands.

Mais Irma Grese m'abandonna ses mains avec une sorte de mollesse résignée, et se laissa attacher sans autre réaction.

— *Follow me*[1], lui ordonnai-je en anglais.

— *Folgen Sie mir*, traduisit en écho O'Neil.

Je précédai Grese jusqu'à la chambre d'exécution. Habitué à ce ralentissement instinctif dont font preuve la plupart des condamnés sur le chemin de la mort, j'évitai de presser le pas. Rien ne m'était plus odieux que d'entendre, dans mon dos, l'escorte houspiller le prisonnier pour qu'il marche un peu plus vite – est-ce que les gens constituant cette escorte se dépêcheraient tant que ça si c'était eux qu'on conduisait à l'échafaud ? me demandais-je à chaque fois.

Ce matin, la fille ne traînait pas, elle semblait même pressée d'en finir.

En entrant dans la pièce, après avoir laissé traîner un regard indifférent sur les officiels, Irma Grese se dirigea d'elle-même vers la trappe aisément repérable à la jointure de ses deux panneaux qui faisait sur le plancher comme une cicatrice aux lèvres légèrement boursouflées. Elle se positionna

1. Suivez-moi.

sur la marque que j'avais tracée à la craie juste à l'aplomb du nœud coulant. O'Neil s'accroupit pour lui entraver les chevilles avec un lien de cuir, comme je le lui avais montré. Il flottait dans la pièce l'odeur âcre et poussiéreuse d'un ersatz de café. De l'orge grillé, probablement.

Il était neuf heures et trente-quatre minutes.

A l'instant d'ajuster la cagoule de lin blanc sur la tête de la condamnée, je commis l'erreur de la regarder.

Comme nos yeux se croisaient, je remarquai que ceux d'Irma Grese étaient grands et très bleus, et qu'elle avait de longs cils noirs qui battaient doucement, à un rythme qui semblait être celui de son cœur.

J'ai, par la suite, revécu cette scène à plusieurs reprises. Malgré mes efforts, je ne suis jamais parvenu à déterminer si l'échange de regards n'avait duré qu'une fraction de seconde ou s'il s'était prolongé au point que le temps avait pu donner l'impression de s'être arrêté.

— *Schnell*, murmura-t-elle.

Je poussai le levier.

Quelques instants plus tard, suivi d'un médecin militaire, je me glissai sous le plancher de l'échafaud, dans ce qu'on appelait la fosse, là où avait chuté la condamnée.

Comme désolidarisée du cou par la pression

brutale du nœud coulant, la tête d'Irma Grese était rejetée sur le côté. Le médecin saisit les chevilles de la suppliciée pour immobiliser son corps qui se balançait légèrement, puis il appliqua la pastille de son stéthoscope sur la poitrine.

— Le cœur continue de battre faiblement, dit-il, mais il va s'arrêter. Je confirme que cette femme est morte.

Ainsi que le prévoyait le protocole, Irma Grese resta pendue, cagoulée et entravée, durant encore une vingtaine de minutes.

Puis, avec l'aide d'O'Neil, je la décrochai, dénouai ses liens (j'utilise des lacets en cuir très souple, du veau de haute qualité qu'il serait dommage de trancher avec une lame) et lui retirai sa cagoule blanche.

Avant d'aider à la coucher dans son cercueil, je me dis que la prochaine fois que je serais requis pour pendre une femme, surtout aussi jeune, et quoi qu'elle ait fait d'abominable, je me récuserais sous un prétexte ou sous un autre, passant alors la main à Harry Allen, un conducteur d'autobus qui était mon assistant depuis 1941, et qui n'était pas du genre impressionnable – *excellent boulot, très propre, pas aussi macabre que je m'y attendais*, avait-il déclaré (et il n'était pas loin de sourire) à l'issue de la première pendaison à laquelle il avait prêté la main.

Tandis qu'à Hamelin on ferme le cercueil d'Irma Grese, le vent de Londres plaque un journal déployé contre les genoux de Ruth Neilson.

A cause du rationnement du papier, le journal n'a que quatre pages, mais c'est justement cette maigreur qui lui permet d'adhérer obstinément aux jambes de la jeune fille sans que son poids ne l'en détache et le fasse glisser jusqu'au sol.

Ruth commence par en rire – cet idiot de journal lui donne l'impression que deux grandes mains de papier, frémissantes, lui tripotent les jambes.

Elle ne déteste pas sentir des mains sur son corps, mais ces mains-là manquent de conviction. Alors, agacée, elle gigote pour s'en dépêtrer. N'y parvenant pas (le vent qui prend l'East End en enfilade maintient le journal collé sur elle), elle se penche et fait usage de ses propres mains pour s'en libérer. C'est en accomplissant ce geste qu'elle découvre, en page deux, une petite annonce qu'un précédent lecteur a entourée au crayon rouge.

Contrairement à tant d'autres qui cachent la vérité sous des raccourcis hypocrites, l'annonce dit clairement ce que cherche celui qui l'a passée : le *Camera Club*, un établissement de plaisirs nocturnes de Manchester Square, est en quête d'une fille jeune et jolie acceptant de poser nue et de façon suggestive (ce que l'annonce traduit pudiquement par « postures artistiques ») pour des photographes amateurs.

Ruth est jeune – légalement, elle est même en dessous de l'âge légal requis pour ce genre de travail ; et depuis qu'elle a transformé sa crinière brune en vagues mousseuses d'un blond platine grâce au peroxyde d'hydrogène, la plupart des hommes la dévisagent avec une insistance qui en dit long sur leurs intentions. Ce qui, pour une boîte comme le *Camera Club*, fait d'elle la crème du lait. Car il n'est pas difficile de comprendre quel genre de filles le club recrute. Certes, Ruth n'est pas exactement une de ces filles, mais elle se sait capable de le devenir, même si son père doit pour ça la traiter de sale pute, et sa mère lui claquer la porte au nez.

En tout cas, elle ne laissera pas passer l'occasion. Car l'annonce du *Daily Mirror* est le coup de chance que Ruth appelle de tous ses vœux depuis que Clare McCallum, un soldat canadien rencontré dans un bouge de Streatham, lui a promis le mariage.

Les murs du dancing étaient rouges, les cheveux de McCallum luisaient sous une gomina qui sentait la violette, l'orchestre était composé de blessés de guerre de la 51e Division d'infanterie des Highlands. Une fille en guêpière noire circulait parmi les danseurs, proposant des petits pains à deux pence (pour cinq pence, on avait droit en plus à une saucisse) ou des baisers (dix pence les quinze secondes, la fille écartait les lèvres pour laisser fuser son haleine tiède et framboisée, mais ses dents faisaient barrière pour empêcher l'introduction de la langue).

Après avoir dansé toute la nuit avec Ruth, le Canadien l'avait conduite juste à l'aplomb de la boule à facettes qui tournait au plafond.

Là, devant tout le monde, il avait mis un genou à terre. Les danseurs s'étaient figés, l'orchestre s'était tu.

— Ruth Neilson, veux-tu m'épouser ?

Elle n'avait dit ni oui ni non, se contentant de sourire tandis que les danseurs immobiles l'applaudissaient à tout rompre et que l'orchestre entonnait les premières notes de la *Marche nuptiale* de Mendelssohn.

Deux mois durant, Ruth et Clare furent pleinement heureux. Ils mangeaient à leur faim, ils disposaient d'un cabinet de toilette avec l'eau courante chaude et froide, ils avaient acheté en commun un poste de TSF grâce auquel ils écoutaient leurs programmes préférés, *Housewifes' Choice* et *Music While You Work*, dans les bras l'un de l'autre, ils traînaient dans les magasins, dressant la liste de tout ce dont ils allaient avoir besoin pour équiper leur foyer. Ils ne faisaient que répertorier ces objets, car McCallum ne voulait rien acheter tout de suite.

Un matin, Ruth se réveilla. Au propre comme au figuré. De petites feuilles détrempées s'étaient arrachées des arbres et agglutinées sur les carreaux. Il avait dû venter fort durant la nuit. Elle n'avait rien entendu – la faute à la bouteille de gin que Clare avait achetée la veille et qu'ils avaient vidée à eux deux.

La partie du lit que Clare occupait d'habitude était vide. Le drap était froid, ce qui voulait dire que Clare avait dû partir depuis des heures. Sans doute au milieu de la nuit, quand le sommeil de Ruth était le plus profond.

Clare McCallum s'était bien gardé de préciser qu'il avait déjà une femme et des enfants, là-bas à Trois-Rivières, sur la rive nord du Saint-Laurent.

Lorsqu'il avait appris que son régiment allait être prochainement rapatrié au Québec, il avait quitté Ruth, l'abandonnant enceinte et sans ressources.

La veille de sa trahison, il lui avait offert, en plus de la bouteille de gin, un somptueux bouquet de roses écarlates. Ruth avait remercié le Canadien en lui permettant de l'embrasser comme jamais – elle avait même cru qu'il allait l'étouffer.

McCallum n'était pas un mauvais bougre. D'avoir laissé derrière lui Ruth et son futur bébé le tarauda longtemps. Il se réveillait au milieu de la nuit, trempé de sueur malgré la froidure qui montait du Saint-Laurent pris par les glaces, il pleurnichait en se retournant dans son lit, s'accusant d'être un salaud. Ce qui était vrai, mais il était loin d'être le seul : les navires qui avaient rapatrié d'Europe les soldats américains regorgeaient d'hommes qui s'étaient comportés à la fois en héros vis-à-vis de leur patrie, et en individus parfaitement abjects envers des milliers de femmes.

Sa mauvaise conscience incita Clare à envoyer à Ruth quelques mandats destinés à l'éducation du petit garçon qu'il lui avait fait et dont il ne connaissait que le prénom : Andre Clare, dit Andy. Les mandats se succédèrent à un rythme irrégulier, jusqu'au jour où Clare y mit un terme, ayant réussi à se persuader que Ruth n'avait été qu'une de ces petites putains sucrées qui traînent dans les ruines après les désastres, filles inconsistantes et translucides qui n'ont réellement besoin que d'oubli.

Tout en se précipitant vers l'adresse indiquée par l'annonce (le *Camera Club* gîte dans Manchester Square, et Manchester Square se trouve dans le quartier huppé de Marylebone), Ruth se demande comment, à une époque où l'on manque de tout, les gentlemen du *Camera Club* trouvent à se procurer des films pour alimenter leurs appareils.

Mais à peine a-t-elle franchi le seuil de l'établissement qu'elle reconnaît la senteur caractéristique des nids d'amour – fragrance de boudoir, musc poudré, santal, tabac, secrétions corporelles. Elle comprend alors qu'il n'est sans doute pas indispensable que les Portrait Brownies[1] que le club met à la disposition de ses clients soient vraiment garnis de pellicule.

Quand Ruth se présente à lui, brandissant comme un étendard le *Daily Mirror* ouvert à la page où figure l'annonce, le manager du *Camera Club* est en train de dresser l'inventaire des

1. Fabriqué par Eastman Kodak, le Portrait Brownie était un appareil photo très bon marché, si simple d'emploi que sa publicité disait : « Appuyez sur le bouton, nous ferons le reste. »

bouteilles de whisky, de gin et de rhum, alignées au-dessus du bar en vieux chêne qu'éclairent des globes d'opaline rouge rappelant la couleur dans laquelle baignent les labos photo.

L'homme reçoit la jeune fille avec froideur. Engoncée dans le manteau terne et râpé qu'elle a maintenu serré contre elle pour se protéger de la pluie, ses cheveux trempés dégouttant sur ses épaules, son maquillage de mauvaise qualité délayé par l'averse, elle n'est pas vraiment en beauté.

— Vous vous êtes dérangée pour rien, grommelle-t-il avant même qu'elle ait ouvert la bouche. Désolé, vous n'êtes pas le genre de la maison.

Le manager fait palpiter ses narines comme un lapin, il faut qu'il renifle ses semblables avant de décider s'il va ou non frayer avec eux. Or Ruth ne dégage aucune odeur propre, rien que ce mélange de suie, de *fish & chips* et d'asphalte mouillé des rues de Londres sous la pluie.

Lapin détourne la tête, se remet à compter ses bouteilles. Ruth prend une profonde inspiration qui pourrait passer pour un soupir de résignation, en fait c'est une déclaration de guerre. Elle a trop besoin de ce job – et Andy, son bébé vorace, en a, lui, un besoin carrément vital – pour battre en retraite.

— Parce que c'est quoi, le genre de la maison ?

— Betty Grabble, Dorothy Malone, Jane Russell, Rhonda Fleming. Enfin, vous voyez ce que je veux dire.

Ruth hausse les épaules, les siennes sont d'une rondeur charmante, dommage que ça ne se voit pas sous l'horrible manteau qui dégouline.

— Bah, des Américaines. Des filles qui ne savent même pas qu'il existe à Londres un quartier pourri qui s'appelle le West End, et qu'il y a dans ce quartier pourri un bordel plus pourri encore qui s'appelle le… c'est comment, déjà, le nom de votre boîte ?

— Je vous conseille de changer de ton, ma p'tite, dit le manager en pivotant vers elle.

Elle a prévu qu'il se retournerait lentement, comme pour laisser peser une sorte de menace dans son mouvement.

Elle met à profit cette lenteur pour dégrafer la ceinture de son manteau, se pencher en avant et, d'un doigt humecté de salive, faire mine de stopper un bas qui file. En vérité, elle a les jambes nues, mais si parfaitement épilées que leur peau miroite comme sous des bas, et le tapotement de son index est si réaliste que le manager s'y laisse prendre.

— Où diable avez-vous trouvé des bas ?

— Oh, une combine à moi. Pas très loin d'Oxford Street. Le coin est plein d'étudiantes en couture, alors forcément…

Elle remonte l'ourlet de sa robe plissée jusqu'au genou, comme si le soi-disant bas continuait de filer vers le haut.

— Vous avez de très jolies jambes.

— Oui, on me le dit souvent. Mais bon, puisque je ne suis pas le genre de la maison…

Encore un tapotement humide, et elle laisse retomber sa robe dont le plissé, l'espace d'un instant, s'ouvre en corolle comme un petit parachute.

— C'est-à-dire, balbutie le manager, que certains de nos amis photographes sont sensibles aux jolies jambes. Alors que pour d'autres, ce serait plutôt la bouche. J'ai dans mon bureau une série de photos de bouches particulièrement intéressantes. Mais la bouche, c'est tellement subjectif ! Il y en a qui l'aiment pulpeuse, d'autres fine et large, d'autres encore qui la veulent abondamment tartinée de rouge, et il y en a qui réclament au contraire des lèvres sans rien dessus, juste un petit coup de langue pour les faire briller au moment de la photo. Tandis que pour les jambes, pas de demi-mesure : elles sont longues et belles, ou courtes et moches.

— Et les seins ? demande Ruth. Ne me dites pas que vos clients ne s'intéressent pas aux seins.

Le manager admet que ses photographes sont effectivement très sensibles à la poitrine féminine. Certains sont surtout séduits par les seins en forme de raisins (timides boutons prépubertaires, photographiables uniquement en lumière rasante), par les seins cerises (comparables aux raisins, mais avec un volume en plus), les seins pommes, poires, citrons (qui ressemblent aux seins poires mais en plus mutins, avec une légère tendance à diverger), les seins fleurs de lotus (ils divergent aussi, mais avec un arrondi plus généreux que les citrons, auxquels ils sont un peu ce que les pleins sont aux déliés), les seins mangues (les plus insolemment retroussés), tandis que d'autres clients sont plus inspirés par la granulation ou la couleur des aréoles.

Alors la jeune fille achève d'ouvrir son manteau. La maternité a accentué la rondeur et la fermeté de sa poitrine dont les pointes soulèvent un chandail qu'elle s'efforce de faire passer pour moulant alors qu'il est surtout passablement étriqué. Peut-être pourra-t-elle s'en offrir un autre avec ce qu'elle va gagner ici, du moins si le manager lui donne sa chance.

Celui-ci, le regard fixé sur la poitrine de Ruth, se mordille les lèvres.

— La maison paye une guinée[1] par heure de pose, annonce-t-il enfin. Et on ne vous en voudra pas de vous procurer d'éventuels à-côtés, si vous voyez ce que je veux dire.

— Je ne vois pas trop, non...

En fait si, elle voit parfaitement : ici comme

1. Soit une livre et un shilling.

ailleurs, la distance séparant le modèle (sujet) de la prostituée (objet) a dû rétrécir jusqu'au point de confusion.

— … mais je suis disposée à apprendre tout ce que vous voudrez bien m'enseigner, ajoute-t-elle.

Elle bat des cils comme Betty Boop dont elle a adoré le cartoon *No ! No ! A thousand times no !* qu'elle a vu en première partie de *Flight from Folly* – film médiocre, mais dont le scénario qui raconte comment, l'amour et la chance aidant, une actrice au chômage renoue à nouveau avec les feux de la rampe et les ovations, a fait rêver la jeune fille.

Ruth n'est pas actrice, mais elle ne doute pas de le devenir un jour proche.

Elle a déjà pris son ticket pour la gloire en s'inscrivant à un cours d'art dramatique. Elle le finance en travaillant comme ouvreuse dans un cinéma à raison de deux séances par soir. Elle ne touche pas de salaire fixe, elle est payée uniquement au pourboire. Un seul spectateur sur trois ou quatre mettant la main à la poche pour lui donner quelques piécettes, elle a tout intérêt à ce que la salle soit pleine. Or elle l'est rarement : l'établissement qui emploie Ruth est un cinéma de quartier, du quartier pauvre de Leytonstone, et les gens de Leytonstone ont d'autres priorités à satisfaire avant de s'offrir des places de cinéma.

— Cela dit, reprend-elle, il y a pas mal de choses dont je pourrais faire profiter vos clients.

Le manager lui jette un regard intrigué. Elle sourit :

— Ma blondeur.

— Elle est fausse.

— Justement : c'est moi qui l'entretiens, qui la dose, qui la maîtrise. Je peux la nuancer à la demande. Voulez-vous un blond d'une blancheur angélique ou au contraire une teinte chaude et dorée façon épis de blé ? Ça fait partie des connaissances que je suis prête à partager. J'ai aussi appris à me déplacer dans le brouillard.

Le manager hausse les épaules : la pénurie de charbon fait que Londres n'a pas connu de fog depuis un bout de temps, la guerre aura eu au moins ça de bon.

— Je parle du brouillard que j'ai dans les yeux, précise Ruth. Je suis myope, terriblement.

— Les lunettes, c'est pas fait pour les chiens.

Elle tressaille comme s'il avait proféré une incongruité :

— Ça alors, sûrement pas ! Je n'ai jamais voulu en porter et je n'en porterai jamais. Ce n'est pas par coquetterie, vous savez. C'est juste que le monde est moins moche quand il est un peu flou.

— Moche, le monde ? A votre âge, vous le trouvez moche ? Qu'est-ce que ça sera quand vous aurez grandi ! A propos de votre âge…

— Ça va, coupe-t-elle, ne vous fiez pas aux apparences, je ne suis plus une gamine. Même que j'ai déjà un enfant. Je peux vous montrer sa photo, si vous ne me croyez pas.

— Si, je vous crois. Mais ça ne prouve pas que vous soyez majeure : il y a plein de fillettes qui sont mères avant l'âge.

Il raconte l'histoire d'une petite Péruvienne qui a accouché à cinq ans et demi. C'était en 1939. Il croit se rappeler qu'elle s'appelait Lina. Elle a mis au monde un petit garçon. A cause de la guerre, on a perdu leur trace à tous les deux. Mais la photo de Lina a circulé ici, au *Camera Club*. Il y en a sûrement encore un exemplaire qui dort dans une boîte au fond d'un tiroir.

— Est-ce qu'on sait qui l'a violée ? demande Ruth.

— Y a eu des soupçons. Mais j'ai oublié.

— Peut-être son père, suggère-t-elle. Ça arrive, les pères qui s'en prennent aux petites filles. A leurs propres petites filles.

— Le vôtre…

— Le mien, je lui ai sauvé la vie, dit-elle vivement. La nuit où une bombe est tombée pile sur notre maison, c'est moi qui l'ai sorti des décombres, moi toute seule.

— Il a dû être rudement fier de vous.

Elle hausse les épaules. Ce qu'a éprouvé son père à son égard cette nuit-là n'avait rien à voir avec de la fierté : elle l'avait extirpé des gravats, s'était penchée sur lui pour s'assurer qu'il n'avait rien de cassé, et il s'était contenté de l'écarter avec impatience – est-ce que tu vas me laisser respirer ? avait-il éructé.

Elle s'était reculée. C'était bien la première fois qu'il la repoussait. Le reste du temps, tout le temps de son enfance, elle n'avait été pour lui qu'une poupée de chiffon sur laquelle il se vautrait, se frottait en grognant. Le pire n'était pas quand il la pénétrait, mais quand il se retirait, sa verge flasque glissant alors sur le ventre de Ruth qu'il maculait d'un long sillage gluant.

Malgré l'excitation qu'il éprouvait, le père avait toujours pris garde à ne pas se répandre en elle. D'avoir pendant des années harcelé et violé Muriel, son aînée, lui avait permis d'acquérir une certaine expérience du *coitus interruptus*. Même s'il n'avait finalement pas été assez habile pour éviter d'engrosser Muriel.

Celle-ci était en pleine adolescence lorsqu'il l'avait mise enceinte. Elle avait regardé grossir son ventre sans comprendre ce qui lui arrivait. C'est sa mère qui, les yeux mouillés, le menton tremblotant, lui avait annoncé qu'elle attendait un enfant. Muriel avait alors parcouru la pièce du regard. « Ah bon ? Moi, j'attends un enfant ? Et il est où ? Je ne le vois nulle part, moi, cet enfant. » Ça se passait dans la cuisine à l'heure du petit déjeuner, des saucisses rissolaient dans la poêle, dehors il pleuvait, et un chat noir aux yeux absinthe, blotti sur la margelle de la fenêtre, les pattes en manchon, sa petite tête triangulaire tournée vers l'intérieur de la cuisine, semblait attendre la fin de l'averse, et Muriel se souvenait d'avoir demandé si quelqu'un connaissait ce chat, si on savait à qui il était, et sa mère avait répondu bon sang, Muriel, je t'informe que tu vas avoir un bébé, et toi, tout ce que tu trouves à dire, c'est à propos d'un chat ?

Personne n'avait jamais soupçonné la part qu'avait prise Arthur Neilson dans cette grossesse. Ayant terrorisé Muriel en la menaçant de la pendre ou de l'égorger si elle racontait ce qu'il lui avait fait, elle avait gardé le secret.

— Quand ta mère aura enfin trouvé le courage de m'annoncer que tu es enceinte, l'avait prévenue Arthur, on se fera une petite mise en scène, toi et moi : je te crierai dessus, je te traiterai de sale pute, je te foutrai des gifles, tu essaieras de m'échapper, tu courras à travers le logis, mais comme il n'est pas grand je n'aurai aucun mal à te rattraper, d'ailleurs tu te laisseras faire, et ça recommencera, cris, insultes, paires de claques.

— Mais pourquoi ?...

— Pourquoi ? Tu oses demander pourquoi ? Mais parce que c'est comme ça que se comporterait un père exemplaire, figure-toi ! Du coup, t'auras qu'à encaisser, baisser les yeux, chialer et la boucler – surtout la boucler, c'est pigé ?

Elle avait promis de lui obéir, de reconnaître qu'elle était une fille dévergondée.

— Pas seulement une dévergondée : une putain. Répète.

— Je suis une putain, avait-elle balbutié en avalant les larmes qui lui coulaient dans la bouche.

Vis-à-vis de l'extérieur, l'enfant passa pour être un fils tardif de Bertha Neilson. Et donc le petit frère de Muriel et de Ruth. Ça ne se discutait pas, il y allait de l'honneur de la famille.

Arthur décida alors de s'occuper de Ruth de la même façon qu'il s'était intéressé à sa sœur aînée.

Heureusement, Muriel surveillait les moindres faits et gestes de leur père. Elle s'efforçait de prévenir Ruth, elle la guettait quand elle rentrait de l'école – aujourd'hui, petite sœur, ne reviens pas toute seule à la maison, amène une copine avec toi, parce qu'il y a ici ce salaud qui te guette, posé sur son canapé comme un putain de vautour sur sa branche.

Malgré les précautions de Muriel, Ruth fut violée par son père à plusieurs reprises, car il ne sévissait pas systématiquement à son retour de l'école, quelquefois il s'en prenait à elle très tôt le matin, quand il faisait encore nuit, profitant de ce que

Muriel dormait encore et que Ruth était bouffie de sommeil, molle, pantelante, les yeux collés, le souffle fade.

Ruth demande ce qu'elle doit faire pour travailler au *Camera Club*. Les pouces dans les poches de son gilet de satin noir et pourpre, le manager s'adosse au comptoir :

— Pour ça, mon p'tit, faut d'abord que je vous voie nue.

— J'enlève tout ?

— Tout.

Elle ne s'offusque pas. Trouver un travail dans cette ville ruinée par la guerre est déjà tellement inespéré.

Elle se dévêt, prenant le temps de plier ses affaires avec soin. A chaque pièce de vêtement qu'elle ôte, elle annonce le nombre de tickets de rationnement que ça lui a coûté :

— Robe en lainage, sans revers et avec seulement trois poches et trois boutons pour économiser l'étoffe, onze coupons. Chemisier, sept coupons. Soutien-gorge, trois. Trois coupons aussi pour le jupon. Et cinq de plus pour les souliers. Après, monsieur, je n'ai plus que ma peau.

— Une peau qui doit valoir une sacrée quantité de coupons, murmure le manager qui s'est remis à faire palpiter ses narines. Beaucoup plus que je ne pourrai jamais en donner. Vous êtes très belle, miss... miss ?

— Je m'appelle Ruth.

— Ruth comment ?

— Pour ce genre de job, Ruth suffit, non ?

— Quand voulez-vous commencer ?

— C'est quand, la prochaine séance ?

— On ouvre à la sortie des bureaux, dans deux heures.

— Alors je commence dans deux heures.

En attendant, Ruth rend visite à sa mère à qui elle a confié son fils Andy.

Arthur Neilson est là. Il quitte rarement la maison, désormais. Il est alcoolique. Il se partage entre deux ou trois pubs où il a ses habitudes, et l'hôpital où il suit, sans conviction, une cure de désintoxication.

— M'man, dit Ruth, la guerre est finie.

— Ça fait déjà un moment, ma poulette, remarque Arthur du fond de son fauteuil recouvert d'un imprimé semé de grosses pivoines crème sur fond betterave.

— Je parle de ma guerre à moi, précise la jeune fille en reniflant les fesses d'Andy.

Elle espère que les couches de son bébé seront sales, histoire d'avoir à changer le petit garçon et de montrer à Bertha quelle mère accomplie elle sait être. Après quoi, elle préparera le thé. Et peut-être même finira-t-elle de laver la vaisselle. Passant enfin aux yeux de ses parents pour une fille accomplie, une enfant parfaite.

— Ce que je veux dire, c'est que j'ai fini de tirer le diable par la queue : j'ai trouvé un job.

— Est-ce que tu n'en avais pas déjà un ? s'étonne Bertha en rajustant ses lunettes sur son nez droit, fin, plongeant – un nez pâle comme l'arête d'une falaise crayeuse, alors que le nez d'Arthur bourgeonne comme un sillon ouvert dans une terre mauve, grasse.

— A moins que tu n'aies été licenciée, bien sûr, marmonne Arthur.

Aucune acrimonie dans son ton. Au contraire, il compatit, il sait ce que c'est, il a plusieurs fois perdu son emploi de violoniste : tantôt à cause du cinéma qui, devenu sonore, n'a brusquement plus eu besoin de musiciens pour accompagner les projections, tantôt par faute de la guerre interrompant le trafic des grands paquebots sur l'Atlantique Nord et mettant au chômage les musiciens qui animaient les thés dansants, les dîners du commandant, le dernier bal avant l'accostage à New York.

Ruth ne répond pas. Elle sourit. Embrasse son fils. Tapote la main de son père – une main qu'il garde posée sur l'accoudoir du fauteuil pour ne pas montrer qu'elle tremble.

— Je crois que je ferais mieux de filer, dit Ruth. J'entre en scène dans moins d'une heure.

Elle court vers Manchester Square, sous la pluie qui redouble.

Elle qui vibrait comme une petite bête malade à chaque pièce de vêtement que lui arrachait son père, la voici prête à se montrer nue, et même à écarter ses fesses, les lèvres de son sexe, si elle peut grâce à ça échapper au monde des Neilson.

Le crépitement de l'averse résonant sur la chaussée, sur les véhicules, sur la toile tendue des parapluies, lui fait l'effet d'une immense foule qui applaudit – qui l'applaudit, *elle*.

Elle lève son visage vers le ciel qui a pris une coloration soufrée, un ciel strié d'effilochées de nuées d'un noir plombé. De grosses gouttes de pluie froide s'écrasent sur son front, dévalent ses joues. Ne voulant pas donner aux passants l'impression qu'elle pleure, elle grimace quelque chose qui est supposé passer pour un sourire.

Pourtant, depuis que la guerre a ravagé le monde, le spectacle d'une jeune fille en larmes n'étonne plus personne. Le statisticien Gawen Champerkins, de la *London Mathematical Society*, vient d'annoncer dans le *Times* que son équipe et lui allaient lancer une étude destinée à calculer le nombre de millions de litres de larmes répandus par les citoyens britanniques entre le 1er septembre 1939 et le 2 septembre 1945.

Après l'exécution d'Irma Grese et des douze autres condamnés, je ne m'étais pas attardé à Hamelin. J'avais rapidement dîné en compagnie du staff de la prison et de quelques officiers alliés, dîner arrosé d'un riesling *Trockenbeerenauslese* liquoreux à souhait, arrivé là Dieu sait comment.

En souvenir de mon passage en Allemagne et de l'habileté de ma prestation, on m'avait offert une petite pendule gravée à la date du 13 décembre 1945. Après en avoir remonté la sonnerie, j'avais dormi d'un sommeil sans rêves au terme duquel j'avais repris, sous une neige obstinée, la même voiture, puis le même Dragon, pour regagner Londres au plus vite.

J'étais en effet requis à la prison de Wandsworth pour y exécuter John Amery, fils d'un secrétaire d'Etat membre du cabinet de guerre de Winston Churchill et chargé des affaires de l'Inde et de la Birmanie. Agé de trente-trois ans, Amery avait été reconnu coupable de haute trahison en temps de guerre pour avoir fondé une phalange de volontaires britanniques, la légion de Saint-Georges, destinée à combattre aux côtés des nazis.

Bien que souffrant d'à peu près tous les dérèglements mentaux que la psychiatrie était alors capable de recenser, et malgré des pétitions musclées en sa faveur, le jeune homme n'avait bénéficié d'aucune mesure de clémence.

Tous les recours possibles ayant été épuisés, John devait être exécuté le 19 décembre à neuf heures du matin. Je savais qu'il n'y aurait ni sursis ni grâce de dernière minute, car, afin de ne pas infliger à sa famille la lourde charge et le chagrin lancinant d'avoir un proche emprisonné à perpétuité, Amery avait tout fait pour que la justice en finisse au plus vite avec lui.

Je n'avais donc aucune raison d'appréhender cette pendaison à laquelle le condamné allait se soumettre avec docilité.

J'étais en revanche passablement inquiet de l'accueil qu'allait me réserver ma femme quand j'ouvrirais la porte de chez nous en claironnant comme à mon habitude : « c'est moi, Annie, ma chère Annie, montre-toi vite que je t'embrasse. »

Lorsque j'avais épousé Annie, jeune personne blonde et gentiment potelée, prompte à sourire, simple et modeste, il m'avait semblé préférable, bien qu'elle fût d'une discrétion à toute épreuve, de ne pas lui révéler que les déplacements d'un ou deux jours que j'étais parfois obligé de faire ne devaient rien à mon job de livreur pour l'épicerie Percy Sellers.

Annie gérait alors, sur le même trottoir que mon épicier, une boutique qui proposait du tabac pour les hommes et des bonbons pour les enfants (et de cette façon la clochette de la porte d'entrée ne cessait pratiquement pas de s'agiter). Elle connaissait donc les aléas du ravitaillement en temps de guerre, et n'avait aucune raison de me soupçonner de mensonge quand je lui annonçais en soupirant que j'allais devoir encore une fois prendre le volant de la camionnette pour aller dans le Cheshire, le Yorkshire, le Lincolnshire, voire même jusqu'aux confins du Devon ou des Cornwall, afin d'approvisionner l'épicerie Sellers en bacon, cirage pour les bottes, œufs frais, pilules laxatives, crayons noirs et autres pains de margarine.

Rien n'avait jamais filtré de mon activité parallèle. L'article 6 du *Memorandum of Conditions to which any Person acting as Executioner is required to conform*[1] stipulait d'ailleurs que l'exécuteur, par ses paroles et par sa conduite, tant sur le lieu de l'exécution qu'à l'extérieur, devait faire preuve

1. *Conditions auxquelles toute personne servant comme exécuteur est tenue de se conformer.*

de la plus grande retenue et se garder de fournir à quiconque des informations sur la tâche qu'il remplissait.

Quant à la presse, si elle s'intéressait aux condamnés, à leurs victimes, aux policiers qui avaient mené l'enquête, voire au juge qui avait prononcé la sentence de mort en se coiffant du traditionnel bonnet noir, elle ne parlait pour ainsi dire jamais de l'exécuteur : en tant qu'ultime rouage de la justice, ce dernier était supposé n'avoir pas beaucoup plus d'états d'âme qu'un butoir au bout d'une voie de chemin de fer, il n'était même pas un acteur, juste un exécutant qui n'avait qu'un mot à dire en entrant dans la cellule du condamné : « Suivez-moi », et puis qui gardait le silence jusqu'au bruit sourd du corps tombant dans le vide, parfois moins de quinze secondes après l'ouverture de la cellule. Ce n'était pas comme au temps des décapitations à la hache ou à l'épée, où l'habileté du bourreau était longuement commentée. Décidément non, aucun journal n'aurait eu l'idée, c'est-à-dire le mauvais goût, de s'appesantir sur ma modeste personne.

J'avais donc pu exercer ma fonction dans une discrétion qui frôlait l'invisibilité. Mais j'étais conscient que la pendaison des treize criminels de guerre nazis que je venais d'effectuer à Hamelin était d'un autre ordre que toutes les exécutions que j'avais assurées jusque-là : celle-ci était une page d'Histoire, et je figurais désormais moi-même sur cette page de manière indélébile. Pour les journaux britanniques, je n'étais plus seulement l'exécuteur en chef, j'étais devenu une sorte de justicier investi par les plus hauts responsables de la planète du devoir de venger des millions de victimes innocentes.

Sans doute aurait-on préféré que j'eusse le visage sévère et lumineux d'un archange au lieu de cet air bonasse de voyageur de commerce satisfait d'avoir rempli son carnet de commandes, mais l'heure n'était pas à chipoter.

Alors donc, mon anonymat vola en éclats.

Annie préparait le dîner lorsque je regagnai notre logis de Newton Heath au nord de Manchester, trois pièces meublées avec autant de soin que le permettaient nos moyens, rideaux imprimés d'hortensias et de fougères, gravures anglaises de chasses à courre, meubles gallois aux senteurs de calfat, fleurs fraîches sur la cheminée encadrant une pendule en bronze qui affichait toujours dix-sept minutes d'avance, car j'avais la phobie d'être en retard.

Annie cuisinait une tourte au poulet et aux poireaux, un des plats que j'affectionnais. A cause du rationnement, la tourte comporterait ce soir beaucoup plus de poireaux que de poulet ; pour la même raison, ma femme avait fait l'impasse sur les vingt-cinq centilitres de crème fraîche et bien épaisse requis par la recette, ainsi que sur le jaune d'œuf destiné à dorer la pâte, les œufs étant bien trop difficiles à se procurer pour les utiliser comme simples faire-valoir.

Les divers ingrédients nécessaires à la réalisation du plat, dont dix centilitres de bon vin blanc, étaient alignés sur la table de la cuisine. Afin de ne pas laisser de marque sur le bois ciré, le verre de chardonnay qu'Annie avait mendié auprès du pub voisin trônait sur un numéro du *Manchester Guardian* qui évoquait les derniers instants du commandant SS du camp de Bergen-Belsen, Josef Kramer dit la Bête de Belsen, d'Irma Grese alias la Hyène, et de mes onze autres pendus de Hamelin.

En pied de page, sous les portraits de Kramer et de Grese, figurait, en format plus réduit, une photo de moi accompagnée de quelques lignes dithyrambiques : le reporter du *Guardian* n'en revenait pas que j'eusse réussi à « traiter » (le mot n'est pas de moi mais du journaliste) treize condamnés entre le breakfast et le lunch ; c'était une sacrée bonne leçon à l'adresse des Américains dont le protocole d'exécution exigeait qu'on relût la sentence au condamné, puis qu'on lui permît de faire une ultime déclaration, et enfin qu'on attendît que la pendule marquât à la seconde près l'heure exacte prescrite par la loi, tout ce fatras de précautions ayant pour conséquence d'allonger le rituel et de le rendre d'autant plus cruel pour les suppliciés.

La rapidité a toujours été pour moi une véritable obsession. Puisque le prisonnier devait mourir, que c'était irrémédiable, lui donner une mort instantanée, sans douleur, et surtout sans lui laisser le temps de ruminer ce qui allait lui arriver, était bien le moins que je puisse faire en tant qu'être humain. Le plus grand motif de fierté de ma carrière ne serait pas d'avoir été désigné par le maréchal Montgomery comme exécuteur officiel de criminels de guerre allemands (je devais à plusieurs reprises retourner à Hamelin pour briser quelques vertèbres nazies), mais, lors de la pendaison de James Inglis, condamné pour avoir étranglé une prostituée, de n'avoir mis que sept secondes entre l'instant où j'étais entré dans sa cellule et celui où j'avais poussé le levier commandant l'ouverture de la trappe.

Ma célérité, notait le *Guardian*, était d'autant plus remarquable qu'il y avait eu un moment de flottement lorsque O'Neil avait constaté, juste après la pendaison des deux derniers condamnés, qu'il manquait un cercueil. J'avais alors fait preuve de beaucoup de sang-froid (c'est toujours le journal qui parle) en suggérant qu'on ne perde pas de temps à courir après un cercueil qu'on ne retrouverait probablement jamais, et qu'on se contente d'enterrer un des deux suppliciés dans une toile de jute – il y avait des quantités de sacs de jute à Hamelin, qui avaient servi à contenir des pommes de terre ou des boulets de charbon. Après tout, avais-je ajouté, les déportés de Bergen-Belsen n'avaient même pas eu droit, eux, à un sac à patates en guise de linceul quand les bulldozers les avaient fait basculer dans la fosse commune.

Je devinai qu'Annie avait volontairement posé le journal ouvert à cette page, me laissant le choix d'aborder le sujet ou de me taire. Cette délicatesse lui ressemblait bien.

Je commençai par prendre ses mains pour les porter à mes lèvres. A force d'avoir débité du Navy Cut, ses doigts avaient un parfum de pain d'épice et de raisins secs, tandis que son cou, où j'enfouis ensuite mon visage, sentait le sucre chaud des confiseries, l'odeur douce d'un mélange de cannelle et de vanille.

Je m'éclaircis la voix et désignai le journal étalé sur la table :

— *Tu l'as toujours su, n'est-ce pas ?*

— *Je le savais, oui, mais je n'ai rien dit.*

— *Je te suis reconnaissant de ne m'avoir posé aucune question.*

— *J'attendais que ce soit toi qui m'en parles.*

— *Je ne voulais pas discuter de ça avec toi. Je*

voulais te tenir à l'écart de tout ça. Te protéger contre tout ce qui gravite autour[1].

Plus tard, nous entrâmes dans les détails. La neige tombait doucement. Annie me demanda si j'avais éprouvé une émotion particulière en exécutant cette femme (cette *fille*, disait-elle), cette Irma Grese. Est-ce que cela faisait une différence quand la femme était jeune et jolie ? Mais elle n'était pas jolie, protestai-je, peut-être jeune et fraîche, oui, mais pas ce qu'on appelle jolie, vraiment non, je t'assure. Une petite truie rose, voilà très exactement ce qu'elle était, une truie rose et potelée, aux yeux bleus.

Tout en me levant pour préparer le thé, j'ajoutai qu'il était rare d'avoir à exécuter une jolie femme. Statistiquement parlant, la plupart des criminelles présentent des physiques ingrats.

— Peut-être parce qu'une fois en prison elles n'ont plus de quoi se maquiller ni entretenir leur chevelure, encore moins se parfumer, dit Annie. J'imagine qu'elles ne reçoivent même pas la moitié du quart des six onces de savon doux auxquelles mes tickets de rationnement me donnent droit tous les mois – et que j'épuise en quinze jours.

---

1. Dialogue rapporté par Albert Pierrepoint dans son autobiographie *Executioner : Pierrepoint* (Harrap, 1974, et Eric Dobby Publishing, 2005).

Je pris prétexte du bruit de l'eau dont j'étais en train de remplir la bouilloire pour éviter de répondre. Je venais de me rappeler qu'Irma Grese sentait le savon – oh, un savon à lessive, rien de raffiné, mais ça n'en était pas moins du savon – quand j'avais dû m'approcher tout près d'elle pour lui enfiler la cagoule blanche.

Je revins de la cuisine à pas lents, attentif à ne rien renverser. Je disposai sur la table basse un napperon sur lequel je positionnai avec minutie – ma minutie coutumière – la théière, le petit pot à lait, le sucrier, les deux tasses, leurs soucoupes et leurs cuillères, et deux serviettes où étaient brodées des bécasses sur fond de sapinière.

Tandis que le thé finissait d'infuser, j'expliquai que je m'étais penché avec attention sur l'histoire des exécutions capitales au Royaume-Uni. C'était mon job, après tout. J'avais compulsé de nombreuses photos anthropométriques, et ç'avait été un défilé de visages ternes, gris, maussades.

Mary Ann Ansell, qui avait empoisonné sa sœur Caroline, déficiente mentale, pour toucher une prime d'assurance de onze livres, n'avait rien d'avenant, non, aucun charme, pas même celui de la fraîcheur, elle n'avait pourtant que vingt-deux ans.

Mary Ann Barry, trente et un ans, empoisonneuse elle aussi, avait un physique disgracieux, et elle n'avait pas dû embellir après la longue et paniquante agonie qu'elle avait dû subir – à son époque, les pendus mouraient par strangulation, et ça n'en finissait pas.

Louie Calvert, quant à elle, menait deux existences de front : prostituée d'un côté, membre de l'Armée du Salut de l'autre, et elle était aussi peu accorte dans l'un comme dans l'autre rôle.

— Et ne va pas t'imaginer que les innocentes…

— Parce qu'il y a des innocentes ? coupa Annie.

La tasse de thé s'était mise à trembler dans ses mains, un peu de liquide déborda et se répandit dans la soucoupe.

— C'est évidemment l'exception, et je ne pense pas que ça puisse se reproduire, mais il est indéniable que c'est arrivé. Priscilla Biggadyke avait trente-cinq ans quand Thomas Askern lui a passé la corde au cou. Elle est montée sur l'échafaud en disant « Eh bien, je crois que cette fois mes ennuis sont terminés… »

Je me forçai à rire. Annie, elle, ne rit pas.

— Le fait est, repris-je, qu'elle a eu la chance de connaître une mort quasi instantanée. Je dis bien la chance, parce que cet Askern qui s'occupa d'elle était l'exécuteur le plus inapte à avoir jamais sévi dans le comté de York. Approximatif en tout. Il calculait si mal la longueur à donner à la corde que certains des condamnés mettaient près de dix minutes à mourir, se balançant au bout de leur corde en donnant des ruades désespérées. Intolérable, vraiment.

Comme chaque fois qu'il m'arrivait d'évoquer l'incompétence d'un confrère, la seule évocation de ce Thomas Askern me mit en colère, et la mince tranche de pain noir toastée sur laquelle je m'appliquais à étaler quelques grammes de margarine se brisa sous mes doigts.

— Le pire, ajoutai-je, c'est que la justice eut un peu plus tard – oui, mais trop tard – la preuve que Priscilla Biggadyke n'avait pas tué son mari. Priscilla est un si joli prénom que l'on voudrait, pour la gloire de l'innocence, qu'elle ait été aussi une jolie femme. Eh bien non, peine perdue : elle était laide, ma pauvre amie, vraiment laide. Au fond, la seule condamnée à peu près attirante fut peut-être Charlotte Bryant, trente-trois ans. Elle aussi accusée d'avoir assassiné son mari. Il paraît qu'elle savait à peine lire et écrire, mais que, sur le plan sexuel, elle était incomparable.

Et je regardai Annie avec amour.

— Mais qu'elles soient laides ou pas, je ne veux plus avoir à exécuter de femmes.

— Si c'est un ordre qu'on te donne, si c'est ton devoir…

— En ce cas, je suppose que je trouverai un arrangement. Tu sais quoi ? repris-je en m'essuyant les lèvres. J'ai sollicité un rendez-vous auprès de ces messieurs de chez Groves & Whitnall.

Elle fronça les sourcils. Ce nom ne lui disait rien. N'était-ce pas celui d'une firme qui fournissait le matériel nécessaire aux exécuteurs, la corde de chanvre, les courroies en cuir de veau pour les poignets et les chevilles, la craie pour marquer sur la trappe l'endroit précis où devait se tenir le condamné ?

— Mon chéri, murmura-t-elle, j'apprécierais beaucoup que tu ne me parles plus de ces horribles choses.

Je m'empressai de dissiper le malentendu :

— Mr. Groves et Mr. Whitnal sont des brasseurs. De puissants brasseurs qui ont acquis de nombreux pubs dans l'idée de mieux maîtriser la distribution de leurs bières. Alors, j'ai réfléchi. Je renonce à mon emploi chez Percy Sellers, et toi, de ton côté, tu quittes le poste d'infirmière bénévole auquel tu t'es dévouée durant les années de guerre.

— Et je recommence à vendre du tabac et des bonbons ?

— Pas du tout. Mon intention est de demander à Groves & Whitnal de me confier – de *nous* confier – la gérance d'un de leurs pubs.

— Tous mes blessés ne sont pas encore remis d'aplomb, dit Annie.

— D'autres femmes prendront ta suite. Toutes celles qui se sont tenues à l'écart du conflit vont s'apercevoir qu'elles n'ont rien à raconter. Alors elles seront trop heureuses de découvrir les odeurs de pus et de gangrène, et d'apprendre à les décrire pour montrer à leurs petits-enfants comment elles se sont sacrifiées.

— Mais un pub, balbutia Annie, qu'est-ce que nous ferions d'un pub, mon ami ?

Je me renversai légèrement en arrière, glissant les pouces dans les poches de mon gilet :

— On gagnera de l'argent, beaucoup d'argent. On se bousculera pour venir chez nous. Je ne le souhaitais pas vraiment, vois-tu, mais le fait est que me voilà célèbre. Et Hamelin, ce n'est que l'ouverture de l'opéra : l'essentiel de la partition se jouera à Nuremberg, c'est pour très bientôt, et tu peux être sûre que j'en serai. Crois-tu qu'il y ait un seul Anglais qui ne soit pas enthousiaste à l'idée de boire une pinte de bière chez le brave homme qui aura pendu Goering ?

Depuis mon mariage avec Annie, j'attendais l'occasion de me mettre à mon compte comme *governor* d'un pub. J'avais de sérieux arguments à faire valoir : n'ayant aucune propension à boire, ma femme tiendrait sa place derrière le comptoir avec une dignité parfaite ; elle était de surcroît bonne cuisinière, du moins comme on pouvait l'être dans un pays soumis à un rationnement drastique – cela dit, les talents culinaires n'impressionnaient guère Groves & Whitnall qui attendaient surtout de leurs *governors* qu'ils rissolent d'abondance le bacon et les saucisses aux épices dont la consommation entretenait une soif de bon aloi.

Mais mon argument sans doute le plus convaincant était ma célébrité naissante.

Comme je m'en étais flatté auprès d'Annie, mon voyage en Allemagne m'avait fait connaître du grand public. Bien que les préparatifs de ce premier Noël d'après-guerre eussent accaparé toutes les pensées, les journaux avaient publié le portrait de « l'Exécuteur » à la une de nombre de leurs éditions. Chaque photo de moi semblait frappée de la mention *Le Vengeur des victimes du nazisme.*

— Je suis le type qui a expédié en enfer Irma Grese et les autres salopards, dis-je à Rowland Whitakers qui représentait la brasserie.

— Et John Amery, c'était vous aussi ?

— C'était moi, confirmai-je.

— Vous n'avez pas peur que ça fasse fuir la clientèle ?

— Eh bien non, voyez-vous, je crois que ce sera tout le contraire.

Je lui exposai que, dans un premier temps, les clients afflueraient, attirés par la curiosité – une curiosité sans doute un peu malsaine, mais qu'Annie et moi saurions calmer afin que, dans un avenir aussi proche que possible, la seule motivation des consommateurs qui franchiraient le seuil de notre pub fût la qualité irréprochable des bières Groves & Whitnall.

— Ceux qui pousseront la porte dans l'espoir de recueillir quelques confidences de ma part resteront sur leur soif – enfin, si j'ose dire. Croyez-moi, j'aurai d'autres prétextes pour fidéliser la clientèle. Les tours de magie, par exemple. J'en connais quelques-uns d'amusants.

— Qui peut escamoter une vie doit pouvoir escamoter une carte, convint Rowland Whitakers.

— Oh, bien plus qu'une carte : une croix du DSO[1], une canne à pommeau, un foulard, un escargot, une perruque, une fleur d'ellébore. Liste non exhaustive.

— Et nous chanterons, dit Annie. De l'irish song, du barbershop[2]...

Elle arrondit sa bouche, modula les premières notes de *Sweet Adeline*. Rowland Whitakers reprit en chœur avec elle.

— Et *Sleepy Serenade*, dit-il, vous connaissez *Sleepy Serenade* ? C'est une de mes préférées.

Annie passa comme en se jouant de *Sweet Adeline* à *Sleepy Serenade*, tandis que, fermant les yeux, j'entonnais en sourdine *Till Then*.

1. *Distinguished Service Order*, une des plus importantes décorations militaires du Royaume-Uni.

2. Genre de musique chantée *a cappela*, née dans la corporation des barbiers au début du XXe siècle.

Quand nous eûmes fini de chanter, Rowland Whitakers fit apporter trois pintes de Dark Amber, une des premières bières brassées par Groves & Whitnall à partir des houblons du Kent et de Worcester, nourrissante et énergisante.

— Eh bien, dit-il après avoir essuyé la mousse sur sa lèvre, nous avons racheté quelques établissements qui n'attendent plus qu'un nouveau *governor* : le *Owd Betts* dans le Lancashire, le *Kilton* et le *Bells Of Peover* dans le Cheshire, le *Fairview* à Milnrow, près de Rochdale…

— Il m'est difficile de m'éloigner de Londres, fis-je remarquer. Le fait est que je peux être appelé à exercer ma fonction dans n'importe quelle ville du Royaume-Uni, mais c'est tout de même dans la capitale que les exécutions sont les plus fréquentes.

— Je comprends, dit Whitakers, mais la plupart des établissements que nous escomptions acquérir à Londres ont été endommagés, sinon carrément détruits par les bombardements. Dans l'immédiat, l'offre la plus intéressante que je puisse vous faire, c'est ici à Manchester, plus précisément à Hollinwood. C'est à moins de quatre heures de Londres en voiture. Au fait, que se passerait-il si vous ne vous présentiez pas à l'heure dite ?

— Ça ferait un bon titre pour un livre ou pour un film, genre *La mort n'était pas au rendez-vous*, mais ça ne risque pas d'arriver dans la vraie vie.

— Mon mari est un homme trop consciencieux pour seulement envisager que pareille inconvenance puisse se produire, intervint Annie en fouillant dans son sac en toile cirée noire.

Elle en sortit une boîte en métal de chez Wilsons ornée d'une image traditionnelle (assis sur une chaise à bascule près d'une fenêtre aux carreaux givrés, un Père Noël en houppelande rouge faisait sauter sur ses genoux une petite fille éblouie, tandis qu'à l'extérieur des projecteurs de la défense antiaérienne entrecroisaient leurs faisceaux laiteux). La boîte contenait des bonbons blancs rayés de brun, aromatisés à la menthe poivrée. Annie en offrit un à Whitakers, qui se le cala aussitôt derrière la joue à la façon d'une chique et se mit à le suçoter en produisant des chuintements exaspérants.

Trois semaines après cette entrevue, Rowland Whitakers signa le contrat de gérance qui faisait de l'exécuteur en chef du Royaume-Uni le *governor* d'un pub situé le long de la ligne du tramway d'Oldham.

Il s'appelait *Help The Poor Struggler*[1]. Un nom prédestiné, même si la plupart des gens savaient

1. *Aidez le pauvre type qui se débat* – on peut y voir une allusion aux pendus qui gigotent au bout de leur corde. De plus, euphoniquement, *struggler* sonne presque comme *strangler* (étrangleur).

que, désormais, les pendus ne mouraient plus en se débattant, lentement étranglés par le nœud coulant que le bourreau leur avait serré autour du cou.

En réalité, il me fallait moins de temps pour donner la mort à un condamné que pour verser une demi-pinte de bière à un client.

Contrairement à ce que croyait Ruth, le job est moins fatigant qu'une séance de gymnastique. En fait, une fois que la fille a adopté une posture (et on peut faire confiance aux modèles pour choisir des attitudes aussi confortables que possible), ce sont les photographes qui tournent autour d'elle, bourdonnant comme des abeilles autour d'un pot de miel, se contorsionnant en quête d'angles toujours plus audacieux.

Dès son premier jour de travail, Ruth comprend qu'il y a deux catégories de clients.

D'un côté les prédateurs qui la considèrent comme un simple objet offert à leur convoitise, à leurs fantasmes, qui veulent la dominer ; ils la photographient en plongée comme pour mieux l'écraser, l'aplatir au sol (le manager du *Camera Club* a disposé à cet effet un haut tabouret, du genre de ceux sur lesquels les dompteurs font grimper leurs fauves, un des photographes se hisse sur la plate-forme pendant que les deux autres lui tiennent l'espèce d'escabeau) ; ils commandent à Ruth de mettre les bras en croix, ou de les tenir derrière son dos comme si elle avait les mains liées, de garder la tête basse, de ne surtout jamais regarder l'objectif, ou alors à la dérobée comme un petit animal craintif.

Et il y a les autres, qui rêvent au contraire de se soumettre à elle, qui s'aplatissent sur le tapis pas très propre du *Camera Club* pour ramper entre ses jambes, l'objectif de leur appareil relevé vers la culotte qui moule son pubis et ses fesses, comme si c'était leur museau qu'ils pointaient vers ces parties les plus secrètes de son corps, capables de leur prodiguer les humiliations les plus extrêmes, et donc pour eux les plaisirs les plus intenses.

Un jour, un client lui demande ce qu'elle prendrait pour un extra. Elle répond que ça dépend de l'extra. Il lui raconte son scénario, il est déjà fébrile : il se tiendra sous elle, allongé sur le dos, l'œil rivé au viseur de son appareil, et il saisira un maximum de photos de son entrejambe tandis qu'elle urinera. Elle rit : en voilà une idée ! Si ça dégouline sur l'objectif, la photo sera floue. Il dit que la photo, ça lui est bien égal, l'important c'est que la scène reste fixée dans son souvenir, qu'il puisse la revivre à volonté. Elle décline la proposition, elle explique posément, poliment, que le *Camera Club* l'emploie comme modèle :

elle pose dénudée, c'est vrai, elle accepte certaines postures équivoques, mais elle ne donne de son corps que des images, rien de plus, et surtout rien de tangible, elle refuse même que les photographes la touchent pour lui faire rectifier une position. Ce que désire ce client – désir sur lequel elle ne porte aucun jugement – ne fait pas partie des prestations qu'elle assure. Mais le West End a toujours regorgé de prostituées, leur nombre a encore augmenté durant la guerre en raison des innombrables troupes stationnées ou transitant par Londres, alors elle lui dit qu'il trouvera certainement une fille qui se fera un plaisir de le satisfaire. Il acquiesce, tout ça il le sait bien, mais il sait aussi qu'aucune prostituée ne sera jamais aussi belle que Ruth. Alors elle lui sourit.

Il existe une troisième catégorie de clients, elle les appelle ses « petits bouchers » parce qu'ils lui donnent parfois l'impression de chercher à la découper, à la débiter en morceaux en photographiant isolément telle ou telle pièce de son anatomie – l'un ne jure que par ses genoux si joliment ronds et lisses (le fait est que, des chevilles jusqu'aux cuisses, ses jambes ont un galbe parfait), tel autre par sa nuque haute, fragile, et sa mousse de cheveux peroxydés, d'autres approchent leurs objectifs si près de sa bouche que le souffle de Ruth les embue, et les très gros plans de ses lèvres, de sa langue, de ses dents si bien alignées, si blanches, semblent alors avoir été pris à travers une légère brume.

Ce soir, après la séance, deux photographes du *Camera Club* invitent Ruth à boire un verre.

Crépuscule d'hiver, un brouillard givrant tombe sur la ville, pas assez glacé pour blanchir les carreaux, figer les fontaines et poudrer les trottoirs, mais bien assez épais pour remplir d'une apparence de substance les béances des bâtiments éventrés par les bombes, il va et vient sur Londres comme une gomme, effaçant la noirceur des charpentes calcinées, empaquetant les silhouettes des passants dans des cocons gris, filandreux, noyant les contours, limant les angles, brouillant la lumière des réverbères et des guirlandes d'ampoules des théâtres du West End qui se sont remises à scintiller sitôt la paix retrouvée.

Stephen Walton et Richard Sheridan ont choisi le *Coach and Horses*. D'habitude, la jeune femme fréquente plus volontiers le *Dog and Ducks*, le *John Snow* ou le *Ben Crouch's Tavern*. Elle raconte à ses compagnons que ce dernier tient son nom d'un florissant trafiquant de cadavres du XVIIIe siècle, un certain Ben Crouch qui fournissait sa clientèle de chirurgiens en prélevant des corps dans la fosse commune où l'on enterrait les pendus après leur exécution. Walton fait la grimace, Sheridan regrette que les exécutions se déroulent désormais à huis clos et qu'on ne photographie pas les pendus, ce qui fait qu'on ne sait plus vraiment à quoi ils ressemblent, et Ruth répond qu'elle les imagine noirâtres, tordus comme des ceps de vigne, une langue épaisse et violacée pendant sur leur menton, les jambes souillées des déjections qu'ils n'ont pas pu retenir.

— A moins qu'on ne leur mette des couches, dit Walton.

— Je crois qu'on les oblige à en mettre, confirme Sheridan, en fait j'en suis presque sûr.

Le pub est plein. Callum, le barman rouquin, maigre et boutonneux, beaucoup plus sérieux et réfléchi que ne le laisse supposer sa façon décontractée de jongler avec les verres, fait flamber le punch dans une calebasse en cuivre couleur de sa chevelure.

Un consommateur s'approche de la table où sont assis Ruth, Sheridan et Walton. Il tient une pinte de bière à la main. Il est d'une taille et d'une corpulence banales, son front est dégarni. Son visage fendu par un regard plissé et un sourire inamovible évoque le Stan Laurel vieillissant des années 40. Il s'excuse auprès de Ruth de se mêler de ce qui ne le regarde pas, mais il a, bien malgré lui, entendu ce qu'elle disait au sujet des pendus. Il est surpris qu'une aussi jeune et jolie femme s'intéresse à ce genre de question – et surtout qu'elle en soit si mal informée.

Les techniques de pendaison, affirme-t-il, ont beaucoup évolué. Cette méthode d'exécution est aujourd'hui la plus rapide, donc la plus humaine. Aux mains d'un bourreau expérimenté, un condamné décède avant d'avoir eu le temps de ressentir une réelle souffrance, sinon celle qui participe de l'effroi très compréhensible que n'importe qui éprouve à l'idée de perdre la vie. Enfin, dit-il, il est faux de croire que le supplice enlaidit celui qui le subit. La plupart des pendus n'ont aucun rictus, ils sont seulement très pâles et leur cou semble s'être un peu allongé.

Ruth n'aime pas trop que des gens qu'elle ne connaît pas se mêlent de sa conversation. Chacun ses affaires, non ? Alors elle se détourne, passant sa main aux doigts manucurés dans les vagues très blondes de sa chevelure. L'homme qui l'a interpellée lui renouvelle ses excuses, il ne voulait pas se montrer importun, juste lui faire part de ce qu'il savait.

Ruth le remercie du bout des lèvres. Lèvres qu'elle a peintes en rouge vif. Non sans mal, car le rouge de l'immédiat après-guerre, riche en cires qui le durcissent mais pauvre en graisses pour l'assouplir, manque d'onctuosité et ne se laisse pas étaler facilement.

Après le peroxyde d'hydrogène, le rouge à lèvres *bright*, *cherry* ou *deep*, représente le poste le plus important du budget beauté de Ruth Neilson.

Elle en fait un usage considérable, dépassant de beaucoup la consommation moyenne des femmes britanniques. Au commencement de la guerre, lorsque le gouvernement, sous prétexte de ne pas gaspiller certaines matières premières telles que la paraffine issue de la pétrochimie, a promulgué une loi neutralisant la production du rouge à lèvres, Ruth a immédiatement cherché – et trouvé – à s'approvisionner au marché noir. Comme si la guerre devait durer vingt ans, elle a thésaurisé ses bâtons de rouge à lèvres au fur et à mesure qu'elle réussissait à s'en procurer. Elle a chez elle deux profonds tiroirs qui leur sont réservés. Parallèlement, elle a expérimenté diverses recettes d'ersatz à base de jus de betterave.

Elle ne demande pas à l'homme qui l'a abordée d'où il tient sa connaissance des pendaisons. Ça lui est bien égal, ça l'intéresse si peu, elle n'a fait cette allusion aux pendus qu'à cause de Ben Crouch et de son habitude de violer les tombes des suppliciés pour s'approvisionner en cadavres.

Et lui, l'homme qui ressemble au vieux Stan Laurel, il ne dit pas non plus à Ruth qui il est. Plus exactement, il ne lui révèle que l'aspect présentable de sa vie, sa situation de *governor* d'un pub Groves & Whitnall, à Manchester. Son autre job, il le passe sous silence, non pas qu'il en ait honte, oh non, pas du tout, mais il est pudique, et surtout modeste, tellement modeste. Il éprouverait un grand embarras s'il devait avouer qu'on le tient pour le meilleur exécuteur, le plus rapide, le plus efficace, le plus prolifique de toute l'histoire judiciaire britannique ; mais d'un autre côté, quel dommage de passer sous silence une pareille réputation quand c'est cette réputation même qui pourrait donner tout son poids à la défense de la mise à mort par pendaison !

C'est ainsi que la jeune fille qui ressemble un peu à Marilyn Monroe et le bourreau qui ressemble un peu à Stan Laurel se rencontrent un soir de brume par le plus grand des hasards, et presque aussitôt s'écartent l'un de l'autre sans pressentir le moins du monde que la vie, et la mort, vont bientôt les réunir à nouveau.

Il n'y avait rien ce soir-là, aucun signe, aucun présage donnant à penser qu'ils allaient un jour se retrouver. Leurs destins étaient déjà tracés, mais ils n'étaient pas visibles, ils étaient encore de ces choses qui croissent dans le silence, qui bourgeonnent dans les ténèbres, comme certains cancers, comme certaines amours aussi, il y a tellement d'informulé dans un être humain.

Là, tout de suite, l'un et l'autre se perdent dans la petite foule qui se presse au *Coach and Horses*. Chacun attablé avec ses amis. Ceux d'Albert Pierrepoint sont plus nombreux, plus bruyants, plus joyeux que ceux de Ruth. Mais ceux de Ruth boivent du champagne français.

Ce n'est pas par snobisme que la jeune femme évolue presque exclusivement dans les quartiers de prestige que n'ont jamais cessé d'être Mayfair et Soho en dépit des bombardements destructeurs qui les ont frappés, et des prostituées qui les ont envahis au point que chaque porte cochère est devenue un nid d'amour[1].

D'ailleurs, Ruth Neilson n'est pas snob. Elle veut seulement survivre.

Même si elle n'a pas accès aux clubs dédiés aux officiers alliés encore présents en Angleterre (c'est comme tout, une guerre, c'est long à remballer, long à ranger), elle est à peu près certaine, à condition d'être au bras d'un homme nanti et ayant ses grandes et petites entrées dans le West End, d'assouvir sa faim – par ailleurs faim contenue, maîtrisée, domptée, car Ruth ne s'autorise aucun écart, pas question pour elle de se gaver de boîtes de Spam, ce pâté américain composé de hachis de porc, de jambon et d'amidon de pommes de terre, qui a figuré sous toutes les sauces au menu des restaurants durant les années de pénurie, ni

1. Voir Clarence Roesler, *A Yank abroad in London*, extrait de *The Yanks are coming* de Edwin Hale & John Frayn Turner, Midas Books (New York 1953).

de se jeter sur les premières charcuteries vraies qui font enfin leur réapparition dans les pubs à la place des insipides saucisses de Devon composées de viandes mystérieuses – filets de raton laveur, dit-on, ou de baleine, ou peut-être bien de *snoek* (brochet de mer).

Ruth veille jalousement sur le fuselé de ses jambes, de ses cuisses, sur l'arrondi parfait de ses genoux, les petits dômes de ses fesses, si harmonieux, c'est pour l'instant ce qui la fait vivre, ce qui la tire vers les hautes couches de la société, du moins s'il faut en croire l'attention que portent à sa plastique les clients du *Camera Club*.

Mais surveiller sa ligne n'empêche pas les expériences gastronomiques. D'autant que les photographes du *Camera Club* auxquels elle accorde le privilège de l'inviter à dîner la laissent choisir son menu :

— Cédez à la tentation, ma chère enfant, commandez ce qui vous fait plaisir.

La chère enfant n'hésite pas : si la nourriture est encore en partie rationnée (essentiellement la viande, le beurre, le sucre, le fromage, le thé et le pain), les huîtres et le caviar ne subissent aucune restriction.

Et Ruth Neilson est d'autant plus troublante qu'un grain de caviar échappé de sa cuiller (sur laquelle elle a malencontreusement soufflé tellement les photographes l'ont fait rire) vient se coller à la commissure de ses lèvres, comme ces petites mouches de mousseline noire dont raffolaient les courtisanes du XVIIIe siècle pour mettre en valeur la porcelaine de leur teint.

A cause de cinq jours consécutifs de grand froid, les Londoniens ont brûlé beaucoup de charbon. Les centrales de Battersea, Bankside et Kingston, ont tourné à plein régime ; or il n'y a pas que le rouge à lèvres d'après-guerre à être de piètre qualité, le charbon est pire encore, qui émet dans l'atmosphère des fumées grasses, épaisses et tenaces.

En moins de deux heures, la visibilité est tombée à quelques mètres. La circulation est paralysée. Seul le métro continue de filer à vingt mètres sous terre, traversant sans s'arrêter les stations désaffectées encore pleines des vestiges de ces années où la population se terrait des nuits entières pour s'abriter des bombardements allemands – literies délabrées, matelas éventrés par les rats, draps souillés, vêtements à peine bons à finir en chiffons, machines abandonnées par les équipes qui utilisaient certains tunnels pour assembler et tester des matériels de prise de vue pour les vols nocturnes de la RAF. Sans oublier les quantités d'excréments qu'on n'a pas encore évacués et qui se dessèchent en émettant une odeur poudreuse.

Ruth sort de la station Bond Street pour se rendre au *Court Club*, 58 Duke Street, non loin de l'endroit où, en 1941, une bombe a provoqué des dégâts considérables. Certaines fenêtres sont encore béantes, sous lesquelles s'empilent les tas de briques récupérés des immeubles blessés. Ça crisse sous les souliers. Quand il pleut, on dirait quelquefois que le trottoir saigne.

Au contraire des passants qui tâtonnent comme des aveugles, Ruth ne semble pas trop gênée par le brouillard : son refus de porter des verres correcteurs lui a donné l'habitude d'évoluer dans une sorte de flou permanent.

Elle est ce soir particulièrement élégante dans une robe noire au décolleté discrètement souligné de strass, qui rehausse la blondeur de ses cheveux et en particulier de la guiche qui boucle sur son front, adorable accroche-cœur qu'elle a fixé avec de l'eau très sucrée – vu la difficulté à se procurer du sucre, on mesure l'importance que Ruth accorde à sa coiffure.

Si on la complimente sur sa toilette, elle prévoit de minauder un peu (elle s'est entraînée devant son miroir) et de dire que c'est un des célèbres couturiers français réfugiés à Londres qui la lui a prêtée pour l'occasion. Le fait d'avouer (en y mettant l'indispensable touche d'ingénuité – et ça, elle sait faire) qu'elle porte une robe empruntée plutôt qu'achetée la rendra plus mystérieuse, et donc la placera au-dessus du lot : avec de l'argent, n'importe qui peut s'offrir n'importe quoi ; mais pour se voir prêter quelque chose d'aussi coûteux et d'aussi fragile qu'une robe haute couture, il faut entretenir une relation privilégiée avec le couturier.

Si Ruth s'est ainsi apprêtée, c'est que, grâce aux relations qu'elle a nouées au *Camera Club*, elle a rendez-vous avec Morris Conley, dit Maury.

A quarante-quatre ans, Maury est propriétaire du *Court Club* et d'un nombre appréciable d'autres établissements de nuit.

Certains, où de grands miroirs anciens, biseautés, dorés à la feuille, survivants miraculeux des fracas du Blitz, reflètent une haute société qui n'en finit pas de recenser tout ce qu'elle a perdu, immeubles pulvérisés, châteaux incendiés, jardins ravagés, futaies décapitées, petites ladies retrouvées sanglantes sous des charpentes écroulées, certains, malgré la mélancolie de leurs sombres boiseries et de leurs velours amarante, font partie des plus huppés de Londres.

Mais l'empire de Maury ne se limite pas à la voie lactée des quartiers riches, il s'étire jusqu'aux secteurs ouvriers de Poplar et de Lambeth, aux troquets populaires où l'on sert des bières démarquées, simplement siglées « bière nationale », garanties souveraines contre la constipation, ce fléau des époques de restrictions.

Morris Conley possède aussi, dans le West End, un parc immobilier constitué principalement de studios modernes, coquets et confortables, qu'il loue pour pas cher à des filles qui, pour profiter des loyers plus qu'attractifs qu'il propose, doivent accepter de coucher avec lui ; après quoi, agrémentant son « conseil » d'une petite tape sur la joue, Maury les incite à se prostituer.

Morris Conley est évidemment richissime. Et s'il n'est pas le seul à avoir acquis sa fortune de façon malhonnête et amorale (ce n'est pas tout à fait la même chose : la malhonnêteté lèse des intérêts, l'amoralité blesse des sensibilités – et cette blessure peut être mortelle), il est l'un des pires.

Dans la rubrique qu'il signe tous les dimanches dans le *People*, Duncan « Tommy » Webb, le plus célèbre journaliste d'investigation criminelle des années 50, une des légendes vivantes de Fleet Street, qualifie Morris Conley de *maître absolu du vice en Grande-Bretagne, principale source de l'argent sale qui alimente les pires turpitudes de la vie nocturne londonienne.*

Mais il n'est pas sûr que Ruth ait feuilleté le *People*, elle n'est pas (pas encore) du genre à se passionner pour les potins des tabloïds du dimanche. D'ailleurs, le dimanche, elle le passe dans sa famille, auprès d'Arthur et de Bertha, où elle retrouve son fils Andy.

Maury est très petit, très gras, avec des yeux saillants, une large bouche aux lèvres boudinées et des bajoues qui le font ressembler à un crapaud.

Malgré l'éclairage tamisé (à force de traverser des pintes de bière rousse, des verres de whisky et de sherry *amontillado* ou *oloroso*, la lumière du *Court Club* finit par prendre la coloration ambrée et un peu éteinte des soirs d'automne), impossible de ne pas remarquer à quel point le couple formé par Ruth et Maury est mal assorti.

Mais si l'on s'approche assez près pour surprendre leurs propos, on est frappé par la façon dont s'exprime Morris Conley : le crapaud a la voix d'un prince, un timbre profond et doux, avec une note légèrement rauque en finale, une manière de détacher chaque mot comme s'il était la chose la plus importante qu'il ait eue à dire de toute sa vie.

— Adamovitch et Palmer ont dû vous expliquer pourquoi je désirais tant vous rencontrer, miss… Hornby, c'est bien ça ?

Elle rectifie vivement :

— Miss Neilson, je m'appelle Neilson.

— Je vous demande pardon. Je m'étais laissé dire que vous étiez la fille d'un certain Arthur Hornby.

Elle se trouble. Elle était bien décidée à enjoliver certaines vérités pour se faire valoir ; mais Morris

Conley semble en savoir déjà assez sur sa famille pour qu'il soit inutile de lui mentir.

— Hornby était le premier nom de mon père. Mais quand il a embarqué comme musicien sur les paquebots de la route de New York, il s'est fait appeler Neilson. Arthur Neilson, il trouvait que ça sonnait mieux. Alors il a décidé de garder ce nom[1], et c'est celui sous lequel il a déclaré ma naissance.

— Le fait est, relève Maury, que changer d'identité peut parfois s'avérer très utile...

Le sourire étroit et mouillé dont il souligne cette appréciation laisse à penser qu'il soupçonne quelque combine juteuse du genre de celles qu'il pratique lui-même à grande échelle.

Ruth va pour protester, prête à déployer autant d'énergie pour arracher son père au piège de la calomnie qu'elle en a mise la fois où elle l'a tiré des décombres. Mais Maury avance la main, pose un de ses gros doigts en travers des lèvres de la jeune femme – la vérité oblige à dire qu'il ne se contente pas, par ce geste, de lui intimer le silence : le doigt écarte les lèvres, s'humecte de salive et quitte la bouche de Ruth pour venir au plus vite toucher ses propres lèvres et y déposer ce petit peu d'humidité tiède qu'il a dérobé.

1. Le droit anglais permet à chacun de changer de nom à volonté.

— Chut ! dit Maury. Je ne l'accuse de rien, moi, votre père. Au contraire, je trouve tout à fait épatant qu'il ait eu plusieurs identités. Et donc plusieurs vies. Moi-même, vous savez…

— Vous-même ? l'encourage Ruth.

Morris Conley ne reconnaîtra pas qu'il est un proxénète et un escroc, ni qu'il truque les machines à sous avec une telle science que les techniciens de Scotland Yard estiment qu'on pourrait s'acharner dessus pendant une bonne centaine d'années sans avoir la moindre chance de leur faire cracher un gros lot.

Il n'avouera pas davantage qu'il a déjà fait deux ans de prison.

Il dit simplement :

— J'ai une proposition à vous faire.

— A moi ? Mais vous ne me connaissez pas…

— Adamovitch et Palmer, mes amis du *Camera Club*, qui sont aussi vos amis…

— … mes clients, corrige-t-elle.

— Clients, amis, j'espère que vous ne faites pas de différence.

Elle se sent obligée de répondre que non, elle ne fait aucune différence, tous ses clients sont en effet ses amis.

— Ils m'ont fourni sur vous des renseignements très élogieux, reprend Maury. Ainsi que des photos on ne peut plus convaincantes. Et puis, cela fait (il consulte sa montre, prenant soin de la dégager largement de dessous la manche de sa chemise au cas où Ruth n'aurait pas déjà remarqué qu'il portait au poignet une montre de grand luxe), oui, cela fait plus de dix minutes, douze très exactement, que nous bavardons. C'est bien plus qu'il n'en fallait pour me faire une idée de qui vous êtes.

— Et qui suis-je, d'après vous, Mr. Conley ?

— La future directrice d'un de mes établissements.

— Directrice ?...

— Future, miss Neilson, future. Il vous faudra d'abord faire votre apprentissage. Disons quelques mois, histoire que vous assimiliez parfaitement de quoi il retourne. Mais pendant ce temps, vous toucherez déjà un plein salaire d'hôtesse. Auquel s'ajouteront les gratifications que vous pourrez être amenée à recevoir de vos clients – sans avoir aucune obligation envers eux, rassurez-vous, sinon celle de rester parfaitement aimable quels que soient votre état de fatigue et les sottises dont ils vont vous assommer. Contentez-vous d'ouvrir grand vos oreilles et ne vous scandalisez de rien : il est très profitable, pour la future directrice d'un club, d'apprendre ce qui motive des gentlemen à courtiser une hôtesse.

— Je ne suis pas idiote, je sais pertinemment ce qu'ils cherchent.

— Et vous seriez prête à le leur accorder ?

— Vous croyez ça, Mr. Conley ?

— Ma foi, Adamovitch et Palmer semblent penser que vous avez des… voyons, quel mot ont-ils employé ?… ah oui, des dispositions.

— Ces deux-là ? fait-elle avec dégoût. Pardon de dire ça si ce sont vos amis, mais ce sont vraiment de petits hommes, de tout petits hommes. Ils ne photographient que des culs, rien d'autre ne les intéresse. Est-ce qu'en photographiant mes fesses ils peuvent savoir ce que j'ai dans la tête ? Non, Mr. Conley, et ils le savent d'autant moins que, de toute façon, je n'ai jamais accepté de me déculotter pour eux. D'autres filles le font, moi pas.

Elle hausse les épaules, noue son foulard sur ses boucles et enfourne dans son sac en toile cirée le petit bouquet de violettes que Maury lui a offert tout à l'heure quand une marchande ambulante est passée dans la salle.

— Je vois à votre grimace que je viens de perdre une bonne occasion de me taire, pas vrai, Mr. Conley ? Et que du même coup j'ai coulé toutes mes chances de devenir directrice.

Il sourit, apaisant :

— Ce que vous appelez ma grimace, miss Neilson, ce sont les traits de mon visage à l'état naturel. Je suis laid, je l'ai toujours été, et je l'ai toujours su. Je me demande seulement si, avec l'âge, ça va empirer ou s'améliorer un peu… voyons, qu'en pensez-vous ?

— Mr. Conley, s'il vous plaît, ne me demandez pas…

Il avance la main vers elle, ses doigts crochent dans la manche de la robe noire, s'y agrippent avec la maladresse feinte d'un chat qui se prend les griffes dans de la dentelle et qui attend – espère ? – une occasion pour tirer dessus et déchirer.

— Rasseyez-vous donc, miss Neilson, je promets de ne pas vous importuner longtemps. Je sais ce que cela implique de travailler jusque très tard dans la nuit, de se dire qu'après le dernier verre rincé et essuyé il faut encore rentrer chez soi alors que l'heure du dernier métro est déjà passée. Tenez, une supposition : vous habitez près de Waterloo Bridge, c'est-à-dire à environ deux miles d'ici, il vous faut donc en principe une quarantaine de minutes pour regagner votre domicile en passant par Oxford Street et St. Giles, puis Bow Street et le Strand, n'est-ce pas ?

Elle secoue la tête, animant ses boucles blondes :

— Je n'en ai pas la moindre idée, Mr. Conley, puisque je n'habite pas près de Waterloo Bridge.

— Arrêtons-nous cependant à cette hypothèse, et admettons que vous fassiez ce trajet cinq fois par semaine, toujours tard dans la nuit. A votre avis, miss Neilson, combien de temps s'écoulera-t-il avant que vous ne soyez agressée sur le parcours, sans doute violée, et possiblement assassinée ?

— Je vous en prie, dit-elle en frissonnant, ne parlez pas ainsi.

— C'est que je pense à tout ça, moi, miss Neilson : figurez-vous que chaque fois que j'acquiers un établissement de nuit, j'achète en même temps quelques appartements tout proches à l'intention de mes hôtesses. Certains sont situés dans le même immeuble, juste un étage au-dessus du club ; confort moderne, décoration soignée – c'est ma femme qui s'en charge, elle a un goût très sûr –, de vrais petits nids douillets, je ne vous dis que ça. Evidemment, le loyer est un peu élevé. Mais on n'a rien sans rien, pas vrai ? Notez, dit-il en se penchant vers elle (remarquant alors combien l'haleine de Maury s'est alourdie depuis qu'il a commencé à parler, elle détourne son visage aussi discrètement qu'elle peut), notez que je puis vous proposer un arrangement.

— J'ai un petit garçon, Mr. Conley. Tout ce que je gagne est pour lui, pour son éducation. Pas question d'en distraire un penny. Alors je crains de ne pouvoir envisager aucune espèce d'arrangement.

— C'est-à-dire, miss Neilson, que l'arrangement auquel je pense aurait justement pour effet de vous mettre à l'abri de toute gêne financière. En plus de vous allouer chaque mois une somme rondelette, je vous fournirai gratuitement les toilettes et accessoires de mode indispensables à votre activité d'hôtesse – ce qui se fait de mieux, bien sûr, et je constate d'ailleurs que vous ne m'avez pas attendu pour ça : à la fois simple et raffinée, votre robe noire est d'un goût parfait. Et il va sans dire que je prendrai aussi à ma charge la totalité de vos frais de coiffure, de manucure, de maquillage. Sincèrement, miss Neilson, je doute qu'on vous fasse jamais une proposition aussi avantageuse.

Tellement avantageuse, pense la jeune femme, qu'elle doit être viciée quelque part. Ruth n'est pas aussi naïve qu'elle en donne l'impression : elle est née à Rhyl, pays de Galles, alors elle a, chevillé en elle, le scepticisme des Gallois.

— Et que devrai-je donner en contrepartie de toutes ces libéralités, Mr. Conley ?

— Je viens de vous le dire, miss Neilson : je ne vous demande rien du tout.

Il se racle la gorge, trempe ses lèvres épaisses dans sa pinte de Kilkenny, les en ressort aussitôt :

— Il y aura juste une ou deux petites conditions à remplir – oh ! rien d'insurmontable pour une jeune personne telle que vous, j'en suis certain.

— Coucher, devine Ruth.

— Pardon ?

— Je dis : coucher. Baiser si vous préférez.

C'est son tour d'avancer son visage vers celui de Maury, si près que celui-ci peut humer le parfum de son rouge à lèvres.

— Si c'est ça, Mr. Conley, est-ce que ce sera avec vous seul ?

— Vous vous méprenez sur mon compte, miss Neilson. Je n'ai jamais imposé rien de tel à aucune des filles qui travaillent pour moi.

— Je vois. Ce sera donc avec vos amis. Enfin, vos clients. Ce ne sera pas une obligation, vous l'avez précisé tout à l'heure, mais j'imagine que si je refuse, je n'obtiendrai aucun des avantages sur lesquels vous m'avez fait saliver.

— Saliver, répète-t-il d'un ton enamouré. Elle sait parler aux hommes, cette belle enfant. A moi, en tout cas. Ah, le pouvoir des mots, miss Neilson ! Je tiens la salive, ajoute-t-il en baissant encore la voix, je la tiens, oui, pour le fluide corporel le plus suave, le plus délicat, le plus…

Sans le laisser finir sa phrase, Ruth attire à elle le verre de Kilkenny et y laisse couler un long filament de salive brillante qui va se perdre et se confondre avec la mousse de la bière.

Maury la dévisage, sidéré. A-t-elle délibérément craché dans son verre avec tout ce que cela sous-entend de mépris et de volonté d'humilier, ou, le prenant au mot, lui a-t-elle au contraire offert une sorte de gage pour sceller leur complicité toute neuve ?

Il opte pour la seconde hypothèse. Il porte le verre à ses lèvres, ferme les yeux, boit avec ravissement.

— Je crois que je vais rentrer, dit Ruth. Quand croyez-vous que je puisse prendre possession du « petit nid douillet » ?

— Ce soir même, si tel est votre souhait.

Il sort un trousseau de clés, le fait tinter devant le visage de la jeune femme. Elle le happe comme ferait une truite d'un appât (c'est bien à cela que nous jouons, Mr. Conley ?), le coince entre ses dents, tire un peu pour l'arracher aux doigts boudinés de Maury. Celui-ci fait mine de résister. Ruth tire davantage, émet des petits jappements, des grognements. La truite se fait chienne. Conley la voit très bien avec un collier de cuir autour du cou et un anneau pour y accrocher une laisse.

— Je me sens un peu lasse, avoue Ruth en s'emparant enfin des clés. J'espère que je n'aurai pas de visite cette nuit.

— Je veillerai personnellement à ce qu'aucun de mes amis ne vous dérange, miss Neilson. Cette nuit, dormez autant qu'il vous plaira. Demain est un autre jour, comme dit Scarlett.

— Scarlett… ?

— Eh bien oui, Scarlett O'Hara. A la toute fin d'*Autant en emporte le vent*, vous ne vous rappelez pas ?

— Pas vu le film, dit Ruth. Jamais eu le temps.

— Que diable avez-vous donc fait pendant la guerre ?

— J'ai travaillé dans une usine d'armement, à Southwark. On fabriquait des obus, des grenades, des mines, des bombes incendiaires, des fusées éclairantes et de celles qui font des écrans de fumée, tout ça.

Après une visite médicale plus approfondie qu'elle ne l'aurait cru (le médecin de service avait notamment repéré des signes de la fièvre rhumatismale qui l'avait tenue alitée deux mois durant, mais il n'en avait pas fait mention dans son rapport – une rechute était possible mais pas nécessairement probable, et surtout l'usine avait un besoin pressant d'ouvrières), Ruth avait été affectée au hangar où l'on classait selon leur calibre les douilles d'obus qui arrivaient par trains entiers pour se faire remplir d'une charge explosive et munir de la fusée qui permettrait leur mise à feu. On avait équipé la jeune fille de gants de manutention et, le plus important, de chaussures de sécurité très rigides, très épaisses, qui lui donnaient une démarche de scaphandrier, mais grâce auxquelles ses orteils ne seraient pas réduits en une bouillie de pulpe et de petits os si, mal ajusté en haut de sa pile, un obus de 96 ou de 125 leur tombait dessus.

Elle avait passé une quinzaine de jours à se familiariser avec les douilles encore vides, avec leur froideur brûlante quand elle les touchait à mains nues (le silo où on les mettait en attente de remplissage était ouvert à tous les vents, et c'était le cœur de l'hiver), avec leur odeur métallique qui lui pinçait les sinus et lui donnait un mauvais goût dans la bouche, avec le vacarme de cloches fêlées qu'elles faisaient en s'entrechoquant.

Puis Ruth avait reçu une combinaison blanche et un calot qui la faisaient ressembler à une infirmière. On l'avait alors dirigée vers l'atelier de peinture où les obus étaient marqués de différentes couleurs selon l'explosif qu'ils allaient contenir. Ruth s'appliquait en tirant la langue comme s'il s'agissait d'une peinture décorative. Elle ne pensait pas – ou alors distraitement – qu'elle peignait des projectiles destinés à tuer. Sa tenue d'un blanc immaculé (la moindre tache était passible d'une amende), la luisance des peintures orange, rouge, verte ou noire qui glissaient suavement sous son pinceau, l'entrain de ses camarades d'atelier si fières de participer à l'effort de guerre et d'être payées pour ça, tout cela contribuait à nourrir une sorte de douce amnésie : en arrivant le matin, la sculpture métallique représentant une bombe surdimensionnée érigée sur un carré d'herbe devant la façade de l'usine lui rappelait qu'on fabriquait ici de la mort à la chaîne ; mais dès qu'elle avait quitté le « monde sale » (on appelait ainsi tout ce qui était extérieur aux ateliers protégés, ce qui fait que les appartements royaux de Buckingham Palace faisaient partie du « monde sale »...) pour pénétrer dans le « monde propre » des ateliers immaculés où le sol était récuré à fond toutes les trois heures tant on craignait que d'éventuelles particules chimiques ou métalliques n'interagissent avec l'énorme quantité de matières hautement explosives mises en œuvre, provoquant des catastrophes comme celle qui avait ravagé l'usine de Slade Green, carbonisant une douzaine de jeunes ouvrières et infligeant d'effroyables brûlures à une cinquantaine d'autres.

Avant d'accéder à certaines zones particulièrement sensibles, on inspectait les circonvolutions des narines, les fosses nasales, on passait un bâtonnet sous les ongles des mains et des pieds.

Les contrôles n'étaient pas moins stricts au sortir du « monde propre » : la poudre explosive pouvant adhérer à leur peau et s'enflammer à la moindre étincelle, les ouvrières avaient l'obligation de se laver en quittant leur atelier. Elles ne s'en plaignaient pas : les douches étaient chaudes, le savon n'était pas de l'ersatz.

Le travail, à raison d'une soixantaine d'heures par semaine, était lassant à force d'être répétitif. Mais c'était précisément cet automatisme, ce ressassement des mêmes postures, des mêmes gestes, des mêmes rythmes qui faisaient la qualité du travail : assises trois par trois devant leur poste qu'éclairaient des lampes suspendues diffusant une puissante lumière blanche, les ouvrières ressemblaient à des poupées mécaniques. Elles ne pouvaient profiter d'un instant de relâchement que lorsque les coups de sifflet des contremaîtres signalaient un incident ; alors la chaîne s'arrêtait, les obus se bousculaient comme les voyageurs du métro lorsque la rame freine un peu brusquement, et les filles riaient.

— Après, dit Ruth, je suis entrée chez Oxo où on fabriquait des petits cubes de concentré de bouillon de bœuf. C'était très nourrissant, il fallait trois kilos de viande pour cent grammes d'extrait, alors je me débrouillais pour en chiper quelques-uns pour mon fils. Après quoi je me suis mis dans l'idée de faire du cinéma. Devenir actrice, ça me plairait. J'espère que j'y arriverai.

— Mais oui, l'encourage Maury, ça ne fait aucun doute.

Il insiste pour la raccompagner jusqu'au nouveau domicile qu'il met à sa disposition. C'est à Knightsbridge, une adresse rutilante. Tout près de l'appartement où, quelques années auparavant, la très jeune, très ravissante et très riche lady Elvira Ashley Mullens, fille du conseiller financier du roi George V, a fait pendant plusieurs semaines la une de toute la presse, reléguant en pages intérieures la crise économique, pourtant une des pires qu'ait connues le Royaume-Uni avec des chômeurs par millions, les ports paralysés, les mines de charbon fermées, l'industrie en déroute. Il faut dire que l'adorable et insupportable lady Elvira risquait rien de moins que la peine de mort pour avoir abattu son nouveau fiancé (à vingt-neuf ans, elle avait déjà été mariée trois fois) à coups de revolver, au motif qu'il s'apprêtait à la quitter pour rejoindre à Paris une danseuse des Folies-Bergère prénommée Juliette.

Vêtue d'une robe noire ornée de deux grandes fleurs blanches, lady Elvira, un peu pâlie par un mois de détention, jura qu'il s'agissait d'un accident. En vérité, expliqua-t-elle, elle s'était violemment querellée avec son soupirant, et les choses étaient allées si loin qu'elle avait voulu se suicider. Mais le revolver lui avait échappé des mains, il était tombé, et deux coups de feu avaient claqué.

Malgré les experts en balistique et en médecine légale qui démontrèrent à la Cour que la version de lady Elvira ne tenait tout simplement pas, les jurés déclarèrent la jeune femme non coupable. Elle fut acquittée sous un tonnerre d'applaudissements des représentants de la gentry, tandis qu'à l'extérieur du tribunal les policiers à cheval chargeaient pour disperser une foule scandalisée par « l'indulgence de classe » de ce verdict.

Ce soir, à défaut d'être une lady et la fille d'un conseiller du roi (son père, musicien sans cachet, a finalement trouvé comme emploi un poste de concierge de nuit dans un hôpital psychiatrique), Ruth se sent pourtant marcher sur les traces d'Elvira Ashley Mullens. Car elle aussi, cette nuit, roule carrosse. Dommage qu'il fasse aussi sombre, que l'éclairage public soit encore précaire et les trottoirs déserts, elle aurait été si fière qu'on l'admire en train de s'étirer avec grâce sur les sièges en cuir de la voiture de Maury, une Humber Super Snipe rutilante, bas de caisse gris-argent, pavillon bleu ardoisé, flancs blancs. A la couleur près, c'est le même modèle à bord duquel se déplaçaient les membres du gouvernement durant la guerre, cette guerre qui a tellement enrichi Maury.

Le Crapaud ne s'est pas mêlé, durant les longues nuits de Blitz, à ces faux sauveteurs qui, sous prétexte de porter secours aux victimes, pillaient les décombres, extirpant des ruines encore fumantes tout ce qu'il y avait de bon à prendre ; mais il a trafiqué et vendu un peu de tout, depuis de faux coupons d'alimentation jusqu'à des barils de boyaux pour saucisses qu'il facturait cinq cents livres le baril. Il n'éprouve aucun remords, il n'est pas un cas isolé : entre 1939 et 1945, le taux de criminalité en Grande-Bretagne a augmenté de 57 %. Ruth a vu des chauffeurs de bus à étage profiter des encombrements pour serrer le frein à main et vendre à leurs passagères des bas en nylon qu'ils s'étaient procurés auprès des soldats américains, et qu'ils revendaient six ou sept fois le prix qu'ils les avaient payés.

Maury n'a pas débarrassé la Humber de ses phares de black-out, obligatoires pendant le conflit, qui dispensaient d'étroits faisceaux lumineux à travers des fentes rétrécies comme des pupilles de chat : il apprécie ce regard étroit qui, croit-il, lui permet de voir sans être trop vu.

Tout en regardant défiler les rues à travers les vitres embuées sur lesquelles se reflète le profil satisfait de son nouvel employeur, Ruth Neilson se demande si elle n'est pas au bord de tomber dans la prostitution, la vraie, celle où l'on vend sa chair et pas seulement son image comme au *Camera Club*. Mais y a-t-il une si grande différence, une différence autre qu'hypocrite, entre l'œil bleu des objectifs des Portrait Brownies qui, épousant les orbes de son corps nu, évoluent en rase-seins, rase-cul, rase-sexe, et les mains, les langues, les verges qui achètent le droit de toucher, caresser, explorer, pénétrer le même corps ?

Après s'être soumise à son père dont elle ne recevait rien en échange, sinon le dégoût qui lui remplissait la bouche de bile amère (elle vomissait après chaque fellation), pourquoi ne pas se louer à ces hommes qui, eux du moins, la paieront bien, et s'occuperont d'elle si, pour une raison ou pour une autre, elle est prise de nausées pendant la « séance » ? Peut-être sont-ils des pères eux aussi, et même sûrement, mais du moins n'est-elle pas leur fille.

Il y a obscénité et obscénité, pense-t-elle.

Dans moins d'une heure, dans le fameux « nid douillet », Morris Conley avancera ses mains aux doigts boudinés pour aider Ruth à ôter sa robe, à faire glisser ses bas sur ses jambes, à déboutonner son corsage et dégrafer son soutien-gorge.

Alors Ruth admettra qu'elle a franchi le pas, qu'elle est devenue une prostituée.

Il pleuvra dehors mais il fera bon dans le petit appartement, Maury aura débouché un flacon de sherry, ses caresses seront plutôt agréables à condition que Ruth ferme les yeux pour ne pas voir son mufle, et qu'elle boive beaucoup de sherry pour que les effluves iodés du vin andalou l'emportent sur la mauvaise haleine de Maury.

Comme je l'avais prévu, le pub dont les brasseries Groves & Whitnall m'avaient confié la gestion afficha complet dès son ouverture.

La clientèle ne venait pas tant pour la bière (on trouvait la même tout au long de Manchester Road, et Dieu sait que Manchester Road est longue à n'en jamais voir le bout, même que certains l'appellent Eternity Road) que pour les sensations fortes.

Bien que ni moi ni ma femme n'y ayons jamais fait la moindre allusion, non seulement les consommateurs n'ignoraient pas que le *governor* du *Help the Poor Struggler* avait un second métier, mais ils savaient en quoi consistait celui-ci.

A part quelques disciples de l'excentrique sexagénaire Violet Van der Elst, qui, après avoir amassé une fortune en commercialisant une crème à raser qu'on pouvait utiliser sans blaireau, avait décidé de consacrer ses richesses à militer pour l'abolition de la peine de mort, les Britanniques étaient favorables au châtiment suprême. Et mon prestige en tant qu'exécuteur en chef du Royaume-Uni avait atteint un sommet après que la presse eut révélé les noms des treize criminels que j'étais allé pendre à Hamelin, la liste des crimes contre l'humanité qui leur étaient imputables, et le fait que c'était le maréchal Montgomery lui-même qui m'avait désigné pour cette mission. Dès lors, commander une pinte de « C » Ale ou de Light Amber au comptoir du *Help the Poor Struggler* relevait presque de l'acte patriotique.

L'environnement n'avait pourtant rien d'attractif : traversée en son milieu par les rails du tramway à étage, encadrée de maisons ouvrières portant les atteintes de nombreux bombardements, et de boutiques aux vitrines encore affublées de grandes bandes de papier collées en diagonale pour les protéger contre les déflagrations, chichement éclairée par des lampadaires dont beaucoup étaient hors service, Manchester Road était une avenue sans grâce.

Et ce n'était pas la façade du *Help the Poor Struggler*, avec ses briques sombres et ses parures de marbre noir, qui pouvait la rendre plus réjouissante.

Mais dès qu'on passait le seuil du pub, on découvrait une atmosphère tiède qui fleurait bon le houblon, le malt, et le retour tant attendu des saucisses Cumberland, Lincolnshire, Warwickshire, au porc et à la sauge, au porc et à la bière, au porc et à la pomme, et l'on s'enfonçait dans un univers douillet, cuivré, velouté. Un poêle ronflait ; lorsque je le démarrais ou le rechargeais, je disposais une feuille d'amiante devant la grille pour générer, dans le foyer, un courant d'air qui excitait le feu. Le ronflement se transformait alors en un véritable feulement de fauve.

Le visage cramoisi par l'éclat des braises, je pestais contre mon charbonnier qui, tenu par le rationnement, ne déchargeait dans la cave du *Struggler* que les cent kilos réglementaires tous les quinze jours, soit le poids misérable de deux tonnes et demie par an. Qu'arriverait-il si l'hiver était glacial, si des fleurs de givre s'attachaient aux petits carreaux des fenêtres, refroidissant l'atmosphère que le poêle essayait de tiédir ? J'avais pour mes buveurs de bière la même sollicitude que pour mes pendus.

Quand j'officiais derrière mon comptoir, ce qui occupait tout de même le plus clair de mon temps, je refusais obstinément d'aborder le sujet de mon « autre job ». Je l'avais fait savoir haut et fort, et tous les consommateurs respectaient ma réserve. Tous sauf les journalistes en quête d'informations croustillantes qui, presque chaque soir, venaient boire un verre au *Struggler* dans l'espoir de me tirer les vers du nez : est-ce que je savais déjà qui serait mon prochain « client » ? Jenkins et

Geraghty, complices du même meurtre, seraient-ils exécutés le même jour ? Cette ordure d'Irma Grese avait-elle manifesté quelque remords, ou au moins le regret de mourir à vingt ans, avant de prendre place sur la trappe ? Margaret Allen, une lesbienne qui se prenait pour un homme, s'habillait comme tel, et qui avait tué à coups de marteau sa voisine Nancy Ellen venue lui quémander un peu de sucre en poudre, serait-elle autorisée à porter un pantalon le matin de son exécution ? Etc., etc.

Je restais muet. Ou bien je sortais un jeu de cartes et me concentrais sur le tour que j'allais faire. Il pouvait arriver que j'ignore sincèrement la réponse à la question posée, mais en règle générale je me taisais parce que j'avais décidé qu'il en serait ainsi.

Même quand je nourrissais quelques doutes sur la parfaite honnêteté de tel ou tel journaliste, je me montrais toujours d'une politesse parfaite, y compris avec les fâcheux qui insistaient pour me serrer la main – « Ah ! me disait-on, toucher cette main qui, sans trembler, a expédié des centaines de salauds en enfer ! Au fait, est-il vrai que vous ne ressentez rien de particulier au moment d'actionner le levier qui ouvre la trappe ? » Sans me départir de mon sourire, je me détournais comme si je n'avais pas vu la main que le fâcheux me tendait.

Mais si c'était pour me remercier de la chaleur de mon accueil et de ma jovialité qu'on voulait me prendre la main, alors je la donnais de bon cœur, et je laissais mon vis-à-vis me la serrer aussi longtemps qu'il lui plaisait. « Quel homme affable, quel type sympathique ! » disait-on alors de moi.

Un samedi soir brumeux, humide, détestable au possible, un homme maigrichon et au visage mélancolique, vêtu d'un costume bleu bon marché et portant une cravate voyante et de mauvais goût, poussa la porte du *Struggler*. Il s'ébroua, ôta son chapeau, s'approcha du comptoir et me sourit :

— Hello, Tosh, me dit-il.

— Hello, Tish, répliquai-je automatiquement.

Tish'n'tosh (ou *tosh'n'tish*, l'ordre n'a guère d'importance) était une expression passe-partout inspirée des surnoms de deux aigrefins créés par le dessinateur humoristique Cecil Orr et devenus les héros d'une série radiophonique qui avait triomphé sur les ondes de la BBC. *Tish !* se lançait-on pour se dire au revoir, *tosh !* s'écriait-on à la place d'allons-y, de bonne nuit ou de merci pour le sucre.

Le maigrichon à la triste figure (avec un plat à barbe sur le crâne, il aurait fait un parfait don Quichotte) dut apprécier le *Struggler* car il y revint tous les samedis soir. Il n'avait pas dit son nom, ni d'où il venait, ni de quoi il subsistait. Au *Struggler*, tout le monde l'appelait Tish.

Il suffisait qu'il avalât une gorgée de bière (de la Groves & Whitnall, bien sûr) pour libérer le rossignol qui, de toute évidence, nichait dans sa gorge. Tish commençait à chanter, et tout faisait silence, tout s'arrêtait, tout se figeait pour l'écouter.

Son air de prédilection était *Oh, Danny boy*. Quand il l'entonnait, il était bien difficile de ne pas écraser une larme.

Oh Danny mon garçon, les cornemuses appellent
De vallée en vallée et le long des montagnes
L'été s'en est allé et les feuilles tombent
Tu dois, tu dois partir, et je dois te le dire.
(...)
Mais quand tu reviendras et que toutes les fleurs
[mourront,
Si je suis mort, ce qui se pourrait bien,
Tu viendras et tu trouveras l'endroit de ma tombe,
Tu t'agenouilleras et tu diras « Ave » pour moi.
(...)
Et oh comme ma tombe me sera douce et chaude
Quand tu te pencheras me disant que tu m'aimes
Alors je dormirai en paix jusqu'à ce que tu viennes
[à moi...[1]

1. Traduction libre de Frederick Weatherly (1910).

Tish était quelquefois accompagné d'une femme. Elle non plus n'avait pas de nom. Elle ne parlait pas, sinon pour dire oui, non, il fait un peu froid, merci pour le grog. Elle n'était ni jeune ni belle, elle ne se lavait pas souvent, mais quand elle était là c'était pour elle seule que Tish chantait *Oh, Danny boy*. Etait-elle sa femme ? A ses yeux à lui, elle l'était sûrement. Elle devait même être plus que ça, quelque chose comme son ange – il ne la regardait pas, non, il la contemplait, et cette contemplation se muait en adoration, une sorte d'adoration effrayante, davantage une possession qu'une adulation, et pour elle il reprenait inlassablement *Oh, Danny boy*, et il chantait jusque tard dans la nuit, jusqu'à ce que se profile dans Manchester Road la silhouette d'un policeman venant s'assurer que le *Struggler* respecterait l'heure légale de la fermeture.

Un soir, Tish et son vieil ange crasseux quittèrent le pub bien plus tôt qu'à l'ordinaire. Ce n'était pas dans leurs habitudes, mais personne n'y prêta attention.

— Bonne nuit, Tosh, dit Tish.

— Bonne nuit, Tish, répondis-je.

Un ou deux jours plus tard, j'appris par le *Manchester Guardian* qu'on avait trouvé le cadavre d'une femme dans une chambre d'hôtel d'Ashton-under-Lyne, à cinq miles à peine d'Hollinwood.

Son assassin l'avait entièrement déshabillée et,

sur son front, il avait écrit le mot *putain* à l'encre indélébile. Le mobile du meurtre était la jalousie, une jalousie morbide, cela ne faisait aucun doute.

La police avait identifié la pauvre femme grâce à sa fiche d'hôtel, ainsi d'ailleurs que l'homme qui l'accompagnait. Mais ni le nom de la victime, une certaine Eliza Wood, ni celui de son compagnon, James Henry Corbitt, ne me disaient rien. Je n'aurais pas hésité à jurer sur la Bible que je ne connaissais tout simplement pas ces gens-là.

Les erreurs judiciaires sont aussi fréquentes au Royaume-Uni que dans les autres pays dits civilisés, mais du moins n'y laisse-t-on pas les condamnés se désagréger lentement dans les couloirs de la mort. Chez nous, en Angleterre, les condamnés à la peine capitale survivent rarement plus de quatre-vingt-dix jours au verdict de mort prononcé par le juge.

C'est ainsi que, moins de trois mois après la découverte du cadavre d'Eliza Wood dans l'hôtel d'Ashton-under-Lyne, je fus requis par le sheriff[1] adjoint du comté de Lancashire de me rendre à la prison de Strangeways pour y procéder, au matin du 28 novembre 1950, à la pendaison de James

1. Premier magistrat du comté où il représente la couronne, le sheriff a parmi ses nombreuses attributions l'exécution des jugements civils et criminels.

Henry Corbitt reconnu coupable du meurtre de la fille.

Comme d'habitude, je fus chaleureusement accueilli par le gouverneur de Strangeways. Il avait fait apporter dans son bureau un plateau avec du thé et des scones. Je connaissais bien le gouverneur et je l'appréciais particulièrement. Quand j'officiais à Strangeways, je ne manquais jamais, la veille d'une exécution, de le questionner sur l'état d'esprit où se trouvait le condamné : était-il anéanti, terrorisé, révolté ? Risquait-il de poser des problèmes, ou bien pouvait-on espérer qu'il se montrerait, sinon coopératif, du moins assez docile pour que tout se passe pour le mieux et, surtout, le plus vite possible ?

Tout en préparant un scone généreusement tartiné de *lemon curd*, le gouverneur me rassura : Corbitt n'était pas du genre à faire des difficultés.

— Mais il m'a dit quelque chose qui m'intrigue, ajouta-t-il néanmoins en me tendant le scone.

— A propos de son crime ? Il est revenu sur ses aveux ? Ce sont des choses qui arrivent fréquemment et...

— Non, coupa le gouverneur, c'est à propos de vous.

— De moi ?

— Ce gars-là prétend qu'il vous connaît. Et même que vous seriez presque des amis. Enfin, disons des camarades, de bons camarades.

Je considérai mon scone avec une attention excessive. Puis je me mis à rire et déclarai que c'était impossible : James Henry Corbitt était un nom que je n'avais jamais entendu prononcer avant de le voir s'étaler à la rubrique des faits divers du *Manchester Guardian*.

— Or vous admettrez, mon cher gouverneur, qu'on doit nécessairement connaître le nom de quelqu'un avec qui on entretient des liens d'amitié. Voire de simple camaraderie. Franchement, je ne vois pas ce que Corbitt espère gagner à raconter de telles inepties : cet homme, je ne le connais pas.

— Il prétend le contraire. Il est persuadé que vous n'avez pas pu l'oublier. Ni surtout oublier les surnoms que vous vous donniez l'un à l'autre.

— Des surnoms… ?

— Il dit que si vous vous en souvenez demain matin, ça lui facilitera grandement les choses.

Une heure plus tard, Corbitt fut conduit dans la cour pour une promenade, de façon à ce que je puisse l'examiner depuis la fenêtre du bureau du gouverneur. A peine l'eus-je aperçu dans la pauvre et grisâtre lumière de novembre que je le reconnus : c'était Tish.

— Eh bien, demanda le gouverneur, cet homme vous évoque-t-il un quelconque souvenir ?

— J'ai peur que non, *sir*. Non, décidément non.

Il n'est pas dans mes habitudes de mentir, surtout au cours de ces heures toujours graves qui précèdent une pendaison. Mais cette affinité élective au sens que lui donnait Goethe – c'est-à-dire, transposée chez des créatures humaines, l'attirance irrépressible, sélective, de certaines substances chimiques les unes pour les autres – que nous avions éprouvée en tant que Tish et Tosh ne regardait que nous deux ; et peut-être aussi la femme pour laquelle Tish chantait *Oh, Danny boy* jusqu'à faire couler nos larmes, et qui n'était autre qu'Eliza Wood qu'il avait tuée parce qu'elle l'avait trompé, crime impardonnable pour un ange, fût-il mutique et mal lavé.

Le lendemain matin, à très exactement neuf heures moins vingt secondes, j'entrai dans la cellule de Corbitt. Celui-ci déplia son long corps maigre, renvoya en arrière ses cheveux de troubadour, et dit :

— Hello, Tosh.

— Hello, Tish, répondis-je sans hésiter. Comment te sens-tu ?

Puis, lui ramenant les mains dans le dos pour attacher ses poignets, je lui murmurai :

— Allez, Tish, mon vieux pote, on y va…

James Henry Corbitt, rassuré d'avoir été reconnu, courut presque jusqu'à l'échafaud. Il se plaça sur la trappe avant que j'eusse franchi la porte, et, malgré ses mains liées, il réussit à passer lui-même sa tête dans le nœud coulant qui se balançait au-dessus de lui, tellement il voulait me plaire[1].

Cette exécution fut le premier coup de canif dans la certitude, qui jusqu'alors avait été la mienne, que la peine de mort avait un effet dissuasif : si un homme avait jamais eu sous les yeux de quoi le détourner de commettre un crime, n'était-ce pas le malheureux Tish qui avait tant et tant de fois trinqué à la santé de l'exécuteur en chef du Royaume-Uni avant d'entonner *Oh, Danny boy* en duo avec lui ?

Le second coup de canif qui allait être donné n'ébranlerait plus ma seule conviction mais celle de tout l'empire britannique. Mais il s'en fallait encore de cinq ans et de plusieurs dizaines d'exécutions. Contrairement aux idées reçues, la vie est plus patiente que la mort.

1. Voir : *Executioner : Pierrepoint. (op.cit.)*

Comme le papillon s'approche de plus en plus près de la flamme, Ruth frôle enfin la société à laquelle elle a toujours rêvé d'appartenir. Elle n'en fait pas encore vraiment partie, mais elle gagne désormais assez d'argent pour mener ce qui, à ses yeux, ressemble à la grande vie.

Elle peut aider financièrement ses parents, et, quand elle parvient à dégager du temps libre le dimanche, apporter des friandises et des jouets au petit Andy dont sa sœur Muriel s'occupe avec autant d'affection et de compétence que si c'était son propre fils.

Eperdument amoureux de Ruth (mais il ne la harcèle vraiment que quand il a trop bu – or l'excès d'alcool le plonge le plus souvent dans la torpeur sexuelle avant qu'il ait pu manifester quelque audace que ce soit), Morris Conley a fait d'elle l'hôtesse vedette d'un de ses établissements de nuit.

Situé non loin de la station de métro Brompton

Road qui, durant la guerre, a servi de centre de commandement pour l'artillerie antiaérienne, le *Court Club* n'est accessible qu'à ses seuls membres dûment inscrits et à jour de leur cotisation. Ce qui, en limitant la clientèle à la crème du lait (*dixit* Conley), favorise l'installation d'une certaine familiarité entre les hôtesses et les habitués.

Les demoiselles juchées sur leurs hauts talons ne sont pas longues à apprendre les préférences de ces messieurs. C'est ainsi que Ruth, un peu ébahie, découvre un univers qu'elle ne soupçonnait pas : celui des fantasmes.

Elle ne les désavoue pas : les rêveries fétichistes des clients du *Court Club* ont une dimension autrement inventive et ludique que les violences répugnantes et contre nature que son père lui infligeait.

Ruth fait ainsi la connaissance d'un homme d'affaires genevois prêt à donner une fortune pour un tête-à-tête avec une jeune femme dont la chevelure aurait la particularité, quand elle la dénouerait et la secouerait, d'exhaler une senteur bien particulière qu'il n'a respirée qu'une seule fois dans sa vie, il y a longtemps, si longtemps qu'il est aujourd'hui incapable de dire à quoi elle ressemblait, il se rappelle seulement que c'était un parfum qui évoquait quelque chose de blanc, de soyeux et de sucré, un peu comme ce nectar qu'on trouve à la base des fleurs de chèvrefeuille, mais l'homme du Léman n'est plus sûr de rien, sinon que cette odeur l'avait profondément ému.

— La femme était blonde ? demande Ruth.

— Très brune, au contraire. Des cheveux noirs, lisses, brillants. Une frange sur le front. Quand cette frange lui chatouillait les cils, elle avançait sa lèvre inférieure, soufflait avec sa bouche, et sa frange se soulevait. Mais c'est tout ce que je revois d'elle. Le parfum inouï de ses cheveux a fait dans ma mémoire comme une inondation qui n'a laissé rien d'autre émerger.

— Je parie que c'était une Chinoise ou quelque chose comme ça, dit Ruth. Vous devriez essayer les boutiques d'*Oriental delights* de Soho, enfin celles qui n'ont pas été éventrées par les bombes. Peut-être retrouverez-vous l'odeur de ses cheveux parmi les épices, les friandises.

Il dit que c'est une excellente idée, il a fait plusieurs voyages en Extrême-Orient avant la guerre, c'est peut-être là-bas, en effet, qu'il a respiré le miel étrange de cette chevelure, il ira donc demain humer les épiceries chinoises de Gerrard Street, il remercie Ruth et lui donne deux billets de dix livres, elle n'en revient pas, elle n'a jamais gagné autant d'argent aussi facilement, et du coup c'est elle qui se confond en remerciements, alors il remarque qu'elle aussi sent très bon, il lui demande si c'est son shampooing, elle répond que non, ce serait plutôt son rouge à lèvres qui est très fruité. Il dit (forcé d'élever la voix car le *Court Club* est très bruyant ce soir) que leur conversation devient surréaliste. Elle le dévisage, perplexe : surréaliste, elle ne connaît pas le sens de ce mot. Il a un geste de la main, un geste pour balayer ce détail sans importance : vous êtes très belle, une femme comme vous n'a pas besoin de tout savoir de la langue anglaise, d'après Ogden, Ogden le linguiste, il suffit de huit cent cinquante mots pour exprimer à peu près tout, même des théories scientifiques plutôt compliquées. Champagne ? Champagne ! Il commande une bouteille, ce que vous avez de mieux, et j'espère que vous laisserez l'empreinte de ce fameux rouge à lèvres sur le rebord de la coupe, Ruth est aux anges, épatée qu'il ne lui demande rien d'autre que la trace de sa bouche sur du cristal, du coup elle se dit que c'est comme ça qu'elle va réussir sa vie – au fond c'est si facile : juste faire rêver les hommes, et on s'élève, petit nuage rose, potelé, frémissant, au-dessus de la multitude des autres femmes, au-dessus des quelconques, des pâles, des usées, des médiocres vêtues de noir comme sa mère Bertha.

Si ça se trouve, pense-t-elle, je n'aurai même pas besoin de toucher, ni de caresser, encore moins de lécher : il me suffira d'être une image, comme Diana.

Diana, c'est l'actrice Diana Dors, elle aussi

blondie au peroxyde, et dont Ruth a récemment fait la connaissance.

La petite Dors a commencé sa carrière en posant en maillot de bain pour un photographe de Swindon (Wiltshire), payée une guinée l'heure, le même tarif que Ruth au *Camera Club*. Mais la progression de Diana Dors sur l'échelle sociale a été plus fulgurante : clamant haut et fort qu'elle était *le seul symbole sexuel britannique depuis lady Godiva*[1], et il n'est venu à personne l'idée de la contredire, elle est à ce jour la plus jeune propriétaire de Rolls-Royce du Royaume-Uni.

Alors, Ruth pense à Diana et se serre davantage contre l'amateur de chevelures orientales, celui-ci lui caresse le genou, ses doigts montent jusqu'à la jarretelle, Ruth ferme les yeux, s'abandonne.

Un matin, elle est réveillée par des élancements dans l'abdomen. Elle a l'impression qu'on lui donne des coups de couteau dans le côté gauche du bas-ventre. Sans doute a-t-elle mangé quelque chose qui était avarié, alors elle se couche sur le flanc, se met en boule, et elle attend que ça passe.

---

1. Aux alentours de l'an mil, lady Godiva, absolument nue (on rapporte qu'elle n'était vêtue que de sa longue et magnifique chevelure), traversa à cheval la ville de Coventry afin de persuader son mari de diminuer les impôts dont il accablait le peuple.

Mais loin de s'atténuer, la souffrance devient intolérable. Pliée en deux, la jeune femme se rend aux toilettes. Elle expulse des glaires marron. Elle croit d'abord à une dysménorrhée et se persuade que tout ira mieux dans deux ou trois jours.

Mais dans le courant de la journée, les douleurs se faisant plus intenses, au point de l'empêcher de se rendre au *Court Club*, elle décide de consulter un médecin.

Bien qu'il pleuve à verse, il n'y a pas assez loin de Brompton Road à Kinnerton Street où se trouve le cabinet du docteur Waynebridge pour justifier qu'elle prenne un taxi. Elle serre les dents, poursuit sa marche, tenant son parapluie de la main droite, comprimant son ventre de la main gauche, elle voit le reflet de sa silhouette ployée par la souffrance glisser sur les vitrines des boutiques, elle a l'air d'une glaneuse, d'une vieille glaneuse éreintée par une journée de labeur. Elle se sent grotesque. Et le pire, pense-t-elle, c'est qu'il s'agit peut-être de coliques, et du coup elle s'affole à l'idée qu'elle ne pourra peut-être pas se retenir avant d'arriver chez le médecin, qu'elle va se vider, se répandre sur le trottoir comme un chien.

Après que Ruth a abondamment pleurniché auprès de la secrétaire du docteur Waynebridge, celle-ci consent à la faire passer avant les autres patients qui attendent.

C'est ainsi que la jeune femme apprend que ses douleurs sont dues à une grossesse d'environ seize semaines.

Ce qui est sûr, c'est que Ruth n'est pas enceinte de Morris Conley : il y a plus de six mois qu'elle n'a pas fait l'amour avec lui – elle ne supporte plus l'odeur rance de sa sueur quand il a trop bu, ce qui lui arrive de plus en plus fréquemment.

Le père de l'enfant ne peut être qu'un habitué du *Court Club*. Ruth ne peut savoir lequel, car elle a souvent emmené des clients chez elle ces derniers temps ; mais comme elle ne couche qu'avec des hommes qui lui plaisent, il y a une probabilité assez forte pour que le futur bébé lui plaise aussi.

— Je le garde, dit-elle en répondant à une question que le docteur Waynebridge ne lui a pas posée. Oh oui, bien sûr que je le garde.

— J'en doute, dit le médecin.

— Pourquoi ça ?

— Parce que l'embryon s'est fixé dans la trompe de Falloppe.

Ruth n'a aucune idée de ce dont il s'agit. Elle demande naïvement si cette histoire de trompe – ce mot lui évoque un éléphant – risque de défigurer son enfant.

— C'est une grossesse extra-utérine. Si on ne vous opère pas tout de suite, vous risquez une hémorragie interne qui pourrait vous être fatale.

— Est-ce que vous voulez dire que mon bébé…

— On vous expliquera tout ça à l'hôpital. Moi, je ne peux rien faire de plus.

Du bref interrogatoire auquel il l'a soumise avant qu'elle ne s'étende sur la table d'examen, et auquel elle a répondu sans rien lui dissimuler, le docteur Waynebridge a déduit qu'elle était une de ces prostituées de luxe qui avaient finalement remporté ce que la presse appelle la *sidewalk's war* (la guerre du trottoir), repoussant les filles à soldats vers les quartiers de l'East End et les docks. Ça ne fait pas d'elle une coupable, bien sûr, mais ça n'est pas une raison non plus pour la ménager. Waynebridge a pris cette jeune femme en urgence parce qu'elle semblait beaucoup souffrir, mais il y a dans sa salle d'attente des blessés de guerre qui méritent autant sa compassion et ses soins que cette fille si bien pomponnée que le médecin n'imagine pas qu'elle ait jamais pu travailler à la chaîne dans une usine de munitions.

Ruth reste hospitalisée quinze jours au milieu d'autres femmes qui, pour des raisons diverses, n'ont pu mener leur grossesse à terme.

Elle souffre modérément, mais tout de même davantage que lorsqu'elle a accouché d'Andy. C'est surtout une souffrance stérile qui ne va déboucher sur rien : un matin, on lui dira que tout va bien, qu'elle peut rentrer chez elle, et puis ce sera tout. Ne pas oublier, pense-t-elle, de demander à l'infirmière la permission d'emporter les fleurs fanées dont ne veulent plus les autres patientes, comme ça j'aurai quelque chose dans les bras au moment de franchir la porte.

Car Ruth n'a reçu aucun bouquet. Il est vrai qu'elle n'a prévenu personne de ce qui lui arrivait, sauf une de ses amies, une longue fille aussi brune que Ruth est blonde, qui vient la voir souvent mais ne reste jamais longtemps à cause de son besoin urgent de sortir fumer un de ses horribles petits cigares boliviens roulés à la main.

Quand elle est seule, Ruth révise son appréciation sur les hommes. Bien que son père se soit comporté en prédateur et Clare McCallum en menteur et en lâche (lâche et lâcheur), elle a fini par leur pardonner, mais sans pour autant parvenir à leur trouver des excuses ; et le fait est qu'ils n'en ont ni l'un ni l'autre en dépit des raisons qu'ils se donnent d'avoir agi ainsi.

D'après le révérend Eakins qui passe de chambre en chambre pour soutenir le moral des alitées et leur certifier que leurs petits enfants inexistants gambadent à présent parmi les anges, c'est le syndrome d'Hiroshima : Arthur Neilson et Clare McCallum n'ont pas plus de remords que les Américains qui ont anéanti des dizaines de milliers d'innocents pour éviter que d'autres dizaines de milliers d'innocents – leurs soldats – ne soient sûrement et atrocement massacrés.

Avant que Ruth ne soit admise dans la chambre 304, quelqu'un a collé au mur une photographie en noir et blanc de l'explosion de la bombe. Bien que les médecins aient insisté pour qu'on la fasse disparaître, les infirmières rechignent à ôter cette photo qui déclenche des discussions passionnées entre les huit femmes de la chambrée, tellement navrées, tellement repliées sur elles-mêmes que le moindre prétexte pour les arracher à leur désarroi est bon à prendre.

Sa voisine de lit, une Française qui vient de mettre au monde une petite fille mort-née qu'elle voulait appeler Capucine, demande à Ruth si elle aurait dû prononcer *Capioussine* ou *Capioussaïne.*

— Je n'en sais rien, répond Ruth. En anglais, capucine se dit *nasturtium.*

La Française regrette qu'un aussi joli prénom que Capucine n'ait pas cours en Angleterre. En tout cas, elle n'aurait certainement jamais appelé sa fille *Nasturtium.* Sans transition, elle désigne la photo du champignon atomique épanoui au-dessus d'Hiroshima et dit :

— Ça ne se voit pas sur la photo, mais les citoyens d'Hiroshima marchaient au soleil, tranquilles. Paraît qu'il faisait très beau ce matin-là. Il y avait comme partout des gens en retard, et d'autres qui étaient déjà arrivés à leur travail. Et pas un n'a eu le moindre pressentiment de ce qui allait les frapper. Alors je vais te dire, coccinelle

(elle donne à Ruth ce surnom de coccinelle à cause de sa bouche rouge, de ses sourcils noirs, et de ses boucles peroxydées qui lui font de part et d'autre du visage comme de petites ailes raides et translucides), même quand le putain de ciel est vide, faut s'en méfier. Et plus encore quand il est vide, justement. Sois toujours sur tes gardes, comme le lapin d'automne quand les haies deviennent bleues, qu'on entend les chiens s'égosiller, que la chasse va reprendre. Méfiance, coccinelle, surtout toi, une fille qui travaille la nuit, qui marche dans la nuit.

De retour au club, Ruth peine à retrouver ses marques. Le petit fantôme de son enfant manqué lui colle à la peau, elle se demande quel visage il aurait eu, et si, malgré des ascendants tous plus bruns les uns que les autres, il n'aurait pas hérité quelques mèches d'or de sa mère. S'il est vrai que de nombreux éléments impalpables sont propulsés à travers la barrière placentaire et imprègnent la psyché du fœtus, alors pourquoi pas la passion de la blondeur, celle-ci fût-elle artificielle ?

Pendant plusieurs semaines, la disparition de cet enfant perturbe son sommeil, ses repas, ses danses, il lui arrive de se raidir, soudain elle se fige au milieu de la piste du *Court Club*, éclate en sanglots. La seule chose qui ne lui demande pas d'effort, c'est de boire. Alors elle boit. Pas encore trop, mais déjà beaucoup. Ça lui devient indispensable pour se montrer gaie, légère, en somme pour faire son métier d'entraîneuse. Elle découvre qu'il y a deux façons de jouer un rôle, de simuler le désir : en s'amusant ou en se forçant. Avant elle s'amusait, à présent elle se force. Morris Conley la rassure : elle redeviendra elle-même quand elle aura fait son deuil de cet avortement (en réalité, il ne dit pas « faire son deuil », ce qui aurait une certaine dignité, une certaine grandeur, les gens en deuil sont respectables – il dit « quand tu auras digéré tout ça », oui, « digéré » comme s'il s'agissait d'un rituel organique, saveur agréable au début et à la fin expulsion dans une odeur merdeuse).

L'heure avance et Ruth se dit qu'elle serait tellement mieux chez elle. Elle voit Morris Conley qui lui sourit depuis le fauteuil au fond duquel il s'est avachi. Ses sourires sont comme une fente ouverte dans un fruit blet : il a en permanence une sorte d'enduit vert sur les dents, pourtant il se les brosse, mais il n'y a rien à faire, c'est son côté batracien qui ressort, son côté crapaud.

Ruth, elle, serait plutôt papillon instable, évanescent. Un papillon de jour égaré dans la nuit. Il y a des hommes, d'ailleurs, qui l'appellent *butterfly*.

Coccinelle ou papillon, attention aux crapauds qui ont une langue rapide, collante, pour capturer les insectes. Ruth ferme les yeux, elle s'imagine finir dans la gueule, puis dans l'estomac de Conley. Vite, un drink pour effacer ça. Plus ils sont forts, plus les drinks sont râpeux – et les râpes gomment tout, lissent tout.

Certains de ses clients se détournent quand, sous prétexte de leur montrer ses jolies dents blanches, elle leur souffle au visage une haleine excessivement alcoolisée. Les hypocrites. Est-ce qu'ils s'imaginent qu'ils ne puent pas de la gueule, eux aussi ?

Morris Conley, lui, s'en fiche. Il aurait même tendance à encourager Ruth à boire : quand elle a un verre dans le nez, elle ne fait plus tant d'histoires pour se laisser tripoter par des inconnus – à jeun, elle n'est pas la fille facile qu'on imagine en la voyant onduler dans la lumière ambrée du club : toujours prête à trinquer avec un client (elle touche cinq livres de commission pour s'asseoir avec un homme, et encore trois si elle le persuade de commander du champagne), elle n'accorde quasiment rien de plus ; on peut lui prendre les mains, les presser, les caresser, les picorer de baisers, frôler la pointe de ses seins à travers l'étoffe de son corsage, reposer un instant la joue sur ses genoux (en s'y prenant bien – elle n'est d'ailleurs pas dupe – il est alors possible de saisir quelques effluves de son odeur intime), mais elle a vite fait de vous relever la tête et, en riant, de vous tordre le nez.

Conley lui-même doit se contenter d'effleurements, de petites léchouilles, de baisers mouillés. S'il n'a toujours pas la raideur voulue pour pénétrer la jeune femme, du moins peut-il jouer avec elle comme un chat avec un oiseau mort (car les jeux de Conley sont aussi tristes qu'ils sont mous), et surtout convier d'autres hommes à rejoindre la partie. Contre participation payante, bien sûr. Ce que Ruth feint d'ignorer, grâce à quoi elle peut affirmer à ses parents qu'elle ne se livre à la prostitution, ni de près ni de loin.

Elle finit d'ailleurs par s'en persuader elle-même, par s'en persuader absolument, déniant toute ambiguïté aux demandes que des membres du *Court Club* lui font d'être leur tendre compagne le temps d'un week-end sur les rives du lac de Windermere ou dans un cottage des Cotswolds. Ruth dit non, Ruth dit oui, en tout cas elle ne réclame rien : le « petit cadeau » est à la discrétion du demandeur. Il est le plus souvent en nature et fait rêver à d'autres plaisirs – sac du soir avec fermoir en écaille, jumelles de théâtre gainées de lézard, nécessaire de voyage, étui à cigarettes en argent guilloché…

Un proche de Conley signe à Ruth un chèque de quatre cents livres (qu'elle découvre épinglé à une longue robe de soie grège, la plus fluide qu'elle ait jamais portée, elle a l'impression de se glisser dans un nuage) pour la « dédommager » de partager quarante-huit heures à ses côtés dans un palace de la Riviera, avec aller-retour dans un wagon-lits aux parois d'acajou incrustées de nacre et aux rideaux de velours si épais que les amants peuvent se donner l'illusion d'une nuit sans fin alors que leur train a trouvé l'aube en gare de Sisteron et que, depuis, il court au grand soleil du Midi.

En plus de l'argent et des cadeaux dont elle fait largement profiter sa famille, ces échappées belles permettent à la jeune femme d'élargir son cercle de relations.

Elle est ainsi devenue l'amie (et bien davantage) d'un banquier iranien et d'un magnat du pétrole lorsque, un soir de brume, George Ellis pousse la porte du *Court Club*.

Ellis est dentiste. Ou plutôt, était : il boit trop. Sous prétexte d'aller préparer ses amalgames – car il y a belle lurette qu'il n'a plus assez de clientèle pour se payer les services d'une assistante – il abandonne son patient bouche ouverte et s'isole un instant dans le laboratoire, en fait une ancienne salle de bains où, parmi quelques produits de dentisterie, il entrepose ses bouteilles de gin. Secouées de tremblements, ses mains contrôlent mal les instruments, blessant parfois la bouche dans laquelle elles introduisent des fraises, des lames, des aiguilles.

Elevé par une mère trop directive, Ellis manque de confiance en lui. Si ça n'était pas flagrant dans sa jeunesse (il avait juste l'air d'un garçon bien élevé qui n'aurait pris aucune initiative sans en référer d'abord à sa famille), c'est une évidence le jour où Vera, la femme qu'il a épousée, le quitte en emmenant leurs deux fils et en lui agitant sous le nez une pétition de divorce pour cruauté mentale et physique.

Divorce prononcé six mois plus tard, et dont la première conséquence est de pousser George Ellis à noyer sa désillusion conjugale dans encore plus d'alcool qu'aurapavant.

Dommage. Car en plus de lui faire perdre sa clientèle, l'excès de gin est en train de saccager un talent qu'il avait, et qui aurait pu le consoler de bien des avatars : George est en effet un pianiste remarquable ; mais comme ses curettes, daviers, sondes, spatules et autres précelles, les quatre-vingt-huit touches de son vieux Woodchester ne tolèrent pas d'être effleurées de façon approximative et balbutiante.

Ce soir d'automne où il entre au *Court Club*, il a déjà pas mal bu, mais il lui reste encore assez de lucidité pour comprendre qu'en continuant d'errer dans le fog il risque de trébucher sur un pavé un peu saillant et de tomber dans les eaux noires de la Tamise. Quitte à se noyer, il préfère que ce soit dans un des breuvages qu'il affectionne.

A sa difficulté à fixer son regard, à sa façon de limiter ses gestes de peur que leur imprécision ne trahisse son alcoolisme, Ruth devine tout de suite que l'homme est ivre ; mais ses vêtements sont bien coupés, ses cheveux soigneusement lissés en arrière et dégageant un front immense (signe d'intelligence, apprécie Ruth), et le cuir de ses chaussures, bien que boueux, semble d'excellente qualité.

Ruth fait signe au barman d'apporter du champagne. Le visiteur dit qu'il aurait préféré quelque chose de plus fort. Ruth sourit : à cette heure avancée de la nuit, l'habitude est de finir les bouteilles de champagne que les entraîneuses ont commandées pour leurs clients et que ceux-ci n'ont pas complètement vidées.

— Si bien qu'on ne vous le facture que le quart du prix. C'est tout avantage, mon cher monsieur.

— L'argent n'est pas mon problème.

Ruth penche un peu la tête sur le côté comme font les oiseaux.

— Vous en gagnez donc beaucoup ?

— C'est surtout que j'en dépense beaucoup.

D'une poche intérieure de sa veste, il sort une liasse de billets.

— Combien suis-je censé débourser pour le plaisir de m'asseoir tout près de vous afin de bavarder un moment ?

— Pas *un moment*, rectifie-t-elle, juste *un instant*.

— Ma présence vous déplaît à ce point ?

— Non, mais on va fermer. Je vous accorde vingt minutes. Le tarif, c'est cinq livres.

Il hoche la tête, feuillette ses billets – ce sont

des coupures un peu fanées, elle ne font aucun bruit mais il s'en dégage une légère odeur de fond de poche, une odeur de tweed, de tabac blond.

George Johnson Ellis étale dix billets de cinq livres sur les genoux de Ruth. Du coup, elle n'ose plus bouger. Seuls ses yeux s'animent, et sa langue humide et rose (d'autant plus rose qu'elle contraste avec son rouge à lèvres écarlate) passe et repasse sur ses lèvres.

— Au fait, demande-t-elle enfin, c'est quoi, votre nom ?

— Ellis. Docteur Ellis.

— Et le prénom ?

— George.

— George, reprend-elle en laissant traîner sa voix, George, vous me plaisez beaucoup…

Cc n'cst pas vrai. Cc typc lui rappcllc son pèrc. En mieux, bien sûr, mais il ressemble tout de même davantage à Arthur Neilson qu'à l'homme auquel elle rêve, auquel elle a toujours rêvé, et dont elle commence à penser qu'il n'existe pas – eh bien si, sans doute a-t-il existé, mais la guerre l'a probablement tué, et à présent il gît sous quelque ruine, ou au fond de la mer dans l'épave d'un avion ou d'un navire.

— Reprenez votre argent, dit-elle.

— Certainement pas. Il est pour vous. Je vous demande seulement de ne pas le glisser dans votre corsage – ça fait vulgaire, je trouve.

Les lumières du *Court Club* s'éteignent une à une. On entend le long chuintement des becs en laiton massif de la tireuse à bière qu'un serveur est en train de purger. Dans la pénombre qui s'installe, l'extrême blondeur de Ruth fait à George l'effet d'un soleil éblouissant. Elle est lumineuse de partout, cette petite, pense le docteur Ellis qui, en sa qualité de dentiste, a noté, dès le premier sourire de la jeune femme, la blancheur de ses dents et leur alignement presque parfait (*presque* parce que la mâchoire supérieure avance légèrement sur celle du bas, mais c'est sans nuire à l'harmonie de la bouche).

— Va falloir qu'on se quitte, murmure Ruth.

— Je pourrais peut-être vous raccompagner ? propose George en faisant signe à la fille du vestiaire de lui apporter sa gabardine.

Ils s'éloignent. Il lui prend le bras. La nuit n'est plus aussi noire que pendant le black-out, elle est faite d'ombres, de brumes, de pluie, mais aussi d'une lumière tramée venue d'on ne sait où – tombée de la lune ? des réverbères ? –, comme dans le film *Waterloo Bridge* que Ruth a vu deux fois pendant les fêtes de Noël 1940, elle se souvient de Robert Taylor serrant contre lui Vivien Leigh, ils étaient habillés comme George et elle ce soir, lui en gabardine, elle en tailleur fatigué avec chemisier clair à col ouvert. Vivien Leigh portait un béret, Ruth n'en a pas. Elle se promet de s'en acheter un demain.

Et justement ils traversent à pied le pont de Waterloo, et – quelle coïncidence ! Ruth en frissonne... – George s'arrête à l'endroit précis où Robert Taylor, tandis que les sirènes enjoignent aux passants de courir aux abris, aide Vivien Leigh à rassembler le contenu de son sac à main qui s'est répandu sur la chaussée.

— Savez-vous comment on m'appelle ? dit George.

— Docteur Ellis, je suppose...

— Non : le Dentiste fou.

— Dentiste, oui, c'est logique – mais fou... pourquoi fou ?

George renverse la tête en arrière et part d'un grand rire, un fou rire justement, mais un fou rire tellement silencieux qu'on continue d'entendre le fleuve bruire doucement contre les piles du pont.

— Epousez-moi, dit-il, et vous comprendrez pourquoi.

Elle ne répond ni oui ni non, elle se demande seulement s'il est possible de trouver dans Londres assez de tulle, de mousseline et de soie pour une robe de mariée, et tout ça dans les blanc et crème.

J'ai lu récemment que le procès et l'électrocution de deux tueurs en série (le mari et sa femme – celle-ci, suite à un dérèglement hormonal, était une sorte de baleine obèse, elle pesait déjà cent kilos à l'adolescence et n'avait cessé d'engraisser depuis) avaient coûté à l'Etat de New York la somme faramineuse de plus d'un million de dollars.

Alors qu'il suffit souvent d'une seule décharge, cette fois il en avait fallu cinq, de deux mille volts pendant trois secondes, puis de cinq cents durant cinquante-sept secondes, pour que l'énorme femme consente à mourir.

J'imagine sans peine qu'une telle débauche d'électricité pèse lourd dans le coût d'une exécution. Lorsque l'Etat de Californie décida de remplacer la potence par la chaise électrique, la fringale énergétique d'Old Sparky (le surnom de la chaise utilisée à Sing-Sing) était telle que la lumière vacillait sur le front de mer. Nous sommes beaucoup plus raisonnables en Angleterre. Je suis payé chichement, au point que je ne pourrais pas vivre de ma seule fonction d'exécuteur. Bien que les pendaisons s'enchaînent à un rythme effréné – en plus des condamnés britanniques, on m'a confié, depuis mon premier voyage en Allemagne, l'élimination de plus d'une centaine de criminels de guerre nazis – la somme allouée au bourreau n'est vraiment que symbolique.

Mais bon, nul besoin d'être millionnaire pour s'amuser, n'est-ce pas ?

Samedi dernier, Annie et moi avons pris la route pour aller visiter les Cotswolds. Nous avons fait halte au *Crown and Trumpet*, où nous avons bu une excellente bière qui s'appelait *Lord's a Leaping*, ainsi qu'une autre presque aussi régalante nommée *Wizard Brew*, toutes deux si proches de la perfection qu'il faut impérativement que je réussisse à m'en procurer pour *Help the Poor Struggler*.

Le lendemain, j'emmenai Annie à Northleach pour lui faire visiter ce qui restait de la Vieille Prison, une des quatre maisons de correction construites dans le Gloucestershire par Sir George Onesiphorus Paul à la fin du XVIIIe siècle. Après quoi je la conduisis à l'autre prison locale, Littledean Jail, surnommée l'Alcatraz de la Forêt parce que située au seuil de la forêt royale de Dean.

D'aucuns diront : pourquoi ne pas emmener plutôt votre femme au bord de la mer, à présent que la plupart des plages ont été déminées et débarrassées de leurs rouleaux de fil de fer barbelé ? A cela je répondrai qu'Annie avait déjà vu la mer, mais qu'elle n'avait aucune idée de ce qu'était une prison. Elle n'avait jamais été enfermée, jamais contrainte d'aucune façon. On n'avait même pas pris la peine de lui sangler les mains quand on l'avait opérée des amygdales. Et moi, quand je l'enlace, par exemple pour danser, j'évite toujours de trop la serrer. Je veux qu'elle se sente libre, qu'elle puisse à tout instant s'écarter, reprendre sa pleine autonomie, virevolter toute seule (elle le fait d'ailleurs très souvent, les bras écartés, les yeux clos, la bouche entrouverte, et les autres danseurs ne manquent jamais de l'applaudir).

Il n'y avait aucune chance qu'elle puisse jamais assister à une exécution. Pour lui faire percevoir en quoi consistait vraiment mon autre métier, je ne pouvais compter que sur la description orale que je lui en donnais.

Elle fut un peu dépitée de ne rien voir qui fût en rapport direct avec ce qu'elle appelait mon « tiers temps ». Le fait est que la Vieille Prison de Northleach ne faisait plus fonction que de poste de police, et que Littledean Jail, qui avait servi d'entrepôt pendant la guerre, était encore envahie par les archives de la cathédrale de Gloucester et celles du Bureau des enregistrements publics.

De toute façon, ni l'un ni l'autre de ces lieux

de détention n'avaient jamais reçu l'équipement complexe qu'exige un quartier de condamnés à mort avec ses cellules sécurisées, son parloir spécial, et surtout sa chambre d'exécution.

S'il avait fallu pendre quelqu'un dans les Cotswolds, on aurait dû le transférer à Gloucester, ou faire venir de la prison londonienne de Pentonville, où elle est remisée en permanence, la potence itinérante ainsi que les accessoires nécessaires à l'exécution (cordes, entraves, cagoule).

Une pareille occasion avait failli se présenter avant la Première Guerre mondiale, lorsqu'une veuve de soixante-dix ans, une certaine Abigail qui vivotait en concoctant des remèdes à base de plantes qu'elle disait capables de guérir à peu près tous les maux affligeant le bétail et les enfants en bas âge, fut accusée de sorcellerie devant le tribunal de Littledean au prétexte que ses potions avaient précipité la mort d'une demi-douzaine de marmots atteints du croup.

Assurant elle-même sa défense, Abigail s'était sortie de ce mauvais pas en ingurgitant devant ses juges, avec un sourire plein de confiance, le contenu de toutes les fioles du supposé poison qu'on avait saisies dans son antre. Et elle avait continué de sourire et de se porter comme un charme.

Annie me demanda si « ma chère » Louisa Merrifield allait en faire autant ; Annie disait « ma chère » pour me taquiner : elle trouvait que j'accordais décidément trop d'importance au cas de cette gouvernante boulotte, aux traits grincheux, qui avait empoisonné sa patronne, une femme âgée de quatre-vingt-sept ans, pour hériter d'elle un pavillon situé à Blackpool, coquette station balnéaire du nord-ouest de l'Angleterre.

Ce n'était pas tant le crime de Mrs. Merrifield qui m'obnubilait, et moins encore Mrs. Merrifield elle-même, que son procès qui allait bientôt s'ouvrir devant la Crown Court de Manchester. Son issue ne faisait pour moi aucun doute : le juge allait coiffer son bonnet noir et rendre un verdict de mort. Après quoi je serais convoqué à la prison de Strangeways pour exécuter le jugement.

— Abigail était sûre de l'inocuité de ses breuvages, dis-je, tandis que Louisa Merrifield, elle, était certaine du contraire. Elle avait déjà tué des rats en leur faisant ingérer du phosphore jaune, elle savait que ça marchait à tous les coups, alors elle comptait bien que ça viendrait facilement à bout de la vieille Sarah Ricketts dont elle guignait l'héritage. Et elle ne se trompait pas.

— Eh bien, déclara ma femme, tant pis pour elle. Elle va te trouver au bout de sa route. Et après toi, ce sera Satan.

— Rien n'est moins sûr, Annie.

— Tu ne crois donc pas qu'elle va filer tout droit en enfer ?

— Je veux seulement dire qu'il n'est pas sûr que ce soit moi qu'elle trouvera au bout de sa route.

Annie me dévisagea avec surprise :

— Allons donc ! N'es-tu pas l'exécuteur en chef de tout le Royaume-Uni ? Tu n'imagines tout de même pas qu'ils vont faire appel à un remplaçant pour envoyer *ad patres* une condamnée de cette importance ?

— Où vois-tu que Louisa Merrifield ait une quelconque importance ? Elle n'est pas la première criminelle à avoir utilisé le poison pour s'assurer la possession d'un legs qui risquait de lui échapper. Sa seule originalité, si j'ose dire, est d'être une femme. Or j'aimerais autant ne plus avoir à exécuter une femme.

— Es-tu si sûr que Merrifield en soit une ? Pendant que la police perquisitionnait chez la pauvre Mrs. Ricketts à la recherche de traces du poison qui l'avait tuée, un groupe de l'Armée du Salut jouait *Abide with me*[1] sur le trottoir devant le bungalow. En mémoire de la victime. Et à la demande de Louisa Merrifield qui avait payé pour ça, la garce ! Et toute la rue de l'applaudir : quelle sainte femme ! s'extasiaient les gens de Blackpool. Quelle duplicité, surtout. Merrifield a peut-être l'apparence d'une femme – encore que d'une femme laide et sans grâce – mais je t'assure qu'elle n'en

1. *Reste avec moi* (la prière s'adresse au Seigneur).

est pas vraiment une : c'est un démon pétri de fausseté, de mensonge et de fourberie.

Je préférai ne pas répondre. N'avais-je pas moi-même fait preuve de fausseté, mensonge et fourberie, pendant tout le temps où j'avais dissimulé à Annie ce que recouvraient mes absences répétées pour de soi-disant achats de fournitures d'épicerie ?

Le lendemain soir, de retour au *Struggler*, je téléphonai à Harry, mon assistant, pour m'assurer qu'il n'avait pas prévu de prendre ses congés dans la période comprise entre quatorze et vingt-sept jours après la fin du procès Merrifield – c'est en principe le temps qui s'écoule entre le prononcé d'une sentence et son exécution.

C'est sa femme, Annabeth, qui décrocha. Elle me dit que Harry, au volant de son bus, assurait le service de nuit entre Tottenham Court Road et Clapham Junction, mais que si j'avais à lui transmettre un message urgent, elle allait aussitôt s'habiller, suivre le parcours que desservait Harry (elle croyait se rappeler qu'il était ce soir sur la ligne 35) et tenter de l'intercepter lors d'un de ses arrêts en station. Au pire, elle irait l'attendre au terminus de Clapham Junction. Et si elle l'y manquait, elle retournerait l'attendre en tête de ligne, à Tottenham Court Road. Elle m'assura d'un ton exalté qu'elle y passerait la nuit s'il le fallait, mais que, d'une façon ou d'une autre, Harry prendrait connaissance de mon message avant que le jour se lève.

Annabeth se faisait une haute idée des devoirs d'une épouse d'exécuteur en second.

Je l'imaginai repérant enfin le gros véhicule de son mari en train de se dandiner lourdement sous la pluie, alors elle courrait vers lui en agitant ses petits bras (Annabeth les avait particulièrement courts, potelés, d'un blanc farineux, ils m'ont toujours fait penser à des tronçons de pain pas cuit), elle sauterait à la volée sur le marchepied, s'engouffrerait à l'intérieur et filerait jusqu'à la cabine du conducteur, affolant les voyageurs par ses cris, Harry ! Harry ! s'égosillerait-elle, range-toi vite le long du trottoir, Albert a téléphoné, il te cherche partout, il a besoin de te parler, je n'ai pas tout bien compris mais je crois qu'il s'agit d'une femme qu'il doit tuer, apparemment ça ne lui dit rien, et il voudrait que tu le fasses à sa place, et je ne crois pas que tu puisses refuser, Harry, songe à ton avancement…

Finalement, je n'ai pas demandé à Harry de me remplacer.

Malgré ma répulsion à pendre une femme, c'est justement parce que Louisa Merrifield en était une que j'ai compris que c'était à moi qu'il revenait de l'exécuter. Parce que moi, je savais que je ne la ferais pas souffrir. Je l'anéantirais, voilà tout. Et c'est exactement comme ça que ça s'est passé.

A l'instant où la corde à bout de course a interrompu sa chute dans le vide et où ses vertèbres cervicales se sont brisées, il est possible que Louisa Merrifield ait eu le temps de voir un grand éclair d'un blanc éblouissant, et c'est tout. C'est du moins ce que m'a assuré un médecin. Mais un autre m'a dit que si éclair il y avait, ce qu'il ne contredisait pas absolument, l'éclair ne devait pas être blanc mais plutôt d'un rouge très vif.

Louisa Merrifield n'était pas une femme attrayante, non. Elle avait un visage acariâtre, elle l'a gardé jusqu'au bout. Et d'une certaine façon – une façon égoïste de voir les choses – c'est aussi bien comme ça. Je plains sincèrement mes confrères américains qui ont eu à électrocuter Annie Beatrice Henry, dite Toni Jo, qui avait vingt-six ans et que la presse de là-bas avait surnommée « la plus jolie petite peste à l'est du Mississippi ».

On dit que sept mille huit cents Américains avaient émis, *officiellement* émis, le désir de contempler son cadavre en vrai ou en photo. Sachant qu'en Amérique tout est possible, je ne doute pas de la réalité de la pétition, ni que certains aient vu leur souhait exaucé.

Quant à moi, je n'ai jamais eu l'occasion d'admirer un cliché de Toni Jo – on parlait beaucoup, à l'époque, d'une photo prise dans sa cellule quelques heures à peine avant sa mort, une photo où elle posait, souriante, assise dans un fauteuil avec, derrière elle, ce qui paraissait être un meuble bourgeois, ce genre de commode avec un vase de fleurs sur un napperon blanc. Mais je ne suis pas américain, et j'estime parfaitement normal que les convois de navires qui s'efforçaient alors de relier les Etats-Unis à l'Angleterre aient eu à transporter des cargaisons infiniment plus urgentes et vitales que les photos d'une petite condamnée à mort, fût-elle la séduction même.

Reste que je prie le Seigneur de n'avoir jamais à exécuter une fille comme cette Toni Jo.

Elle ferait peut-être preuve de courage et de dignité, mais quant à moi, je ne sais pas comment je me comporterais.

— Je crains le pire si ça arrive, dis-je à Annie.

— Foutaises, s'écria-t-elle, tu es l'exécuteur non seulement le plus prolifique de tout le royaume, mais… bon Dieu, Albert, combien as-tu pendu de gens ?

— Plusieurs centaines, je suppose.

— Plusieurs centaines, répéta-t-elle en faisant papillonner ses yeux. Alors tu es non seulement l'exécuteur le plus prolifique, mais aussi le plus rapide, et certainement le plus tranquille qui soit au monde.

En ce temps-là, dans l'Angleterre des années 50, on employait rarement le mot *cool*. On lui préférait *quiet*. Juste tranquille, dirons-nous. Tranquille était en effet le mot qui définissait le mieux mon état d'esprit tandis que je faisais faire le yo-yo à des dizaines et des dizaines de condamnés. Et il en serait ainsi, pour la plus grande gloire de notre jeune reine et de sa justice, aussi longtemps qu'aucune espèce de Toni Jo ne viendrait troubler le jeu. Or il y avait en Ruth Neilson, qui allait bientôt s'appeler Ruth Ellis, quelque chose de Toni Jo.

— C'est entendu, George, je consens à vous épouser, mais à une condition.

— Si c'est celle de vous aimer toujours, j'y ai déjà souscrit…

— Je suppose que vous avez prévu un voyage de noces ?

— J'ai *tout* prévu, chérie. Sauf la destination dudit voyage, dont je vous abandonne le choix. Et surtout, ne soyez pas timide, dites-moi où vous aimeriez que je vous emmène, rêvez aussi loin qu'il vous plaira, je ne récuserai aucune destination ni aucun mode de séjour, que ce soit le plus luxueux des palaces ou une cabane dans les arbres.

— Et si je vous demandais de partir seul ?

George Ellis se met à rire :

— Seul ? Comment diable pourrais-je entreprendre un voyage de noces en laissant sur le quai ma jeune mariée que j'adore ?

— Si vous m'adorez autant que vous le prétendez, alors vous ferez ce que je vous demande.

Et Ruth éparpille sur la table quelques documents d'allure austère.

— Tenez, dit-elle, jetez plutôt un œil là-dessus.

George prend un des prospectus, le parcourt rapidement, grimace :

— Eh ! ce sont des réclames pour ces espèces de foutues cliniques qui…

— … qui font d'un ivrogne un homme sobre, oui. Leurs cures sont plutôt chères, d'accord, mais j'ai cru comprendre que, pour vous, l'argent n'était pas vraiment un problème – est-ce que je me trompe ?

— Ruth, plaide-t-il, ne m'obligez pas à faire ça. Pas juste avant notre voyage de noces. Ni d'ailleurs juste après.

— Mais ce ne sera ni avant ni après, George, ce sera *pendant*, ce sera *à la place de*.

— C'est stupide, dit-il. Stupide et injuste. Je ne demande qu'à vous conduire à Paris, ou sur les bords du lac de Côme, ou à Capri si ça vous chante – et vous, en échange, vous voulez m'emprisonner dans un de ces horribles sanatoriums où l'on est jour et nuit sous surveillance ?

— Surveillance et assistance, George. Vous avez besoin qu'on vous aide. Allons, dites-moi que vous acceptez.

— Et si je refuse ? gémit-il.

— Je quitte aussitôt cette pièce et vous ne me reverrez jamais.

Le mariage est prononcé le 8 novembre. Il n'a rien d'une fête, c'est juste une formalité devant des témoins qu'on a recrutés au pied levé parmi les passants qui longent le Bureau des enregistrements. Et dès le lendemain, pendant que Ruth s'occupe d'installer leur ménage dans un logement qu'ils ont trouvé à louer près de Southampton, George est admis dans l'unité de désintoxication alcoolique du Warlingham Park Hospital.

Il se prête sans rechigner aux exigences du sevrage – sans doute se dit-il que rien ne l'empêchera, en sortant, de pousser la porte d'un pub et de rattraper le temps perdu, il en a déjà repéré deux ou trois dans les parages, *The Old White Lion*, *The Old Leather Bottle*, et surtout *The Bull* qui est tout près de l'hôpital.

Et de fait, comme tous ces gens qui, après avoir suivi un régime amaigrissant, se jettent sur la nourriture et reprennent (avec intérêts) le poids qu'ils avaient perdu, George n'est pas long à se remettre à boire, s'octroyant désormais deux fois plus d'alcool qu'avant son séjour au Warlingham Park Hospital.

Le couple n'a qu'une voiture, et c'est presque exclusivement George qui s'en sert. Aussi ne voit-il pas comment sa jeune femme pourrait exercer sur lui une surveillance un peu sérieuse : une fois hors du foyer, il est persuadé de pouvoir faire ce qu'il veut.

Il a mal apprécié les capacités de Ruth. Celle-ci n'hésite pas à louer une automobile pour le prendre en filature. C'est astucieux, car avec les voitures de location, on peut facilement passer d'une marque, d'une couleur, d'un modèle à un autre, et être ainsi plus difficile à repérer. Et lorsque George découvre que Ruth est dans son sillage, il y a déjà plusieurs semaines que la jeune femme le suit à la trace.

Mais Ruth commet elle aussi une erreur de jugement. Persuadée que la cure de désintoxication du Warlingham Park n'a pu être qu'efficace, elle ne soupçonne pas son mari d'avoir rechuté et de chercher à s'enivrer à son insu : s'il court les bars de nuit, pense-t-elle, c'est en quête d'aventures – après tout, n'est-ce pas dans un club qu'il l'a rencontrée et, dès le premier soir, draguée sans vergogne ? Alors elle s'attend à ce qu'il se comporte avec d'autres filles de la même façon qu'il s'est conduit envers elle.

Et plus George se gargarise avec des élixirs aromatiques pour masquer l'odeur de la bière et du gin qu'il a ingurgités, plus Ruth croit détecter sur lui l'aura parfumée d'une rivale. Surtout quand, à court d'élixir, il passe par la salle de bains afin de se rincer la bouche avec de l'eau de Cologne.

En fait, rien ne justifie la jalousie de Ruth. Car si George ne manque pas de charme quand il est à jeun, il est le plus souvent trop imbibé d'alcool, principalement le soir, pour être capable de satisfaire une femme.

Et cette jalousie est d'autant moins fondée que Ruth n'aime pas son mari. Du moins ne l'aime-t-elle pas d'amour.

Ce qui l'a séduite chez lui, c'est sa générosité. Chaque fois qu'il gagne un peu d'argent en faisant un remplacement chez un confrère ou en donnant quelques cours sur des sujets basiques comme le nettoyage et la stérilisation du matériel dentaire, George ne manque jamais d'inviter Ruth à dîner dans un restaurant huppé où elle passe le plus clair de la soirée à se dévisser la tête pour admirer des gens dont la plupart ne sont sans doute pas grand-chose mais qui savent si bien se pavaner et se hausser du col que la jeune femme est persuadée de respirer le même air que la crème de la haute société.

Entre deux soupers fins, George l'étourdit de cadeaux jusqu'à ce que, de nouveau, ses poches soient vides ; mais pour elle comme pour lui, l'oasis est chaque fois délicieuse.

Et puis, en sa qualité de dentiste, même de dentiste sans cabinet ni clientèle, George offre à Ruth la respectabilité dont elle a toujours rêvé. Car c'est une chose d'être connue de son boucher comme hôtesse d'un établissement de nuit, et c'en est une autre de pouvoir passer commande en tant qu'épouse d'un homme qui porte le titre de DDS[1].

C'est à Rhyl, sur la côte nord du pays de Galles, dans le Denbighshire, que Ruth avait découvert le plaisir d'être considérée.

Elle n'avait alors que cinq ans. Dissimulée dans l'ombre du kiosque à musique, elle suivait avec fascination les évolutions des autres petites filles de Rhyl qui, pédalant sur des tricycles de location, tournaient en rond autour des parterres fleuris de Marine Drive. Elle guettait l'instant où le vent qui soufflait de l'océan emporterait le chapeau d'une des jeunes demoiselles, le fairait rouler et rebondir sur le sable de la plage, le chasserait en direction des vagues.

Ça ne manquait jamais de se produire, surtout en période d'équinoxe, et ce fut encore ce qui arriva cette fois-ci.

La petite Ruth se leva aussitôt de dessus son banc et se précipita à la poursuite du chapeau fugueur, le rejoignit, le dépassa, se dressa devant lui pour l'empêcher d'aller plus loin et, lui faisant obstacle de son corps, attendit qu'il se plaquât contre elle pour le saisir par un de ses longs rubans flottants.

1. *Doctor of Dental Science* (ou *Dental Surgery*).

Alors, tout en l'époussetant avec ostentation pour bien montrer qu'elle l'avait arraché aux sables et au naufrage et que ça n'était pas rien, elle le rapporta à sa propriétaire, une fillette brune d'une dizaine d'années.

Cette dernière ne put faire autrement que d'offrir à Ruth la moitié de son *Welsh cake*[1] saupoudré de sucre. Une aubaine pour Ruth qui, si elle mangeait à sa faim, était en manque de friandises – on ne gaspillait pas l'argent en sucreries chez les Neilson.

La mère de la brunette au chapeau se confondit en remerciements et demanda à Ruth ce qui lui ferait vraiment plaisir. Alors Ruth posa un regard mélancolique sur la ronde des tricycles :

— J'aimerais bien faire un tour là-dessus, m'dame, mais je n'ai pas de quoi en louer un.

La mère fit aussitôt descendre sa propre fillette de son tricycle, lui enjoignant de laisser Ruth le chevaucher :

— Songe que sans cette petite, ton chapeau finissait dans la mer…

Quelquefois, quand le chapeau envolé était celui d'une fille de famille fortunée, Ruth se voyait offrir un ticket pour faire le tour de Marine Lake à bord du train à voie étroite qui, tracté par une

1. Sorte de scone aux raisins secs cuit à la poêle – le scone traditionnel, lui, est cuit au four.

locomotive à vapeur miniature, parcourait un circuit d'un peu plus d'un kilomètre.

Assise dans le wagon à ciel ouvert accroché juste derrière le tender, respirant avec délectation la fumée chaude que le vent de la course couchait sur le convoi, Ruth s'imaginait à bord d'un train de luxe en route pour Rome, Venise ou Vienne.

C'est un de ces soirs d'après train qu'elle avait dit à sa mère, d'un ton si exalté que des bulles de salive se formaient et éclataient entre ses lèvres :

— Je sais que je vais faire de ma vie quelque chose de vraiment grand...

La guerre et le temps sont passés sur Rhyl, les tricycles ont rouillé puis disparu, il semble que le sifflet du petit train de Marine Lake se soit enroué, que le ciel soit plus gris, plus terne, que l'odeur de friture des *fish & chips* ait définitivement chassé celle des baumes dont se parfumaient les élégantes.

Pareil pour Ruth Ellis : il a suffi de quelques mois de mariage pour que sa nouvelle existence qu'elle espérait apaisée, douillette, une vie de chintz, de tables rondes en merisier, de rhubarbe confite, de rideaux en liberty et d'argenterie anglaise, s'éloigne d'elle comme la mer quand elle se retirait là-bas, à Rhyl, découvrant des coulées de sable froid, des rigoles d'eau fuyant sous ses pieds de petite fille, et alors elle avait peur que la plage, qui paraissait dévaler vers la mer, ne finisse par l'entraîner avec elle pour la précipiter dans les flots.

Rhyl revient de plus en plus souvent dans la mémoire de Ruth.

Rhyl à jamais indissociable de son père, de ses longues absences quand il s'en allait jouer du violon sur l'océan. Ruth guettait impatiemment son retour, Muriel priait pour qu'il fît naufrage. Il revenait avec des bas pour sa femme, des babioles américaines pour ses filles. Dès le premier jour de son retour, il s'enfermait avec Muriel. Il lui fallait faire vite avant le retour de la mère. A travers la cloison, Ruth entendait les plaintes et les gémissements de sa sœur. Ça faisait comme un ressac qui se mêlait à l'autre ressac, le vrai, celui de la mer.

Et voici qu'une fois de plus, quelque chose se dérobe sous les pas de Ruth : désormais, ce n'est plus dans les restaurants de luxe que George Ellis la conduit, mais dans les salles d'attente des hôpitaux ; car la prodigalité de celui qui n'a jamais mieux mérité son surnom de Dentiste fou ne se traduit plus par une pluie de cadeaux, mais par un déluge de coups.

George Ellis bat sa femme, et pas qu'un peu.

Quand il a un verre dans le nez (et son imprégnation alcoolique est telle qu'il lui suffit désormais d'un petit verre de rien du tout pour perdre tout contrôle), il lui arrive d'empoigner sa jeune femme par les cheveux et de lui cogner la tête contre le mur jusqu'à ce que son nez saigne abondamment. Les yeux de Ruth ne sont plus que deux boursouflures violettes à force d'avoir été martelés, et elle a sur le côté gauche du crâne une marque comme si elle avait été scalpée. Quant à ses jambes, elles sont couvertes d'hématomes résultant des coups de pied de George[1].

Lorsque Ruth n'en peut plus, elle claque la porte et se réfugie chez ses parents, à Brixton, un quartier du sud de Londres.

Mais elle n'est jamais bien longue à retourner vers George, elle le fuit rarement plus de cinq ou six jours, le temps de permettre à ses hématomes de virer du bleu au jaune – ils sont alors plus faciles à dissimuler sous une couche de maquillage.

S'ajoutant à la jalousie quasi morbide qu'elle développe à l'égard de son mari, ces *come back* où elle ne met d'autre condition que de reprendre la vie commune comme s'il ne s'était rien passé, ont persuadé certains de ses biographes que Ruth avait fini par aimer son mari.

Il aurait fallu pour ça qu'elle soit masochiste, or ce n'est pas parce qu'elle a passé le plus clair de sa vie à endosser à peu près tous les rôles de

1. D'après Bertha Neilson, la mère de Ruth, citée par Carol Ann Lee dans *A Fine Day For a Hanging : The Ruth Ellis Story* (Mainstream Publishing, Edimbourgh, 2012).

victime du répertoire féminin que Ruth Ellis a jamais eu la moindre attirance pour la souffrance. En tout cas, elle ne connaissait pas la mystérieuse alchimie qui permet de transformer la douleur en plaisir. Elle avait par contre une impressionnante capacité à accepter que les choses soient ce qu'elles étaient – ne pas confondre cette acceptation, qui reste « armée », combative, avec la résignation qui suppose qu'on renonce à lutter.

Ruth ne désespère pas (du moins pas encore) de son mari. Après tout, se dit-elle, s'il est violent, c'est parce qu'il boit. Et si ce n'est qu'un problème d'alcool, il doit y avoir un moyen de le résoudre. L'éthylisme est une maladie pour laquelle il existe des traitements, et ce n'est pas sous prétexte que la première cure qu'elle lui a imposée a échoué que George est condamné à rester un ivrogne.

Elle s'en persuade d'autant plus facilement que, lorsqu'il est dans une période de sobriété, il redevient le compagnon agréable qu'il était au début de leur union. Sauf que ses périodes de sobriété sont de plus en plus rares et de plus en plus brèves.

C'est dans un de ces calmes entre deux tempêtes que George, quatre mois après leur mariage, lui fait un enfant.

C'est une fille, une petite Georgina, qui vient au monde le 2 octobre 1951, à la maternité du Dulwich Hospital, vieux bâtiment en briques rouges situé dans un quartier qui semble encore ancré dans le XIXᵉ siècle.

George, de nouveau en cure de désintoxication, est informé que l'accouchement a été long et difficile, mais qu'au bout du compte la mère et l'enfant se portent bien et attendent sa visite.

Mais malgré la permission de sortie que lui accordent aussitôt ses médecins du Warlingham Hospital, il préfère rester confiné dans sa chambre. Il semble que cette naissance ne le touche ni comme père ni comme époux. Il ne songe pas un instant que Ruth, après ses souffrances, apprécierait sans doute de recevoir un peu de réconfort de sa part, et il ne manifeste aucune envie de savoir à quoi ressemble Georgina ni de la serrer dans ses bras : cette affaire ne le concerne tout simplement pas.

Du moins tant que Ruth et Georgina bénéficient des soins du Dulwich Hospital. Car à peine ont-elles quitté la maternité que George annonce à Ruth que le mieux, selon lui, est de se dépêcher de trouver quelqu'un pour adopter Georgina : George n'est pas disposé à gaspiller pour une petite créature vagissante l'argent dont il dispose, et qu'il préfère investir en boisson – la nouvelle cure qu'il vient de suivre à Warlingham ayant déjà fait long feu.

— Est-ce que tu as seulement une idée de ce que ça coûte, d'élever un gosse ? gronde-t-il. J'en ai déjà eu deux, moi, alors je sais de quoi je parle. Et je sais surtout que je n'en ai jamais voulu un troisième. Bon sang, je n'ai rien fait pour ça !

— Tout de même, dit Ruth, tu m'as fait l'amour.

— Eh bien, je te jure que je ne suis pas près de recommencer.

Et c'est ainsi qu'un an à peine après avoir épousé Ruth, George décide d'entamer une procédure de divorce. En accusant de cruauté la jeune femme sur laquelle il se défoule à coups de poing.

Ne plus être obligée de vivre sous la coupe du Dentiste fou serait sans doute pour Ruth un réel soulagement. Sa première réaction est pourtant de refuser toute idée de divorce : malgré ce que George lui fait subir, elle continue de croire qu'il peut s'amender. Il ne serait pas le premier : après s'être vautré à la fois dans l'alcool et dans l'inceste, Arthur Neilson n'a-t-il pas fini par s'acheter une conduite ? Aujourd'hui, avec ses cheveux coupés court, son pardessus poil de chameau négligemment jeté sur l'avant-bras, sa veste avec pochette et sa cravate gris perle nouée au col d'une chemise blanche, Arthur n'a-t-il pas l'allure d'un de ces acteurs aux tempes argentées qui incarnent des officiers à l'âme bien trempée et à la moralité irréprochable dans les films de guerre que les studios d'Hollywood produisent à la chaîne ?

Rien n'est jamais désespéré, songe Ruth, la rédemption est toujours possible.

Comme pour conforter la jeune femme dans cette espérance, le juge qui examine le dossier Ellis *vs.* Ellis refuse de prononcer le divorce : George et Ruth ne sont pas restés mariés assez longtemps pour que la justice puisse conclure que leur union est un échec irrémédiable. D'ailleurs, le type de mariage *statutory*[1] auquel ont souscrit les deux époux exige un délai de trois ans avant de pouvoir être légalement dissous.

Alors, bien sûr, George Ellis cogne à nouveau.

---

1. Dans la plupart des pays anglo-saxons, le mariage *statutory* est une union légalisée qui donne lieu à un enregistrement devant témoins, tandis que le mariage *common law* se contente du consentement mutuel des époux qui se déclarent eux-mêmes mariés et en font la preuve en se désignant devant la société comme mari et femme et en vivant ensemble.

Cette fois, c'est trop : au bord de la nausée, révulsée par la méchanceté imbécile que George lui manifeste, Ruth prend sous un bras Georgina dont l'âge se compte encore en jours, et sous l'autre Andy qui vient de toucher ses sept ans. Déterminée et volontaire jusque dans sa façon de marcher, elle fait gicler sous ses pas les flaques d'eau des trottoirs de Londres. Parce que c'est à pied qu'elle retourne chez ses parents. Le bus, le métro, elle n'a plus assez d'argent, même pour ça.

Elle est trempée quand elle arrive, dégouline de partout, s'ébroue comme un chien des rues. Bertha court chercher des serviettes éponge, Arthur lui verse un verre de brandy.

— Alors, papa, qu'est-ce que tu en dis, de ma petiote ? Elle te plaît ?

— Si elle me plaît ?…

En prenant Georgina dans ses bras (c'est encore une plume, cette minuscule, mais, ô mon Dieu !, cette plume sera un jour, sera bientôt, rose et miel, verdeur et blondeur des blés, sucre des maïs, danse, grâce, ondulation des avoines), Arthur déclare qu'à son avis – et après toutes ces années où il a joué du violon pour faire danser des femmes sur les transatlantiques, il est fondé à juger de leur beauté même quand elles ne sont encore que des sorties de l'œuf, à peine des promesses de poussin – Georgina Ellis sera la plus belle.

— Plus belle que moi ?

— Ça dépend de la façon dont tu vas évoluer, rétorque Arthur avec un clin d'œil appuyé. Mais je dois dire que quand tu étais toute jeunette, tu n'étais pas mal, vraiment pas mal du tout – même que si tu n'avais pas été ma fille…

Là il se tait, pique du nez sur sa tasse de thé, une tasse en faïence décorée du blason de l'un des paquebots magnifiques sur lesquels il a navigué. Il se rappelle que son comportement n'a pas toujours été celui d'un père.

A présent la nuit tombe, et avec elle un crachin intermittent qui fait sur la ville comme les rayures d'un vieux film. Les hautes cheminées blanches de Battersea Power Station crachent des remugles de charbon brûlé, à quoi s'ajoutent les fumées des locomotives dont les suies mêlées de pluie font couler sur les maisons d'éphémères arabesques noires où des diseuses de bonne aventure assurent pouvoir lire l'avenir de Londres aussi clairement que dans du marc de café.

Ruth espère que ces pestilences ne vont pas fausser les notes un peu musquées du parfum bon marché qu'elle a vaporisé sur la mousse blonde de sa nuque – elle tient à laisser derrière elle un sillage agréable, histoire d'inciter à se retourner ceux qui la croisent sans peut-être la remarquer.

Depuis qu'elle est toute petite, elle a toujours cherché à affirmer son existence. Sentir bon est un de ses moyens privilégiés de dire *je*. Avant même d'adopter une signature définitive, elle a trouvé la fragrance qui la décrit le mieux, c'est Miss Dior, il y a quelque chose de dansant et d'ensoleillé dans ce parfum encore tout neuf – il a été créé juste au sortir de la guerre –, quelque chose qui donne envie d'arc-en-ciel et de lécher la peau qui le porte pour s'en approprier les saveurs de sauge, de gardénia, de rose, de jasmin, de mousse de chêne et de résine de ciste.

Ruth se souvient d'une petite camarade pauvre et étrange (c'était d'abord la pauvreté de la fillette qui l'avait frappée, à présent elle se rappelle surtout son étrangeté) qui affirmait son moi en laissant perler quelques gouttes de pipi dans sa culotte. Oh, ça sentait à peine, il fallait s'approcher vraiment très près pour percevoir quelque chose, presque coller le nez sur le bas de sa robe – et alors, vous savez quoi ? Eh bien, l'odeur n'était pas celle de l'urine, elle était plutôt proche de la violette. Ruth en rit toute seule sous la pluie : nous, les filles, sommes si déconcertantes, si poétiques en somme !

Il est un peu plus de vingt-deux heures trente lorsqu'elle pousse la porte du *Court Club*. Elle a d'abord cru s'être trompée, car l'enseigne a changé, le club s'appelle à présent le *Carroll's*.

Avachi dans son fauteuil préféré, un fauteuil couleur de vase dont le cuir est constellé d'une myriade de petites brûlures dues à des brindilles de tabac incandescent qui font comme des lentilles d'eau sur un étang, Morris Conley a plus que jamais l'air d'un crapaud.

Il lui fait signe d'approcher. Peu de temps avant la guerre, il a vu dans un cinéma de Notting Hill un film français, *La Femme du boulanger*, et il a été à ce point marqué par la séquence où la chatte Pomponnette revient se chauffer près du fournil après une fugue de plusieurs jours, qu'il l'a apprise par cœur et qu'il la récite chaque fois qu'il est convié à un mariage – avec le temps qui passe, il fait de plus en plus de fautes, mais ça n'a pas d'importance puisque la plupart des convives des noces où on l'invite ne parlent pas français.

Ce soir, il la rejoue pour Ruth. Il s'applique, se donne sans réserve, fait des grimaces, des gestes pour mimer la situation. Il espère que si Ruth ne comprend pas les mots, elle saisira au moins le sens de la scène :

— *Ah ! te voilà, toi, la Pomponnette... Garce, salope, ordure !... Et c'est maintenant que tu reviens ?.... Et le pauvre Pompon, dis, qui s'est fait un mauvais sang d'encre pendant tous ces jours !.... Il tournait, il virait, il cherchait dans tous les coins*[1] ...

Elle le dévisage, sidérée :

— Holà, Maury, c'est quoi, cet accent ?

— Comment ça, c'est quoi ? C'est l'accent du sud, mon ange, le sud de la France. Tu ne le reconnais pas ? Est-ce que tu n'as pas levé un client qui t'a emmenée là-bas ? Même qu'il t'a payé le train de nuit et...

— A propos de nuit, coupe Ruth, je voudrais bien revenir travailler ici.

— Ça peut se faire, dit lentement Maury. Tu m'as manqué. Tu as manqué à tous ces hommes qui se retournent sur toi, qui reposent leur chope pour te regarder onduler, et qui n'en croient pas leurs yeux de te voir là.

— Je n'ondule pas, c'est ma façon de marcher.

Il se mouche, replie son mouchoir, le fourre dans sa poche.

— Tu loges où ?

— A Brixton, chez mes parents.

1. Extraits du film de Marcel Pagnol, *La Femme du boulanger* (1938).

— Ici, les horaires ont changé. On ne ferme pas avant trois heures du matin. Trop tard pour le dernier bus pour Brixton. Mais je peux te proposer un studio dans Oxford Street.

Ses cheveux blonds brillent comme une étoile dans la pénombre du club. Et les consommateurs s'approchent d'elle comme les planètes glissent vers leur soleil.

Ce soir, parmi eux, se trouve un certain David Blakely. Il est *parmi* ces hommes, mais Ruth voit tout de suite qu'il n'est pas *comme* ces hommes.

J'ai pendu Louisa Merrifield dans la chambre d'exécution de Strangeways, prison de Manchester, le vendredi 18 septembre 1953.

C'était l'année du couronnement de la reine Elizabeth, du procès des assassins SS d'Oradour-sur-Glane, de la mort de Staline et de celle de Julius et Ethel Rosenberg sur la chaise électrique de Sing-Sing pour avoir livré aux Russes des secrets concernant l'arme atomique. Je m'étais d'autant plus intéressé au cas des Rosenberg que j'avais eu moi-même à exécuter plusieurs espions, dont un certain Karl Richter arrêté quelques jours après avoir été parachuté dans le nord de Londres.

J'étais satisfait que la pendaison de Louisa Merrifield ait lieu près de chez moi, car, la veille, en raison d'une perturbation atlantique qui traversait le pays, il était tombé d'énormes quantités d'eau qui avaient inondé et rendu impraticables de nombreuses routes ; et lorsqu'il y avait une brève accalmie, les nuages gorgés de pluie cédaient la place à des nuées basses qui recouvraient Manchester d'une ouate grise, épaisse, d'où n'émergeait que la haute tour de ventilation de la prison.

J'ai toujours apprécié Strangeways. Avec ses murailles qui atteignent en certains endroits quatre mètres d'épaisseur et son architecture en flocon de neige (un cœur central d'où rayonnent dix ailes), cette prison me paraît être un modèle du genre.

Les détenus n'en ont pas la même perception, évidemment. Eux ne connaissent de l'immense pénitencier que d'interminables et monotones coursives, des empilages de cellules toutes semblables, avec ici ou là, sans lien apparent avec le reste – mettre les prisonniers dans l'impossibilité de « comprendre » leur prison et d'en dresser le plan étant un des buts recherchés par ceux qui la conçoivent –, quelques îlots presque raffinés avec tapis, lampes aux abat-jour d'opaline verte, meubles cirés et plantes en pots, qui abritent les bureaux de l'administration, le quartier des surveillants, le cabinet du médecin, le logement de l'aumônier et l'appartement du gouverneur.

Tout en jouant du volant pour rectifier la trajectoire de ma petite voiture qui avait tendance à déraper sur la chaussée grasse et détrempée, j'espérais que Louisa Merrifield se comporterait aussi bien qu'Ethel Rosenberg ou que Karl Richter.

D'ailleurs, que ce soit d'après mon expérience personnelle ou celle de mon père Henry qui avait été exécuteur avant moi, il apparaissait que les condamnées à mort pouvaient faire preuve d'autant d'impassibilité, quand ce n'était pas davantage, que leurs homologues masculins.

Mais il semblait que Louisa Merrifield fût l'exception qui confirmait la règle.

Durant ses deux mois de détention dans une cellule contiguë à la chambre d'exécution, elle avait en effet montré une grande nervosité ; et quand il ne lui était plus resté qu'une maigre semaine avant la date prévue pour son exécution, son émotivité à fleur de peau avait tourné à l'agressivité.

En me conduisant jusqu'à une fenêtre d'où j'allais pouvoir observer Mrs. Merrifield pendant qu'elle effectuait son ultime promenade – c'était une chose de disposer de ses mensurations, c'en était une autre d'apprécier visuellement sa corpulence, notamment au niveau du cou –, le gouverneur de Strangeways me dit que cette pauvre femme était si remontée contre tout le monde qu'il la croyait dans l'état d'esprit d'empoisonner la terre entière pour peu qu'on lui fournît assez de rodine[1] pour cela.

1. La mort aux rats qu'elle avait utilisée pour assassiner

Je m'étais souvent demandé comment je me comporterais si je me trouvais à la place d'un de mes « clients ». Je ne me faisais guère d'illusions. Comme des millions de Britanniques, j'avais subi les bombardements allemands avec résignation et discipline – je n'étais pas de ces fanfarons qui refusaient ostensiblement de descendre aux abris et restaient plantés au beau milieu de la chaussée, le nez en l'air comme pour suivre la course des étoiles filantes ; et quelquefois des femmes se joignaient à eux, et moi, déjà à moitié engagé dans la descente d'une cave ou d'une station de métro, je les regardais s'éloigner dans la nuit, bras dessus bras dessous, en riant, et je les enviais.

Mais ce qui rendait les bombardements acceptables, c'était leur côté aléatoire : on ne savait jamais si l'on allait se trouver sur la trajectoire d'une bombe, si l'on allait sauver sa vie ou la perdre en passant d'un trottoir à un autre, en dansant sur un pont ; tandis que le jour, l'heure, et jusqu'à la minute même d'une exécution capitale étaient la chose la plus absolument précise de tout le Royaume-Uni. Au fond, c'était cela qui devait être le plus intolérable : la certitude qu'il n'y avait aucun moyen de négocier ne fût-ce que cinq secondes d'existence en plus.

Je me rappelais ce qu'on m'avait enseigné à

---

sa victime.

propos de la tragédie, du fatum : les Grecs ne faisaient-ils pas du destin irrémédiable une divinité supérieure aux dieux eux-mêmes ?

Alors, contrairement au gouverneur qui semblait choqué par l'acrimonie de Mrs. Merrifield, j'estimais qu'il était légitime – et bien plus : qu'il était humain – qu'elle m'accueille demain matin sans un sourire, ni sans me demander aimablement comment je me portais.

Avant de prendre congé du gouverneur pour gagner la chambre qui m'avait été affectée, je me dis qu'une des curiosités de la fonction d'exécuteur était de discourir de la bonne ou de la mauvaise humeur d'une condamnée sur un chemin de ronde par une froide et pluvieuse soirée d'automne.

Le lendemain matin, Louisa Merrifield se réveilla à cinq heures. L'une des gardiennes qui la surveillaient nuit et jour lui demanda ce qu'elle désirait pour son dernier petit déjeuner. Elle opta pour des œufs brouillés, insistant pour qu'on les lui servît bien chauds et parfaitement moelleux :

— Pas comme d'habitude, n'est-ce pas ? La plupart du temps, on dirait que vous m'avez émietté une omelette trop cuite.

On prit grand soin de ses œufs brouillés, de leur onctuosité et de leur température. Quand la surveillante les lui apporta, Louisa Merrifield les considéra avec circonspection, puis, brutalement, donna un coup de pied dans le plateau, éparpillant les œufs à travers la cellule :

— Et voilà ! Comme ça, personne n'en profitera, de ces foutus œufs...

Elle mourut donc l'estomac vide, mais le cœur plein d'une rage qu'elle transforma en courage, l'un des plus exemplaires qu'il m'ait été donné de voir.

— Cette dame, dis-je à l'aumônier, avait plus de couilles que bien des hommes – façon de parler, bien sûr. Et vous savez quoi ? Eh bien, mon intention première avait été de laisser Harry, mon assistant, opérer à ma place. Finalement, je me suis ressaisi et c'est moi qui l'ai fait. Et je ne le regrette pas. Mais la prochaine fois qu'on me demandera de pendre une... eh ! quelque chose ne va pas, révérend ?

L'aumônier, livide et haletant, comprimait sa poitrine à l'endroit du cœur. Impressionné par ce qu'il venait de voir, il faisait un début d'infarctus.

Ce que les exécuteurs redoutent par-dessus tout quand il s'agit d'une femme, ce sont les larmes. Les *ne posez pas vos mains sur moi !*, les *je ne veux pas mourir !*, les protestations d'innocence, rien de tout cela ne nous trouble profondément. Les larmes d'une femme, c'est autre chose.

Au point que l'un de mes prédécesseurs en est mort.

Le 9 janvier 1923, John Ellis[1] avait été requis de se rendre à la prison d'Holloway afin d'y pendre une jeune femme condamnée pour le meurtre de son mari, meurtre perpétré avec la complicité de son amant.

Edith Thompson était une jolie fille pulpeuse. Avec son petit nez mutin, ses joues pleines aux pommettes hautes, sa bouche sensuelle plantée de dents régulières et très blanches, elle avait encore, à trente ans, des traits enfantins.

Les Britanniques furent plus d'un million à signer une pétition demandant sa grâce : l'Angleterre est une île, et c'est un des traits du caractère insulaire que de détester le gaspillage, or, enfouir six pieds sous terre une personne aussi charmante que la petite Thompson, c'était bel et bien du gâchis.

Et puis l'amant d'Edith, lui aussi condamné à mort, ne cessait de jurer que la demoiselle était innocente.

Mais la justice de Sa Majesté – comme d'ailleurs presque toutes les instances judiciaires en ce bas monde – supporte difficilement de revenir sur ses arrêts.

Et au matin du 9 janvier, alors qu'une neige mouillée tombait sur les flèches et les tourelles

1. Il s'agit d'une simple homonymie, John Ellis n'avait rien à voir avec Ruth Ellis.

d'inspiration gothique de la prison d'Holloway, John Ellis et son assistant se dirigèrent vers la cellule d'Edith Thompson devant laquelle attendaient déjà le gouverneur, le sheriff, le médecin et l'aumônier, ainsi que quelques surveillantes.

A travers la porte, on entendait comme les gémissements d'une bête blessée.

— La pauvre fille était si certaine d'être graciée ! chuchota le gouverneur à Ellis. Alors maintenant, forcément, c'est le désarroi total. La panique. Elle ne se contrôle plus du tout.

Quand John Ellis pénétra dans sa cellule, Edith était effondrée sur son lit, pratiquement inconsciente. Un râle sourd sortait de sa bouche en même temps qu'un filet de bave.

— Nous avons essayé de la lever, dit la surveillante qui avait passé la nuit auprès d'elle, mais elle ne tient pas sur ses jambes. C'est une poupée de chiffon, monsieur, elle est incapable de marcher jusqu'à la potence.

John Ellis avait déjà participé, comme assistant de l'exécuteur John Billington, à la pendaison d'une femme de quarante-deux ans, Emily Swann. Elle aussi était persuadée qu'on allait la gracier, non pas en raison d'un physique attendrissant façon Edith Thompson, mais parce qu'elle était mère de onze enfants. En dépit de quoi le ministre de l'Intérieur avait choisi de laisser la justice suivre son cours. Depuis qu'elle avait appris que sa vie ne serait pas épargnée, Emily était assaillie de crises d'angoisse qui la laissaient pantelante ; et au matin du 29 décembre 1903, jour fixé pour son exécution, prise d'une terreur abjecte, elle gisait à moitié évanouie sur le sol de sa cellule. C'est alors que quelqu'un avait eu l'idée de lui faire avaler un plein verre de brandy, lequel avait opéré un véritable miracle et l'avait ramenée, calme et sereine, dans le monde des vivants – pas pour longtemps puisque quelque trois minutes plus tard, c'est dans les ténèbres de la mort qu'elle avait basculé.

John Ellis décida d'appliquer le même traitement à Edith Thompson. Mais le brandy n'eut pas le même effet sur sa jeune et jolie patiente : les effets conjugués de la terreur et d'une dose excessive d'alcool la firent tomber en syncope. Et c'est à une fille aussi inconsciente et flasque que le cadavre qu'elle allait devenir dans quelques instants qu'il lia les mains derrière le dos et assujettit une sangle au-dessus des genoux pour empêcher sa robe, au moment de la chute, de s'ouvrir en corolle en dévoilant une partie de son intimité.

Presque aussi inconsciente que si elle eût été sous anesthésie, Edith Tompson fut portée dans les bras d'un gardien jusqu'à la trappe fatale.

L'exécuteur poussa le levier et elle mourut sans s'en apercevoir.

Quand John Ellis et son assistant décrochèrent Edith et la délivrèrent de ses entraves, une importante quantité de sang jaillit de son bas-ventre, inondant sa robe et répandant dans la pièce une odeur à la fois fade et métallique. Le médecin de la prison, le docteur Bernard Spillsbury, déclara que la cause de cette hémorragie ne pouvait être qu'une grossesse. Edith devait ignorer qu'elle était enceinte, car, si elle avait déclaré attendre un enfant, elle aurait bénéficié d'un sursis jusqu'à son accouchement, sursis qui aurait eu ensuite toutes les chances de déboucher sur une grâce définitive.

Le sang dessina des arabesques le long des jambes d'Edith Thompson, puis nappa ses souliers d'une sorte de vernis rouge avant de tomber sur le sol, goutte après goutte, et son flic flac régulier était le seul bruit qui brisait le silence terrible qui avait envahi le puits ouvert sous la trappe restée bâillante.

Ceux qui en furent témoins n'oublièrent jamais cette scène. John Ellis, lui, en fut si profondément traumatisé qu'il quitta la chambre d'exécution en tenant des propos délirants.

Peu de temps après, il donna sa démission. Il se mit à boire, tenta de se suicider d'une balle dans la tête, se rata, mais récidiva quelques années plus tard en s'ouvrant la gorge avec un rasoir, et cette fois, perdant son sang comme la petite Thompson avait perdu le sien, il vint à bout du cauchemar qu'était devenue sa vie depuis qu'il avait tué

– sur ordre, mais ça n'atténuait pas sa navrance – une jeune femme si charmante, et l'enfant qu'elle portait.

J'étais personnellement trop équilibré pour tomber jamais dans un tel abattement. Du moins le croyais-je. J'avais tellement de pendaisons à mon actif qu'il me semblait impossible qu'une péripétie désagréable me conduisît à passer la main, même s'il s'agissait d'un incident aussi consternant que celui survenu à John Ellis.

J'aimais ce que je faisais. Je ne dirais pas que j'y prenais du plaisir, non, mais j'éprouvais une forme de satisfaction à accomplir ce travail du mieux qu'un être humain pouvait le faire. Ce n'était pas tant la justice que je servais que ceux qu'elle condamnait : grâce à moi, grâce à mon application, ma minutie, mon savoir-faire, ils mouraient vite, dans un minimum de souffrances. Leur mort n'était-elle pas plus enviable que ces agonies haletantes, interminables, par où passent certains malades qu'on dit privilégiés parce qu'ils meurent dans leur lit ?

Ma vocation, car c'en est une, remonte à l'année de mes onze ans, et plus précisément au jour où mon instituteur avait proposé comme sujet de rédaction « Quel métier souhaitez-vous exercer après avoir quitté l'école ? »

J'avais longuement tourné et retourné la

question dans ma tête. La seule situation qui m'attirait vraiment était celle de propriétaire de chevaux de course, mais je voyais mal comment je trouverais jamais assez d'argent pour acheter ne fût-ce que la paille destinée à la litière d'un de ces animaux magnifiques. Sinon, je m'imaginais assez bien en jockey, sauf que je n'avais absolument pas la morphologie voulue. Devrais-je alors me contenter d'un emploi de garçon palefrenier ? Evidemment, être lad au haras d'Eaton, propriété du duc de Westminster, ne ferait pas trop mal dans le tableau ; mais Sa Grâce devait avoir déjà pléthore de prestigieux candidats pour ses écuries, et la rivière Dee risquait de couler longtemps encore sous le pont d'Eaton Hall avant que Hughes Richard Arthur Grosvenor, deuxième duc de Westminster, ne retienne mon offre de service.

C'est alors que je me rappelai que moi aussi, à défaut d'appartenir à l'aristocratie, je faisais partie d'une dynastie naissante : mon père, Henry Pierrepoint, n'était-il pas l'actuel exécuteur en chef ? Et mon oncle, Tom Pierrepoint, n'en était-il pas le digne assistant ?

Alors, en me dépêchant car l'heure tournait et le maître d'école menaçait de ramasser les cahiers, j'écrivis que mon ambition, que je n'avais encore jamais confiée à personne, était de devenir à mon tour exécuteur en chef au service de Sa Majesté la reine d'Angleterre[1].

Ce devoir me valut une excellente note, la meilleure de toute ma vie scolaire. Sans doute davantage motivée par l'originalité du propos que par le style et l'orthographe qui laissaient encore un peu à désirer.

---

1. Voir *Executioner : Pierrepoint* (*op.cit.*)

Ruth est repue, gavée, saturée d'hommes.

Désormais, sur l'impériale des autobus, sur les trottoirs de Sloane ou de Bond Street, dans les magasins *Selfridges* ou *Harrods* qui regorgent à nouveau de marchandises exquises, raffinées, affriolantes, chez *Liberty* où les nouveaux designers rivalisent de créativité, chez *Hamleys* où elle fait provision de jouets pour Andy et Georgina – Maury lui ayant consenti un fixe hebdomadaire de quinze livres, plus un pourcentage sur toutes les consommations et une prime de dix livres par week-end pour ses loisirs, ses soucis d'argent se sont envolés –, partout où elle va entre le lever et le coucher du soleil, elle recherche désormais la seule société, la seule proximité des femmes.

Pour elle, depuis le pitoyable épisode George Ellis, les hommes sont synonymes de peaux grasses, de cous massifs piquetés de petits poils oubliés par le rasoir (dès qu'ils commencent à blanchir, ils se rasent avec moins d'attention), de nez épais aux narines broussailleuses, d'yeux jaunis, d'haleines lourdes. Une fois dévêtus, débarrassés du carcan des chemises empesées, leurs corps semblent s'effondrer sur eux-mêmes, leurs masses graisseuses ballottent les unes sur les autres, ils ont la fesse molle, oblongue, crayeuse.

Un seul fait exception : sans qu'elle ait besoin de le déshabiller (sinon en pensée, et il porte un costume si parfaitement ajusté que c'est un plaisir de l'éplucher comme un fruit au stade parfait de sa maturité), Ruth devine que David Blakely n'est pas comme les autres. Sans être efféminé, son corps a des fluidités, des souplesses de danseuse, il y a dans son visage une douceur féminine due à des cils très longs, recourbés comme ceux d'une fille, et qui palpitent spontanément, sans qu'il cherche à en jouer.

Jointe à une éducation raffinée, toute cette douceur apparente n'empêche pas David d'être un homme déterminé.

Ruth le dévisage sans se gêner. En tant qu'hôtesse, c'est un de ses devoirs de regarder les nouveaux clients sous le nez : à qui sait les déchiffrer, la texture de la peau et l'état de la dentition en disent déjà beaucoup sur la capacité du consommateur à tenir l'alcool et à régler sa note ; car si les bons buveurs sont appréciés, les ivrognes sont impitoyablement flanqués dehors : Ruth a la responsabilité des autres jeunes serveuses qui, si elles sont prêtes à monnayer des prestations diverses et variées, ne le sont pas au point de se faire éclabousser de vomi.

Après l'avoir longuement scruté sous toutes les coutures, et l'examen l'ayant apparemment satisfaite, Ruth sourit à Blakely.

Il lui sourit en retour.

La jeune femme se dit alors que si elle et lui étaient en train de jouer dans un film, un effet de lumière isolerait leur couple, l'inscrivant dans un cercle éblouissant, les retranchant non seulement des autres consommateurs mais du reste du monde. Elle se demande quelle va être la suite du scénario.

— Est-ce que je n'ai pas déjà vu votre visage quelque part ?

— Si, dit-il. Forcément si, vous l'avez vu. Et je ne suis pas sûr de trouver très aimable de votre part de ne pas vous rappeler qui je suis.

Elle se mord les lèvres. Elle se déteste d'être si maladroite. J'ai déjà tout gâché, pense-t-elle, il va m'envoyer une vanne bien sentie, et puis il s'en ira sans se retourner, et je ne le reverrai jamais – c'est d'autant plus plausible que depuis qu'il a poussé la porte du *Carroll's*, Blakely n'a cessé de faire des réflexions sarcastiques à propos de l'ambiance qu'il trouve guindée, des hôtesses qu'il tient pour une bande de bécasses, du champagne qui n'est pas assez frappé et des mets qui sont trop fades.

— Ça me revient, s'empresse alors Ruth, à présent je me rappelle où je vous ai vu : votre photo, dans le journal.

Mensonge, bien sûr – pourvu qu'il ne lui demande pas dans quel journal.

— Dans quel journal ? fait-il d'un ton dégagé.

Ce type lit dans mes pensées ou quoi ? Elle rougit, au comble de la confusion. Mais il la tire d'embarras en enchaînant tout de suite :

— C'est que, ces derniers temps, j'ai souvent eu les honneurs de la presse. Presque tous les jours, en fait…

Il s'est légèrement cambré en arrière pour dire ça, faisant saillir sa poitrine comme le loup du dessin animé de Tex Avery assistant au show du petit chaperon rouge sur une scène du *Sunset Strip*.

— … tant et si bien, conclut-il, que je doute fort que vous retrouviez jamais le nom de la publication qui affichait mon portrait.

Il rit, elle voudrait rentrer sous terre, il poursuit :

— Allons, je ne peux pas vous en vouloir d'avoir oublié quel journal c'était : ils sont si nombreux à parler de moi.

Il est peut-être très beau, très élégant, très raffiné, probablement très riche, mais Dieu qu'il est prétentieux ! Ruth ne supporte pas l'arrogance, la vanité. Pas à ce point-là, non. Remuant à peine ses lèvres écarlates, elle traite David de trou du cul. Admirable trou du cul, sans doute, mais néanmoins trou du cul.

Il n'a pas entendu. Il lui propose de la revoir. Tout présomptueux qu'il soit, elle en meurt d'envie – le revoir, oui le toucher, glisser sa main dans l'échancrure de sa chemise et caresser sa poitrine de loup à la Tex Avery, l'embrasser, être embrassée par lui – mais elle fait semblant de n'en être pas très sûre, de douter de lui, de douter d'elle-même, alors elle hausse les épaules :

— Vous serez toujours le bienvenu au *Carroll's*. J'y suis tous les soirs.

Il ne revient pas. Quelques semaines passent, puis quelques mois. Ruth ne l'oublie pas vraiment, mais les souvenirs qu'elle a de David, de la prestance de David, commencent à devenir flous comme ces paysages si lumineux en été et que l'automne brouille doucement, irrésistiblement.

— Mélancolie, diagnostique Conley.

— Va te faire foutre, lui répond Ruth.

Mélancolique, elle ? A cause d'un type avec qui elle n'a pas échangé vingt mots ? Oh Conley, Conley, tu es comme tous ces oiseaux de nuit qui te font vivre : tu crois tout savoir des femmes, mais en vérité tu n'y comprends rien.

C'est entendu, Morris Conley ne comprend rien aux femmes, et il est primaire, filou, maquereau et fraudeur ; mais il aime bien Ruth Ellis et, s'il n'était pas obnubilé (du latin *obnubilare*, couvrir d'un nuage) par son propre intérêt, on serait presque tenté de dire qu'il l'aime tout court.

En tout cas, il lui facilite la vie : en octobre, il offre à Ruth de prendre la direction du plus petit de ses établissements, justement baptisé *The Little Club*, véritable boîte à bonbons tapissée de papier floqué, éclairée par des appliques dorées dont les ampoules torsadées comme de fausses chandelles se reflètent dans des miroirs à facettes.

Vu l'exiguïté des lieux, le staff se limite à une barmaid française prénommée Jackie (elle contribue pour beaucoup au succès du *Little Club* en faisant découvrir aux consommateurs une boisson inconnue d'eux : le Pernod) et à trois hôtesses en salle. Les commissions sur la boisson ne sont pas aussi importantes qu'au *Carroll's*, mais le quartier, Knightsbridge, est rien de moins que prestigieux.

Et surtout, Maury concède à Ruth la jouissance, juste au-dessus du club, d'un charmant petit appartement de deux pièces donnant sur une des sections les plus animées de Brompton Road. La jeune femme se hâte d'y emménager avec son fils Andy – Georgina, encore trop petite pour passer le soir et une partie de la nuit sans surveillance, restant confiée aux bras de Muriel.

Un certain Desmond Cussen, gentleman, fait partie des habitués du *Little Club*.

Pilote de bombardier pendant la guerre, il a eu la chance d'échapper aux obus de la Flak et aux mitrailleuses des Messerschmitt. Après avoir posé une dernière fois les roues de son Lancaster sur la prairie d'un aérodrome de campagne, il a échangé son blouson d'aviateur contre un complet trois-pièces et fait valoir son diplôme de *chartered accountant.*

Remarqué pour avoir établi avec compétence (mais aussi avec un ennui profond) quelques bilans et comptes de résultats, il est bientôt appelé comme directeur à la tête de *Cussens & C°*, une entreprise de vente en gros qui, comme son nom l'indique, appartient à sa famille.

C'est alors qu'il fait la connaissance de Ruth.

Il s'habille de complets en *saxony flanelle* prince-de-Galles et arbore une fine moustache qui lui confère une vague ressemblance avec Clark Gable. Solitaire, timide, introverti, il continue de subir, à trente-deux ans, l'influence parfois écrasante de sa mère. C'est à cause d'elle, de sa pusillanimité, qu'il ne peut réaliser son rêve de devenir coureur automobile. Alors, à défaut de s'asseoir dans le baquet d'une voiture de course, il s'enfonce dans les fauteuils en cuir du *Steering Wheel Club*. On y trinque avec des as (ou futurs as) du volant comme Graham Hill, Stirling Moss, le turbulent Mike Hawthorn, ou encore un jeune garagiste surdoué du nom d'Innes Ireland.

Et bien sûr, il y a David Blakely.

Si Innes Ireland brûle d'engager dans des courses d'amateurs une Bentley surannée que lui a léguée une vieille dame qui s'est entichée de lui, David s'est mis en tête de construire lui-même son propre bolide. Baptisé *The Emperor*, l'engin lui déjà coûté les sept mille livres héritées de son père. Pour pouvoir continuer, il lui faut davantage d'argent.

Et de l'argent, Desmond Cussen en a beaucoup.

C'est ainsi qu'en échange de quelques chèques, Cussen est intronisé par David comme membre à part entière du club très fermé des pilotes de course. Certes, il n'est pas habilité pour autant à prendre le volant d'une voiture de compétition, mais Desmond est de ces hommes qui, *sachant se rendre heureux avec une simple illusion, sont infiniment plus malins que ceux qui se désespèrent avec la réalité*[1].

Il y a pourtant un domaine où Cussen ne se contente pas de mirages : l'amour.

C'est par amour qu'il délaisse les fauteuils du *Steering Wheel Club* pour se jucher sur les tabourets de bar du *Little Club*. Il est en effet tombé à son tour amoureux, éperdument, de Ruth Ellis. En

1. Alphonse Allais.

premier lieu parce qu'il lui trouve (et il n'est pas le seul) une ressemblance certaine avec la pulpeuse Diana Dors qu'on surnomme la Marilyn Monroe britannique, mais surtout parce que Ruth possède des armes qu'il n'a pas : une énergie indomptable qui lui permet de garder jusqu'à l'aube une forme époustouflante (c'est une impression qu'elle donne, car en réalité elle est souvent fatiguée à en pleurer, mais les habitués du *Little Club*, Desmond Cussen en tête, ne sont pas assez fins psychologues pour repérer sa détresse), une capacité impressionnante à ne pas s'en laisser conter, et le talent de pouvoir, à l'exemple de ces chiens de poche dont les aboiements suraigus mettent les molosses en déroute, clouer le bec à ses clients les plus vulgaires en se montrant encore plus triviale qu'eux.

Desmond Cussen est conscient que son amour n'est pas vraiment payé de retour. Mais peu lui importe, il a pour Ruth Ellis l'adoration d'un esclave pour sa déesse : il est comblé même par ce qu'elle ne lui donne pas.

Ruth lui a d'abord prêté une attention si discrète qu'elle confinait à l'indifférence. Jusqu'au moment où Cussen a cité le nom de David.

— David Blakely, vous dites ?

L'image du pilote a tout de suite explosé dans sa tête, s'y est épanouie comme un bouquet de feu d'artifice, et avec l'image lui sont revenus le souvenir de la voix, de l'odeur, du rire, des postures, de sa façon de passer dans sa chevelure ses longs doigts, des doigts de pianiste, des doigts faits pour la caresse.

— David Blakely ? répète-t-elle. Décidément non, j'ai peur de ne pas savoir de qui vous voulez parler…

— Bien sûr que si, vous le savez ! Lui et moi étions ensemble au *Carroll's*, l'autre soir.

— L'autre soir ? Mais, Desmond, il y a une éternité que j'ai quitté le *Carroll's* pour le *Little Club* !….

— Deux ou trois mois tout au plus, rectifie Cussen. On n'oublie pas les gens en si peu de temps, il me semble.

— Si, quand ils ne vous ont pas particulièrement frappé.

— Oh, vraiment ? J'aurais pourtant juré que David avait retenu votre attention. Je me rappelle que vous l'avez dévisagé avec insistance. Même que j'ai éprouvé comme un pincement.

— Un pincement ?….

— De jalousie, oui.

— Quel nigaud vous faites ! Ce… voyons, comment l'appelez-vous, déjà ?…. ah oui, Blakely… il me semble que je revois son visage, à présent, cet air hautain qu'il se donnait… eh bien, si vous voulez mon avis, votre David Blakely n'est qu'un crâneur, un poseur, oui, voilà exactement ce qu'il est !

Elle arrondit ses lèvres rouges, ajoute :

— Mon Dieu, Desmond, j'espère que je n'ai pas gaffé – il n'est pas votre ami, au moins ?....

Cussen a compris. Pour dire ça – ou plus exactement pour le dire *comme ça* –, c'est qu'elle est folle de David Blakely.

— Et moi, j'espère qu'il ne sera pas votre amant.

Elle rit.

Desmond Cussen a-t-il souhaité en avoir le cœur net, et a-t-il rapporté cette conversation à David – en l'arrangeant à sa façon, bien sûr ?

— Ça par exemple ! J'avais complètement oublié cette fille, se sera défendu (*mal* défendu) David. Pourquoi ne pas aller boire un verre dans son club, à l'occasion ?

C'est un dimanche de fin d'été. En crépitant sur le trottoir tiédi par le soleil qui, par extraordinaire, a brillé toute la journée, l'averse du soir lève une brume légère que traversent des papillons blancs (il doit y avoir pas loin un jardin caché derrière un pan de mur, pendant la guerre les Londoniens ont fait des moindres lopins de terre des potagers luxuriants, et maintenant les potagers redeviennent des jardins).

David a sorti du garage et briqué à la peau de chamois la voiture de course HLO 168, coque en aluminium sur cadre d'acier, long capot de squale, avec laquelle il va bientôt participer aux Neuf

Heures de Goodwood, une épreuve d'endurance qui se dispute sur un circuit proche de Chichester, dans le West Sussex. L'année précédente, au volant de la même voiture, et malgré la domination des Ferrari, il s'est classé quatrième. Cette fois, il vise le podium – et pourquoi pas la plus haute marche ?

La lumière décline (on est fin août, les jours raccourcissent sensiblement) lorsque David arrête son bolide devant la terrasse du *White Swan*, une auberge de Twickenham où il a retenu pour Ruth et lui une table surplombant la Tamise. Il aime cette odeur lourde, un peu grasse, une odeur de mastic, qui monte de la rivière.

Ruth agite les mains comme une marionnettiste pour chasser les nuées d'éphémères, ou bien elle se cache en riant sous sa serviette lorsqu'une libellule menace de la frôler. Très bas sur l'eau, un canot automobile descend le fleuve, le soleil bas joue sur ses flancs d'acajou, allume des reflets sur les deux phares carénés qui font, sur sa proue, comme les prunelles d'or d'une grenouille géante.

Ruth suit l'embarcation des yeux, extasiée, envieuse.

— Voilà ce que j'aimerais avoir si j'étais riche. Mais je ne suis pas riche, et je ne le serai jamais.

— Pourquoi dites-vous ça ?

— Il faudrait que j'épouse un nabab. Etes-vous un nabab ?

— Pas vraiment, dit-il en souriant. En ce

moment, je suis même tout ce qu'il y a de plus fauché. A cause de ma maîtresse.

— Oh... parce que vous avez une maîtresse ?

— Oui. Une foutue garce qui dévore le peu de fric que j'arrive à grappiller ici ou là.

— J'espère au moins qu'elle est jolie, fait Ruth en pinçant ses lèvres et en souhaitant très fort que la dame soit quelconque de visage et de corps – l'idéal serait même qu'elle soit hideuse.

Elle se doute bien qu'elle n'est ni la première ni la seule femme dans la vie de David Blakely, mais elle aurait préféré ne pas le savoir tout de suite, pouvoir rêver encore un peu.

— Oh, elle est positivement irrésistible, confirme David. Surtout depuis qu'elle est verte.

— Verte ?...

— Un compromis, disons, entre le vert *deep empire* et le vert *cucumber*. Mais au fait, vous la connaissez !

— Moi, je connais votre maîtresse ?

— Vous l'avez rencontrée pas plus tard qu'aujourd'hui. Vous m'en avez d'ailleurs fait compliment.

Elle le dévisage, elle ne comprend pas.

— C'est ma voiture, explique-t-il, celle que j'ai construite, que je pilote en course, où vous avez pris place pour venir jusqu'ici. Avec Ant Findlater, l'ami et l'ingénieur de génie qui m'aide à la mettre au point, nous pensons que cette peinture verte est ce qui l'habille le mieux : comme ça, elle a déjà la couleur de la couronne de lauriers qu'on va nous poser sur la tête, à Ant et à moi, aux prochaines Vingt-quatre Heures du Mans. Dites, vous viendrez ?

— Ne m'aviez-vous pas dit que c'était à Goodwood que vous deviez courir ?

— Goodwood, c'est de l'entraînement, une course préparatoire pour affiner les derniers réglages. Le grand jeu, c'est Le Mans. Je suis sûr que vous allez adorer. Parce que pour aller au Mans, il faut passer par Paris – et je suis sûr que vous vous aspergez de parfum français, est-ce que je me trompe ?

Il se penche vers elle pour la respirer, les yeux clos – et elle remarque ses cils noirs, allongés comme ceux d'une fille.

— Je n'ai certainement pas les moyens de m'asperger, comme vous dites. Juste une touche derrière les oreilles.

En fin de matinée, sachant qu'elle devait sortir le soir même avec David, elle est passée chez son coiffeur – une petite folie : *Shack's*, dans Shaftesbury Avenue – pour lui demander d'illuminer davantage sa blondeur. D'après le nuancier Schueller[1], les boucles de Ruth Ellis étaient ce

1. Nuancier élaboré par Eugène Schueller, le fondateur de l'Oréal.

jour-là au niveau 9 (blond très clair), mais la jeune femme ambitionnait le niveau 10 (blond platine). Craignant de finir par brûler les cheveux de sa cliente, le teinturier de chez *Shack's* lui a déconseillé une nouvelle application de peroxyde, qu'il a proposé de remplacer par un rinçage éclaircissant – une infusion de rhubarbe et de camomille dont la senteur fruitée se marierait bien avec son parfum.

Excellente idée, a songé Ruth, sauf que je n'ai plus de Miss Dior.

A peine sortie de chez *Shack's*, elle a couru acheter son parfum. Ainsi qu'un nouveau bâton de rouge à lèvres. Et puis du vernis à ongles assorti, Shore Leave de chez *Peggy Sage*. Et une crème dépilatoire. Et tant qu'à faire, une brosse à cheveux *Mason Pearson*.

La soirée aura intérêt à être réussie, et ce David Blakely à se surpasser, parce qu'il y a longtemps qu'elle n'a pas dépensé autant d'argent en si peu de temps.

— Venez au Mans, insiste David. J'aurai besoin de vous.

— Mais la course automobile, je n'y connais rien…

— Vous croyez que je vous invite pour régler mon carburateur ou changer mes roues ? Je m'en fous, de vos incompétences. Tout ce que je vous demande, c'est d'être là, au bord de la piste. Juste pour me porter chance.

Il baisse le ton en même temps qu'il fait battre le rideau de ses longs cils :

— Allons, reprend-il, jurez-moi que vous viendrez. Et qu'en regardant les voitures tourner, vous vous répéterez en croisant les doigts : je veux qu'il finisse vivant, vivant…

— Je croyais que votre ambition, c'était de finir premier.

— Dites, vous avez déjà vu un mort franchir la ligne d'arrivée, monter sur le podium et s'arroser de champagne ? Ma plus grande ambition, c'est d'être en vie à l'arrivée. L'an passé, cinquante-huit pilotes se sont tués sur les circuits.

Il raconte les bolides qui se télescopent, prennent feu sur la grille de départ, brasiers rugissant plus fort que les moteurs, les pilotes éjectés lors des sorties de piste, propulsés vers le ciel de pluie – il pleut souvent au Mans pendant les Vingt-quatre Heures, c'est presque un rituel – et retombant disloqués, et les voitures folles qui s'envolent elles aussi, explosent comme des grenades dégoupillées en criblant la foule de leurs éclats mortels.

— J'ai faim, dit Ruth.

Elle commande une côte de bœuf, précisant qu'elle la veut saignante, presque bleue, peut-être pour conjurer ces images de corps déchiquetés, sanglants.

Au cours de ce premier dîner, David et Ruth se découvrent l'un l'autre – franchement, Mr. Blakely… oh, appelez-moi David, je vous en prie… franchement, David, la première fois que je vous ai vu, je n'aurais jamais cru que vous étiez un homme aussi… aussi quoi ?… eh bien, je cherche le mot, le mot juste… pareil pour moi, Mrs. Ellis… Eh ! si je vous appelle David, appelez-moi Ruth… d'accord, Ruth, alors sachez que moi aussi je cherche un mot pour exprimer tout ce que vous m'inspirez…

Plus l'heure s'avance, et plus David reste seul à parler. Ruth ne trouve rien à lui raconter qui puisse l'étonner, et moins encore l'émerveiller. Au fond, sa vie de directrice de night-club ressemble au cours de la rivière qui languit à leurs pieds – ici, en amont de Londres où elle coule parmi de verts bouquets d'îlots et de pâturages, l'influence de la marée est presque insensible, et la Tamise ronronne.

Ruth n'a que ses rêves, et elle en change souvent, c'est selon les rencontres qu'elle fait, les hommes auxquels elle se donne et qui, après la première nuit d'amour dans la chambre qui sent le drap moite et l'haleine fade du petit matin, lui font des promesses inouïes qu'ils ne tiendront jamais. Tandis que David a pour lui son engagement sans réserve dans le sport mécanique, l'un des plus concrets, des plus tangibles, des plus pragmatiques qui soient, à quoi s'ajoute sa passion pour la vitesse, le danger. Une femme peut ne pas aimer les feulements rauques des moteurs, la puanteur des échappements et de la gomme brûlée, les étincelles des carrosseries raclant la piste, la boule de feu qu'on voit soudain monter là-bas, tout au bout du circuit, sans savoir si la voiture qui flambe n'est pas celle d'un compagnon, d'un ami – mais une femme ne peut pas ne pas aimer David Blakely, ses longs cils recourbés et son goût du risque.

Le dîner terminé, et après une courte promenade au bord du fleuve, David suggère à Ruth de rentrer. Il offre de la déposer à un taxi ou de la raccompagner jusqu'à sa porte, c'est comme elle voudra.

Au ton sur lequel elle est formulée, il est clair que la seconde proposition implique un certain nombre de sous-entendus, dont le plus évident est que Ruth devra se laisser embrasser, peut-être à l'instant de quitter la HLO 168 – elle ouvrira la portière, amorcera le mouvement de descendre, mais David lancera une main pour lui saisir le bras, l'attirer vers lui, la basculer contre sa poitrine –, peut-être devant sa porte, debout dans l'embrasure, une jambe à demi relevée, chaussure pendante, à la façon des héroïnes des comédies américaines ; ou peut-être encore (c'est même ce qu'il y a de plus probable) David l'embrassera-t-il à la fois dans la voiture *et* devant sa porte, et pourquoi pas aussi dans le hall de son immeuble, et dans l'ascenseur, et sur le palier, et dans l'entrée de son appartement – un long baiser sans fin.

— Où habitez-vous ?

— Démarrez, dit Ruth, essoufflée comme si elle venait de vivre ce premier baiser. Je vous indiquerai la route.

David conduit vite, excessivement vite, pour épater la jeune femme. Il roule pleins phares, fait glapir son avertisseur. Les rues sont vides, la chaussée est sèche, les pneus fument.

Le *Daily Mail*, après sa mort, parlera de lui comme d'un « as des courses automobiles ». Emphase journalistique : au cours de sa brève carrière, David Blakely n'aura pas remporté beaucoup de victoires. Du moins dans des courses prestigieuses. S'il a brillé, ce fut presque toujours lors d'épreuves mineures, de compétitions régionales. En fait, il lui a toujours manqué quelque chose : de l'argent, du temps pour parachever la mise au point de ses voitures, de l'expérience – il pilote comme il fait l'amour, concentrant dans le bas de son corps, au-dessous de la ceinture, toute l'énergie, la brutalité, la violence dont sa nature est capable pour pilonner, écraser, matraquer les pédales d'accélérateur et de frein.

Sans doute lui a-t-il aussi manqué d'être aimé – et pas seulement désiré.

Ruth Ellis, les traits cinglés par le vent de la course, se blottit contre David. Celui-ci lâche un instant le volant pour enlacer la jeune femme et la serrer davantage contre lui.

Elle n'aura pas à attendre d'être reconduite devant chez elle pour savoir où et comment il va l'embrasser.

D'une pression des doigts sur son cou, il lui fait baisser la tête tout en gardant le visage tourné vers le haut, comme une nageuse de crawl qui prend sa respiration. Alors David se penche vers elle, et sans quitter des yeux la route qui défile à toute vitesse, il se guide à la respiration de Ruth, à la tiédeur et au parfum de son souffle – un mélange de Navy Cut, de café, de pomme et de canelle, le tout enrobé de l'arôme un peu gras de son rouge à lèvres. Quand l'haleine de sa passagère devient assez intense pour dominer et effacer toutes les autres senteurs qui ondulent comme des rubans autour du baquet de la voiture, David sait alors que ses lèvres, dans une fraction de seconde, vont rencontrer celles de Ruth.

— Oh David, murmure-t-elle, est-ce que vous ne feriez pas mieux de vous concentrer sur votre conduite ?

— N'ayez pas peur, on arrive sur Putney High Street, à partir de là c'est tout droit pendant un bon moment. Largement le temps de vous embrasser. Sauf si vous parlez sans arrêt.

— Je veux juste dire que si vous avez envie de monter chez moi boire un dernier verre, je ne suis pas contre, pas du tout, mais je dois vous prévenir qu'il y a mon fils Andy, il vit avec moi, il faudra faire bien attention à ne pas le réveiller, il n'a que neuf ans et…

David profite de ce qu'elle a la bouche entrouverte. Après un dernier coup d'œil à la route pour s'assurer de sa trajectoire, il glisse sa langue entre les lèvres de Ruth. Celle-ci soupire.

David a la fatuité de penser que c'est un soupir de plénitude.

Lui aussi, il est heureux. Ou à tout le moins satisfait. D'abord parce que Ruth embrasse bien – qu'est-ce que ça signifie, pour lui, embrasser « bien » ? Disons qu'il adore que la bouche de Ruth s'ouvre jusqu'à venir gober sa lèvre supérieure, y déposer une légère trace salivaire qui, en séchant, laisse sur la peau une délicate petite odeur à la fois d'œuf à la neige et de vinaigre.

Ensuite parce que malgré tout ce qu'il a bu avant, pendant et après le dîner, David a réussi à ne pas laisser échapper le nom de Linda Dawson – ce soir, à vrai dire, il a très peu pensé à Linda Dawson.

Pourtant, cette miss Dawson est une jeune fille des plus avenantes (visage de chat, long cou de cygne, taille de guêpe, voix d'alouette – il faudrait convoquer tout ce que le règne animal a de plus charmant pour donner une idée de ce qu'est Linda Dawson), elle est aussi extrêmement riche (son père a fait fortune dans l'industrie de la laine), et, surtout, David et elle viennent d'officialiser leur future union en faisant paraître un avis de fiançailles dans le numéro du *Times* en date du 11 novembre.

Mais pour l'heure, David préfère que Ruth Ellis ignore l'existence de Linda Dawson. En fait, il n'a guère de raisons de s'inquiéter, car il est peu probable que Ruth Ellis lise la rubrique mondaine du *Times* – elle est plutôt *Daily Mail* ou *Daily Mirror*, tous ces Sir ceci ou Lord cela ne lui évoquent rien de précis. Il lui arrive pourtant de les croiser, de les servir, voire de flirter avec eux, oui, mais dans l'obscurité des clubs ; et si elle en a reçu quelques-uns chez elle, elle ne leur a jamais demandé qui ils étaient vraiment, elle ne connaît d'eux que leurs corps replets, leurs peaux d'un rose de pâte d'amande, avec des replis tapissés de poils gris, et leurs sexes somnolents.

Sinon cette nuit-là, et en tout cas une nuit proche de celle-ci, David et Ruth deviennent amants.

Ils font l'amour dans le petit appartement, sorte de garçonnière améliorée, que Ruth et son fils occupent juste au-dessus du *Little Club*.

Et c'est presque toujours là, malgré la gêne

occasionnée par la présence du petit Andy, que David et Ruth continueront à s'aimer et, pendant un temps, à vivre ensemble. Car David ne tient pas à ce que Ruth débarque dans la résidence de standing qu'il occupe à Penn, tout près de Londres, où sa vieille nanny continue de veiller sur lui et de le chouchouter comme elle le fait depuis sa naissance, en lieu et place d'une mère trop absente. Dans l'esprit de David, une nurse aussi conformiste que sa chère nanny ne peut évidemment pas apprécier une animatrice de night-club plus décolorée que Marilyn Monroe qui vient de triompher dans *Les Hommes préfèrent les blondes*.

Jusque-là, Conley a offert à Ruth la jouissance gratuite de son petit logement, en témoignage du travail que la jeune femme a accompli et de sa compétence à faire du *Little Club* une des adresses les plus courues de Knightsbridge.

Mais malgré son comportement le plus souvent brutal (et même bestial selon certains témoignages), Morris le Crapaud n'est pas dépourvu d'intuition. Et son instinct lui fait vite percevoir que Ruth ne se comporte pas vis-à-vis de David comme avec les autres hommes qu'elle attire chez elle pour une ou deux nuits : cette fois-ci, Ruth est amoureuse.

Et encore, pense Conley, amoureuse est un mot

trop faible : en vérité, elle est complètement folle de ce Blakely.

Folle au point d'accepter avec enthousiasme, en battant des mains comme une petite fille qu'elle est redevenue, que David s'installe chez elle. Ce qui sous-entend qu'elle va cesser de séduire – et de plumer – les autres hommes, les clients, la matière première, le froment de ce moulin à fric qu'est le *Little Club*.

Alors, pour Morris Conley, elle cesse dès cet instant d'être la prostituée de haut vol sur qui, à défaut d'être aimé d'elle, il misait pour faire prospérer son royaume nocturne, quitte, à terme, à lui en céder quelques places fortes.

Cela mérite une punition. La première qui lui vient à l'esprit consiste à prévenir Ruth Ellis qu'elle devra désormais acquitter un loyer conséquent si elle persiste à occuper la garçonnière en compagnie de son détestable amant.

Ruth ne proteste pas. Trop heureuse que le Crapaud ne la flanque pas dehors. D'ailleurs, même s'il décidait de la renvoyer, elle continuerait d'être heureuse : à présent que David est entré dans sa vie, l'avenir ne peut être que radieux. Quant à ce loyer que lui réclame Conley au mépris des accords qu'ils avaient passés, elle le considère comme un impôt sur l'amour, et elle se dit que payer une taxe sur l'amour, c'est bien la preuve que l'amour existe.

Sur la première nuit de David et de Ruth dans la garçonnière de Knightsbridge souffle une de ces bourrasques de neige fondue qui se succédèrent cette année-là, annonciatrices d'un hiver rigoureux.

— Serre-moi dans tes bras, dit Ruth, j'ai froid.

Dans la chambre à côté, le petit Andy décide de ne surtout pas s'endormir tout de suite : l'oreille collée au mur mitoyen, il écoute les murmures, ponctués parfois d'un petit rire, qu'échangent sa mère et ce grand garçon aux yeux rieurs qui a promis de l'emmener dans sa voiture de course.

En vérité, il y a trois phases.

Phase 1 : en même temps que mes concitoyens, j'apprends par la presse qu'un crime particulièrement odieux vient d'être commis : un enfant assassiné dans un terrain vague au bord d'un canal, une jeune femme violée sous un pont de chemin de fer puis étranglée par son agresseur de peur qu'elle ne le dénonce, un vieillard torturé pour lui faire avouer où il cache son magot, puis achevé à coups de pelle sur la nuque après qu'il a parlé, ou parce qu'il n'a pas voulu parler, ou tout simplement parce qu'il n'a jamais eu de magot, etc., etc.

Les auteurs de ces crapuleries seront condamnés à mort, c'est immanquable. Je n'ai plus qu'à patienter. Annie me compare au caméléon qui se camoufle en adoptant les postures de la société dans laquelle il vit, et qui, sa longue langue gluante roulée dans sa bouche comme ma corde de Bridport lovée dans ma mallette (j'utilise pour les pendaisons exclusivement les cordes que l'on tresse à Bridport, c'est depuis sept cents ans une spécialité de cette jolie ville du Dorset) attend, placide, l'instant de gober sa proie.

Phase 2 : toujours à l'unisson des sujets de Sa Très Gracieuse Majesté, et à travers les comptes rendus d'audience des chroniqueurs judiciaires ou des journaux parlés de la BBC, je suis le déroulement du procès intenté à l'auteur d'une atrocité dans le genre de celles que j'ai évoquées en Phase 1. Il est rare que les débats démentent ma première intuition : le juge coiffera sa toque noire. A ce stade, je continue de n'être pas directement impliqué dans l'histoire, mais je sais qu'il y a de fortes probabilités pour que je le sois bientôt : telle personne condamnée à Noël ne verra pas le matin de Pâques, c'est ce qu'on dit, et c'est presque toujours le cas.

Phase 3 : le peuple britannique est informé par la presse de la date de l'exécution, ainsi que des dernières tentatives des avocats et des proches du condamné pour arracher ce dernier à la mort. A défaut de disposer d'une bonne photo du futur pendu, les journaux ne manquent jamais de publier celle de Violet Van der Elst, la pasionaria des opposants à la peine de mort. Une fois rendue publique la date de l'exécution, il n'est pas rare que des mouvements de foule, à l'appel de Violet, se produisent aux abords du pénitencier où doit avoir lieu la pendaison. Des forces de police prennent alors position dans les rues adjacentes, et elles y restent en état d'alerte jusqu'à ce qu'un drapeau noir monte au mât de la prison en même temps qu'est placardé sur la porte le certificat du médecin ayant constaté le décès du supplicié.

De mon côté, j'aurai reçu la convocation officielle m'enjoignant de me rendre à la prison de X ou de Y pour y remplir le devoir de ma charge.

A compter de l'instant où je prends connaissance de ce document qui porte le nom du prisonnier que j'ai mission de pendre, je ne pense plus qu'à faire en sorte que ce dernier meure dans un minimum de souffrances.

L'idéal que j'ai toujours recherché n'est d'ailleurs pas le minimum mais l'absence *totale* de souffrances. Mais cela s'appelle la perfection, et celle-ci n'est pas de ce monde.

Harry fut le premier à me parler de la nouvelle affaire à laquelle j'allais être mêlé, et qui, au matin de sa conclusion, devait provoquer l'un des plus inextricables embouteillages que Londres ait jamais connus.

La veille au soir, en reconduisant son bus au dépôt de Philip Lane, Harry avait trouvé, abandonné sur un des sièges, un numéro de l'*Evening Standard* qui relatait l'histoire.

— Tout à fait le genre de récit dont raffole Annabeth, me dit-il. Alors je me suis installé dans un pub pour lire l'article, et surtout bien m'en imprégner afin de le lui raconter comme il faut.

S'il n'était pas devenu conducteur de bus à étage et exécuteur en second, Harry aurait adoré monter sur les planches ou parader devant une caméra. Pas tant pour se faire valoir, car c'est un homme plutôt modeste et discret, que pour le plaisir de s'immiscer dans des histoires hors du commun, de préférence frissonnantes, et celui de les partager avec un public. Je dois d'ailleurs reconnaître qu'il est un conteur plutôt doué.

Ce soir-là, j'avais invité Harry à assister à la prestation de Sadie Corré, minuscule actrice d'un mètre vingt-cinq, spécialiste des rôles de chats dans les pantomimes, qui avait accepté de venir au *Rose and Crown* – un nouveau pub dont j'avais pris la direction – faire son numéro au profit du *Grand Order of Water Rats*[1].

Tandis que Sadie se collait des oreilles de chat de part et d'autre du crâne et de longues vibrisses aux commissures des lèvres, Harry me dit que

1. Fondé en 1889 par Joe Evlin, le *Grand Ordre des Rats d'Eau* est une association charitable qui organise des événements dont les profits viennent en aide aux vieux artistes dans le besoin. Son équivalent français est *La Roue tourne* fondée en 1957 par l'acteur Paul Azaïs.

l'histoire rapportée par l'*Evening Standard* était celle d'une jeune femme qui avait sorti un revolver de son sac à main, l'avait braqué sur son amant et avait tiré jusqu'à vider le barillet. Le meurtre avait eu lieu vers neuf heures du soir dans South Hill Park, Hampstead.

— South Hill Park ? fis-je en tressaillant. C'est bien ce que tu as dit ?

Harry confirma que c'était en effet l'adresse indiquée par l'*Evening Standard*, puis par tous les autres journaux qui avaient à leur tour rapporté l'événement.

— Pourquoi tu me demandes ça, Albert ? C'est un endroit où tu aimerais habiter ?

Harry est persuadé que la plupart des gens – à commencer par lui-même – préféreraient vivre ailleurs que là où ils ont élu domicile.

— C'est à South Hill Park, dis-je, très exactement au 11 South Hill Park, que Styllou Christofi a assommé sa belle-fille avant de répandre de la paraffine sur son corps et d'y mettre le feu. Tu ne te souviens pas de Styllou Christofi ?

— Une vieille femme qui avait l'air de tomber de la lune, de la face cachée de la lune, et qui ne parlait même pas notre langue ? Rarement rencontré quelqu'un d'aussi peu attirant. Tout le contraire de la fille dont parle le *Standard*.

Glissant une main dans la poche intérieure de sa gabardine, Harry en tira un exemplaire du journal plié en trois dans le sens de la largeur. Il l'ouvrit, tapota de l'index une photo en bas de page montrant une jeune femme en train de porter à ses lèvres un verre de vin blanc, ou peut-être de champagne car l'endroit – probablement un night-club – où le cliché avait été pris semblait assez luxueux. Elle était habillée de façon très élégante, elle portait un bustier qu'on devinait être en velours et dont le décolleté était orné d'un rang de dentelle blanche, elle avait de longs pendentifs aux oreilles, une montre à cadran rectangulaire avec bracelet en or, elle arborait une alliance assez massive, ostentatoire, ce qui ne signifiait pas pour autant qu'elle était mariée, c'était peut-être pour dissuader les hommes qui risquaient de prendre sa blondeur artificielle pour une invite ; sa lèvre inférieure retombait légèrement (contrastant avec la minceur de la lèvre supérieure), ses sourcils finement épilés surlignaient deux yeux à l'ovale parfait, deux yeux tendres qui avaient envie de sourire, de pétiller, mais qui n'osaient pas.

— Sait-on pourquoi elle a fait ça ? demandai-je à Harry.

— Trop tôt pour le dire avec certitude. Mais ça a tout l'air d'un crime passionnel. Ce qui est sûr, c'est que c'est elle qui a tiré. Elle n'a d'ailleurs fait aucune difficulté pour le reconnaître.

Son visage me disait quelque chose. Plus je détaillais la photo et plus j'étais certain d'avoir déjà rencontré cette jeune femme. Et même d'avoir échangé quelques mots avec elle – oui, je regardais cette image et j'entendais dans ma tête une voix que j'associais sans aucun doute possible avec la femme sur la photo.

Je repliai le journal et le fis glisser sur le comptoir jusqu'à Annie qui était occupée à tirer de la bière. En dépit de la présence de Sadie Corré, l'affluence ce soir était maigre. Il est vrai que le nouveau pub dont nous avions pris la direction n'était pas, commercialement parlant, aussi bien situé que le vieux *Help the Poor Struggler* : il avait poussé en pleine campagne, dans un village du Lancashire appelé Much Hoole qui ne comptait à l'époque guère plus de sept cents habitants. Liverpool Old Road, la route au bord de laquelle se dressait notre *Rose and Crown*, n'était qu'une desserte locale à l'écart des grands axes.

Annie lut l'article, examina la photo avec attention (tout ce que fait Annie, elle le fait avec une extrême attention, je la soupçonne d'être la personne la plus réfléchie de tout le Royaume-Uni). Sur le moment, elle ne dit rien. Mais quand nous montâmes nous coucher après la fermeture, tandis qu'un violent orage d'avril se déchaînait, Annie me demanda si je voulais que nous parlions de la jeune femme blonde de l'*Evening Standard*.

— Je ne vois pas ce que nous pourrions en dire, éludai-je. Tu ne la connais pas.

Ai-je involontairement fait peser l'accent tonique sur le « tu » ? Toujours est-il qu'Annie fronça les sourcils :

— Parce que toi, Albert, tu la connais ?

— Je me souviens maintenant d'avoir discuté avec une femme qui lui ressemblait d'une façon frappante. C'était à Londres, un soir d'hiver, au *Coach and Horses*. Je l'avais remarquée parce qu'elle fumait comme les vamps dans les films, basculant la tête en arrière et rejetant la fumée par les narines.

A cet instant, Annie se démaquillait devant le miroir de sa coiffeuse. L'image qu'il lui renvoyait était celle d'une femme fatiguée.

— Je ne savais pas que tu t'intéressais aux vamps, fit-elle d'une petite voix contrite.

— Je n'ai jamais fréquenté de créatures de ce genre, la rassurai-je. Si j'ai discuté avec la blonde du *Coach and Horses*, et je t'assure que nous n'avons échangé que quelques mots, c'est simplement parce qu'elle parlait des pendaisons. Elle trouvait cette façon de mourir particulièrement hideuse et cruelle. Elle était persuadée que les condamnés, suspendus dans le vide, se débattaient longtemps, parfois plus d'une heure, jusqu'à ce que le nœud coulant qui comprimait leur cou ne finisse de les étrangler, de les asphyxier. J'ai essayé de lui démontrer qu'elle se trompait, mais je crains de ne pas l'avoir convaincue. Elle m'a affirmé que si, par extraordinaire, elle devait un jour être condamnée à être pendue, elle trouverait certainement le moyen de se suicider avant qu'on lui passe la corde au cou.

— Est-ce que tu vas le dire au gouverneur de la prison d'Holloway ?

— Dire quoi ? Qu'est-ce qu'Holloway vient faire là-dedans ?

— Réfléchis, Albert : si la jeune dame a vraiment tiré sur son amant, et tiré jusqu'à vider son chargeur, ce qui me semble être le signe qu'elle voulait vraiment le tuer, il y a de fortes probabilités pour qu'elle soit condamnée à mort, tu ne crois pas ?

Malgré ma répugnance à l'idée de devoir encore une fois exécuter une femme, je dus reconnaître que c'était en effet ce qui risquait d'arriver.

— Auquel cas, reprit Annie, elle sera incarcérée à Holloway[1] jusqu'au matin où tu entreras dans sa cellule pour lui dire « Suivez-moi ». C'est toujours la phrase que tu prononces, n'est-ce pas ?

— C'est la phrase rituelle, confirmai-je. D'ailleurs, je ne vois pas ce que je pourrais dire de plus.

— Donc, elle te suivra ?

— Elle me suivra. Je n'ai jamais eu besoin de

1. D'abord mixte, Holloway était devenue en 1903 une prison exclusivement réservée aux femmes et aux jeunes délinquants.

me retourner pour m'assurer qu'un condamné me suivait. La docilité de ces gens-là, Annie, m'étonnera toujours. On dirait que pour eux le jour ne s'est pas levé, qu'ils continuent à dormir. Il n'y a presque jamais de larmes, jamais de cris. Veux-tu savoir ce que ça sent, une exécution capitale ? Le bacon grillé, la marmelade d'oranges, le toast chaud – c'est le menu du petit déjeuner d'un condamné – et l'odeur de lit tiède qui enveloppe encore le pauvre type. Pour en revenir à la dame blonde, elle ne se tuera pas. Là-bas, à Holloway, il y a toujours deux gardiens dans la cellule des condamnés, vingt-quatre heures sur vingt-quatre.

— Il paraît pourtant que certaines prisonnières, dans le silence de la nuit, ont réussi à enrouler du papier toilette autour de leur corps, visage et cheveux compris, et y ont mis le feu. Tout ça pour en finir. Et c'est arrivé à Holloway, justement.

Nous étions maintenant étendus sur le lit, côte à côte. Il y eut alors un éclair plus éblouissant que les autres, et toutes les lampes s'éteignirent.

L'orage s'était arrêté au-dessus de Much Hoole. La pluie crépitait sur les champs de pommes de terre, levant une odeur de feuilles mouillées à laquelle se mêlait celle de l'ozone. Entre deux coups de tonnerre, on entendit le train de Southport siffler pour annoncer qu'il approchait de la gare de Little Hoole, à un mile d'ici.

Je revis en pensée le visage de la femme blonde du *Coach and Horses*. C'était celui d'une femme triste, pas d'une femme résignée.

— Elle n'est pas encore condamnée, dis-je. Elle va se battre.

Ruth n'a jamais songé à sa mort, sinon comme à une échéance si lointaine qu'elle en est presque hypothétique.

L'existence ne l'a pas encore assez malmenée pour qu'elle éprouve cette lassitude, cette fatigue de vivre qui lui permettrait d'envisager sa fin avec le même soulagement que lorsqu'elle pose la tête sur l'oreiller au terme d'une journée harassante, pluvieuse (et bien entendu, elle a oublié son parapluie), et assommante – on découvrira plus tard[1] que le jour le plus définitivement ennuyeux de tout le XXe siècle aura été le 11 avril 1954, vingt-quatre heures durant lesquelles, à travers le monde, aucune personnalité marquante ne naîtra ni ne mourra, et où ne se produira aucun événement digne du moindre intérêt, sinon que Ruth Ellis mettra ce dimanche à profit pour câliner une dernière fois sa fille Georgina – le docteur

1. *Evi.com* (ex-*TrueKnowledge.com*).

Ellis s'apprête à la lui enlever, soi-disant pour éviter à l'enfant de pâtir des violentes querelles qui éclatent de plus en plus souvent entre sa mère et son amant.

Irréprochable au lit – sauf quand il est ivre, ce qui lui arrive d'autant plus souvent que, depuis qu'il fréquente Ruth, il se considère comme un invité permanent du *Little Club* et se croit dispensé de régler ses consommations –, David est nettement moins performant dans les autres circonstances de l'existence.

Voyons ses défauts, chantonne Ruth Ellis (elle met les défauts de son amant en chanson comme si elle se refusait à les prendre au sérieux, car elle l'aime, elle n'a jamais aimé personne à ce point-là, je suis folle de David, miaule-t-elle avec des raucités de chatte en chaleur, positivement folle de lui). Assise sur un coussin en fil d'indienne bleu, gris et pourpre, posé à même le plancher dans une flaque de soleil, elle passe du vernis écarlate sur ses ongles de pied ; elle a coincé un gros morceau de coton entre chaque doigt pour éviter qu'en se touchant ils ne rayent la rutilante laque rouge dont elle les pare, elle se veut, pour David, aussi impeccable, aussi parfaitement belle que possible, même si elle sait avec quelle violence il s'acharne quelquefois à détruire, à saccager cette beauté.

Car il est brutal. Il la frappe. Plus violemment que George Ellis.

Ruth se refuse à dire qu'il la bat, car dans l'expression « battre une femme » elle trouve qu'il y a comme une notion d'habitude, d'addiction. Certains hommes battent leur femme comme d'autres (qu'elle connaît – oh, la faune des clubs de nuit !...) ne peuvent se passer de drogue. Alors que ce soit clair : non, David ne la bat pas, il la frappe. Ce qui donne à ses coups un caractère imprévisible, aléatoire. Il peut rester plusieurs semaines sans la toucher autrement que pour l'enlacer, la caresser, l'embrasser. Et puis tout à coup, pour le plus futile des motifs, il lui assène des coups de poing. Pratiquement jamais de gifles, ni de cheveux tirés, ni de bras tordus dans le dos. Juste des coups de poing. Qui font très mal. Et qui laissent des marques, de larges hématomes.

Tout récemment, Ruth a été convoquée par une agence qui recrute des modèles pour des photos de mode. Sybil Trebitsch, la responsable artistique, l'a déjà fait travailler et souhaite l'engager à nouveau pour présenter des tenues d'été, short et sweater. Mais contre toute attente, Ruth décline l'offre : elle refuse de poser partiellement dénudée.

Sybil Trebitsch, qui connaît son parcours – c'est en voyant des clichés de la jeune femme pris par des clients du *Camera Club* qu'elle s'est intéressée à elle –, n'en revient pas qu'elle soit devenue aussi pudique.

— Bon sang, Ruth, qu'est-ce qui te prend ? On ne verra que tes jambes ! Ça n'a rien d'indécent, je t'assure.

— Mes jambes, justement, ce serait pire qu'indécent.

Prenant l'ourlet de sa robe à deux mains, Ruth remonte celle-ci jusqu'à ses cuisses, découvrant ses jambes marbrées de meurtrissures qui vont du violet vineux au jaune parcheminé.

— Oh mon Dieu, murmure Sybil, qu'est-ce qui t'est arrivé ? Ne me dis pas que tu t'es cognée dans un meuble…

— Avec du make-up par-dessus, dit Ruth, peut-être que ça se verrait déjà moins ?

Si les derniers rationnements touchant le sucre et la viande viennent seulement de prendre fin (on est en septembre 54), le make-up, lui, n'a jamais vraiment fait défaut. Mieux : les nécessités de la guerre l'ont fait progresser. Il n'a plus rien à voir avec l'épaisse barbouille des années 30, il s'est considérablement affiné sans pour autant perdre son pouvoir couvrant. Mais Sybil Trebitsch doute qu'il réussisse à dissimuler les hématomes dont Ruth est couverte.

— Je crois qu'il existe une version en stick, insiste cette dernière, une formule spécialement conçue pour permettre aux Marines américains de camoufler leur visage.

— Même en barbotant dans une cuve de ciment liquide, tu n'arriverais pas à cacher les marques qu'il t'a infligées – car c'est bien un type qui t'a fait ça, n'est-ce pas ?

Ruth laisse retomber l'ourlet de sa robe. Elle ne se sent pas humiliée d'avoir révélé à Sybil les coups dont l'a marquée David. Pour un peu, elle s'en glorifierait, elle voudrait nommer leur auteur, ces cernes, ces contusions, ces ecchymoses mériteraient d'être signés, mais elle devine que Sybil Trebitsch ne comprendrait pas – personne ne comprendrait. Elle-même ne croyait pas qu'un tel amour fût possible.

Elle détourne son visage, se réfugie dans le silence.

— Et je suppose que tu en as autant sur les bras, et sans doute aussi sur les seins ? poursuit Sybil, accablée.

A Desmond Cussen aussi, Ruth dévoile les meurtrissures de son joli corps. Impossible de faire autrement, elle est bien obligée de se mettre nue devant lui puisqu'il est, lui aussi, son amant.

L'ancien pilote de bombardier est à David ce qu'une ombre est au soleil, mais quand David s'absente pour participer à une course, Desmond prend aussitôt sa place toute chaude. Plus exactement, c'est Ruth qui vient camper chez lui, dans son confortable et moelleux appartement du 20 Goodwood Court, près de Regent's Park.

La nuit, Desmond Cussen est un amant passable – en amour comme dans le reste, il est désespérément « moyen ». Et le jour, il est carrément ennuyeux. Mais Ruth passe outre les nuits et les jours : elle aime être aimée, et Desmond Cussen, à défaut de la faire jouir, se débrouille assez bien pour jouer avec elle au *sugar daddy*. C'est ainsi qu'il offre de prendre à sa charge les frais de scolarité d'Andy dans un excellent pensionnat, chose que Ruth ne pouvait plus assumer, car non seulement David lui a fait perdre son travail au *Little Club*, mais encore lui donne-t-il à régler les innombrables (et parfois lourdes) factures qu'il est lui-même dans l'incapacité d'acquitter – c'est ruineux, mais Ruth y voit un moyen de mieux surveiller les faits et gestes de cet amant qu'elle sait être un coureur dans tous les sens du mot.

Avant même que Ruth Ellis ne vienne s'immiscer entre eux deux, David n'aimait pas Desmond, pas plus que Desmond n'aimait David. Ils en étaient quelquefois même venus aux mains, le plus souvent à l'initiative de David qui avait le tempérament bagarreur.

La surgie de Ruth, exaspérant la jalousie de

l'un et de l'autre, avait aussitôt fait monter l'antipathie réciproque de plusieurs degrés.

Si, dans un premier temps, le drame couva sans éclater, ce fut grâce au fait que les deux hommes étaient alcooliques. Cussen pratiquait l'alcoolisme bourgeois et David l'alcoolisme voyou, mais ils se retrouvaient affalés dans les fauteuils cuir des mêmes clubs, s'encourageant mutuellement à boire jusque tard dans la nuit. Quelques cocktails bien tassés (notamment le London Fog, mélange de Pernod et de gin Gordon's sur glace pilée) leur faisaient oublier leurs querelles et se déclarer les meilleurs amis du monde.

A jeun, pourtant, Desmond ne rêvait que d'arracher Ruth à ce petit coq prétentieux de David Blakely.

Quel que soit le moyen pour y parvenir.

Ruth va d'un lit à l'autre, mais tous ceux qui la connaissent savent qu'elle n'aime que David.

Ce qui ne dissuade pas Desmond, le premier à faire les frais de cette exclusive, de la mettre en garde :

— Ce type n'est pas fait pour vous, chérie, définitivement non. Il est brutal, arrogant, égoïste, cavaleur. Il vous rendra très malheureuse, sinon pire.

— Qu'entendez-vous par « pire » ?

— Avec quelqu'un comme David, on peut tout envisager. Pourquoi ne m'écoutez-vous pas ?

— Mais je vous écoute, Desmond ! La preuve, c'est que je suis là, dans vos bras, et non pas dans ceux de David.

— Parce qu'il n'est pas à Londres.

— J'aurais très bien pu le suivre, vous savez. Cette petite ville où Ant Findlater et lui ont engagé leur chère *Emperor* est à moins de deux heures de train de London Euston.

— Sauf que David ne veut pas de vous sur les circuits…

— Vous parlez sans savoir. Ce sont les Findlater qui préfèrent ne pas me voir rôder sur les stands. Où, je le reconnais, je serais sans doute plus encombrante qu'autre chose. Et je comprends parfaitement que David tienne à ménager son mécanicien : il lui confie sa voiture, mais aussi sa vie. D'ailleurs, je suis sûre que s'il ne s'agissait que de lui, Ant ne s'opposerait pas à ma présence. C'est sa femme, cette peste de Carol, qui fait tout pour m'écarter. Et vous savez pourquoi, Desmond ?

— Eh bien, je suppose que…

Elle le coupe sèchement :

— On n'en est plus aux suppositions. La vérité, c'est que Carol et David ont couché ensemble. Oh, leur liaison n'a pas duré longtemps, David a très vite compris à quel genre de fille tordue il avait affaire ! Tellement tordue qu'elle est persuadée que c'est à cause de moi qu'il l'a quittée.

Si elle n'était pas si garce, je la plaindrais. Parce que perdre l'amour de David, c'est comme perdre la vie.

Ses cils raidis par le mascara (alors que ceux de David sont si libres, graminées dans le vent) battent un instant, puis elle abaisse ses paupières comme pour faire l'obscurité sur une pensée aussi insupportable.

— Dans trois semaines, reprend-elle, David court à Oulton Park. Et cette fois, j'y serai. Il me l'a demandé.

Elle rouvre les yeux, les plonge dans ceux de Desmond Cussen :

— Il m'a fait une autre demande : celle de devenir sa femme dès que l'*Emperor* serait parfaitement au point.

Cussen pâlit légèrement. Si ce que prétend Ruth est vrai, alors il va la perdre – il l'a peut-être déjà perdue.

— Je vous félicite, murmure-t-il, mais… et nous, dans tout ça ?

— Nous ?

— Vous et moi. Vous êtes dans mon lit. Et j'y suis aussi. Et tout porte à croire que nous n'y sommes pas pour dormir – des adultes responsables ne commencent pas leur nuit à quatre heures de l'après-midi.

Ruth lui désigne la fenêtre contre laquelle tambourine l'averse.

— Avec cette pluie, où serions-nous mieux que dans un lit ? Et que pourrions-nous y faire de mieux que l'amour ?

A Little Budworth, un joli village au cœur du Cheshire, le circuit d'Oulton Park occupe l'ancien terrain où s'entraînaient les troupes du général Patton en vue du Débarquement. Dans les derniers jours de mars 1955, Ruth y rejoint David et les Findlater qui ont établi leur quartier général au *Red Lion*, un pub qui fait aussi hôtel.

David est confiant : quelques semaines auparavant, il a engagé l'*Emperor* dans la coupe du Kent, première vraie course à laquelle participait la voiture. Malgré certains réglages encore un peu approximatifs, David a franchi la ligne d'arrivée en deuxième position.

Cette fois, il court pour la victoire. S'il gagne, Ant et lui pourront certainement trouver des investisseurs pour passer du prototype à la petite série, et mettre en chantier une première famille de voitures de sport inspirées directement de leur *Emperor*.

Puisque la voiture semble au point et qu'Ant Findlater est prêt à tout sacrifier pour la bichonner jusqu'au départ de la course (il dormira dans son box s'il le faut), Ruth veut David pour elle seule.

Elle a un souvenir très doux des dernières fêtes

de Noël que David et elle ont passées dans un hôtel de Kensington où ils s'étaient inscrits sous le nom de monsieur et madame Blakely. Elle n'aurait jamais cru ça de la part de David, et pourtant il avait rempli la fiche d'hôtel sans sourciller. C'est tout juste s'il n'avait pas calligraphié leurs noms, monsieur – *et madame* – Blakely.

— Puis-je la garder ? avait-elle demandé au réceptionniste.

— Je crains que non, madame Blakely. Voyez-vous, le règlement nous oblige à transmettre toutes nos fiches à la police. Mais si c'est pour conserver un souvenir de votre séjour parmi nous, pourquoi ne pas demander à monsieur Blakely d'en remplir une seconde parfaitement identique à la première et sur laquelle j'aurai plaisir à apposer le tampon de l'hôtel ?

— Parce que monsieur Blakely a autre chose à faire que de se livrer à des enfantillages, avait rétorqué David avec une pointe d'agacement.

Ç'avait été sa seule manifestation d'humeur de tout le séjour.

Un matin, alors qu'ils prenaient le petit déjeuner dans leur chambre (juste avant ils avaient fait l'amour, et ils avaient l'intention de le refaire juste après), ils avaient vu passer devant leur fenêtre une bernache du Canada, conséquence d'un lâcher d'oiseaux que les autorités avaient effectué à Hyde Park.

Du coup, Ruth avait repensé à ce soldat canadien qui l'avait abandonnée. Se remémorant l'impressionnant bouquet de roses rouges qu'il lui avait fait porter dans l'espoir qu'elle lui pardonnerait sa double lâcheté – ne pas lui avoir avoué qu'il était déjà marié, et filer sans une explication, la laissant enceinte.

Comment avait-il pu croire un seul instant que ses fleurs auraient le pouvoir de la consoler ? C'est ce jour-là que les hommes, à ses yeux, étaient tombés de leur piédestal. La brassée de roses rouges de Clare McCallum lui en avait davantage appris sur leur bassesse, leur veulerie, que les attouchements incestueux que Muriel et elle avaient subis.

Mais depuis, David était entré dans sa vie.

Il ne lui avait rien promis, très peu donné. Au contraire, il l'avait dépouillée d'à peu près tout ce qu'elle possédait, son job, ses clients, son logement, ses économies, il l'avait même convaincue de laisser George Ellis emmener la petite Georgina ; il n'avait pas réussi à écarter aussi Andy mais, le garçon étant pensionnaire, il les « encombrait » moins que la fillette qui était toujours dans leurs jambes – quand ce n'était pas dans leur lit où elle se réfugiait sous prétexte d'un orage ou d'un mauvais rêve. Et il suffisait que David prît Ruth dans ses bras pour qu'elle se sentît la femme la plus comblée, la plus riche du monde.

A vingt-huit ans, dans cette chambre aux murs

recouverts de shantung rose fané, qui donnait sur les jardins ensoleillés de Kensington, elle le dévisageait avec cette reconnaissance lumineuse que peut avoir une toute petite fille pour son père – quand celui-ci, bien sûr, n'est pas Arthur Neilson.

Et maintenant, quelques semaines plus tard, David et Ruth partagent de nouveau une chambre dans un petit hôtel plein de charme. Les murs ne sont plus recouverts de shantung mais d'un chintz à motifs floraux qui fait plus campagnard.

Cette fois, David a inscrit Ruth sous son vrai nom – Ruth Ellis. Mais la jeune femme s'en moque : David et son *Emperor* vont remporter cette course, et, comme il l'a promis en cas de triomphe, il commencera aussitôt les formalités en vue de leur mariage, et Ruth Ellis deviendra Ruth Blakely.

En attendant, ils vont visiter le Cheshire. Le printemps est encore un peu acide, les bourgeons n'ont pas fini de s'ouvrir pour laisser apparaître les jeunes feuilles et les fleurs encore enfouies dans leur duvet, mais les crosses des fougères commencent à se dérouler.

— Ça veut dire que l'hiver est derrière nous, annonce Ruth. C'est à peu près tout ce que je connais en botanique, mais le truc des fougères, ça ne rate jamais.

David sourit. Il allume une cigarette qu'il sort

de l'étui en argent dont Ruth lui a fait cadeau pour Noël.

Elle a offert exactement le même à Desmond Cussen.

Pas par étourderie, ni pour provoquer l'un de ses deux amants, non, c'est juste par manque d'imagination : qu'est-ce qu'une jeune femme pourrait bien donner à des hommes qui ont déjà tout, y compris la jeune femme elle-même ?

Le 2 avril, lors de la séance d'essais, alors que David accélère en sortant du virage des Cascades pour aborder la longue ligne droite de Lakeside, le moteur de l'*Emperor* casse brusquement. David rentre au stand à bord de la dépanneuse de service.

Ant Findlater lève le capot, jette un regard rapide et referme aussitôt.

— C'est foutu pour cette fois, annonce-t-il en tortillant du bout des doigts sa longue et fine moustache. Même en recrutant des mécanos de renfort, on n'arrivera jamais à réparer dans les délais.

— Qu'est-ce qui s'est passé ? demande David.

— Je penche pour un affolement de soupapes. Peut-être à cause d'un rétrogradage en sur-régime, c'est très possible après une courbe serrée comme les Cascades. Il y a sûrement eu des signaux d'alerte, mais tu ne les as pas repérés, pas reconnus comme tels. Peut-être que tu n'étais pas assez familiarisé avec la voiture pour les déchiffrer. Il est vrai que tu as très peu roulé avec elle, ces derniers jours.

David se raidit.

— En somme, tu penses que c'est de ma faute ?

— Je n'ai pas dit ça, proteste Ant. Mais bon, tu étais occupé ailleurs. Ce que personne ne songe à te reprocher, bien sûr.

— Rassure-toi, gronde David, je suis assez grand pour me juger moi-même.

Il est encore dans le secteur froid de la colère. Le temps de quitter le circuit d'Oulton Park pour rejoindre le *Red Lion*, il passe au secteur chaud.

Et alors la tempête s'abat sur Ruth qui, dans la chambre n° 4, achève de s'habiller (robe noire très près du corps et décolleté plongeant, presque indécent) pour les festivités d'après-course dont le grand moment aurait dû être le sacre de David Blakely.

Ruth n'y comprend rien du tout : comment, sans avoir quitté sa chambre, peut-elle être tenue responsable d'un désastre mécanique qui a eu lieu à plusieurs miles de distance ? C'est pourtant ce qu'affirme – ce que lui hurle dessus – un David qu'elle n'a jamais vu dans un tel état de fureur.

Et bien sûr, avant même qu'elle ait réussi à comprendre ce qu'il lui reproche, les coups pleuvent.

— Si tu ne t'étais pas accrochée à moi comme une sangsue, crie-t-il tout en la frappant, si tu ne m'avais pas empêché de travailler sur la voiture, ça ne serait pas arrivé ! Tu ne pouvais pas rester à Londres, non ?

— C'est toi, David, qui m'a demandé de…

— Je ne t'ai rien demandé, j'ai juste accepté que tu viennes. Et pas que tu t'incrustes, que tu m'étouffes, que tu me prennes la tête avec tes histoires de mariage. Tu peux toujours courir, tiens, pour que je t'épouse ! Jamais, tu entends, jamais ! Tu portes malheur ! Mais je sais, maintenant, pourquoi tu es là…

— Je suis là pour être avec toi, David, je suis là parce que je t'aime.

— Foutaises ! C'est par jalousie que tu es venue. Des fois que Carol Findlater me ferait les yeux doux, hein ?

— Je me fiche éperdument de Carol Findlater !

— Ah oui ? Eh bien, pas moi. Parce que Carol Findlater, figure-toi, j'ai couché avec elle. Et je suis tout prêt à recommencer. Ce soir même.

— Ne te gêne pas, riposte Ruth en croisant les bras devant son visage pour se protéger des gifles. Si ça t'amuse de te frotter contre cette décharnée avec ses grosses lunettes rondes, cette noiraude aux airs de corbeau malade, vas-y donc !

— Ses cheveux noirs, au moins, c'est naturel. Elle n'est pas comme toi, elle ne triche pas. Chez toi, tout est faux : ta blondeur, ton amour, ton fric…

— Tu en as bien profité, de mon fric. Si maintenant je n'ai plus rien, c'est parce que tu m'as tout pompé.

— C'est ça, traite-moi de voleur !

— Peut-être pas de voleur, mais de profiteur, ça oui, sûrement.

La querelle est de plus en plus violente. David porte ses coups aux endroits du corps de la jeune femme qu'il a déjà marqués par des « corrections » antérieures : les tibias, les côtes, les seins, le visage. La routine. Certains hématomes éclatent, se mettent à saigner.

Finalement, David entraîne Ruth hors de la chambre et la précipite dans l'escalier. Elle tombe, elle ne peut pas se relever, elle a une cheville brisée.

David ne lui rend pas visite une seule fois pendant le laps de temps où elle est hospitalisée. Pas un mot, pas un appel téléphonique, pas un bouquet – il sait pourtant combien elle aime les fleurs, elles ont toujours été à l'origine de leurs réconciliations : à chaque fois qu'il voulait faire la paix, David déposait un bouquet sur le paillasson, sonnait, filait se cacher dans un coin de l'escalier, elle ouvrait, ne voyait d'abord que le palier désert, croyait à une farce de gamins, puis elle abaissait le regard, découvrait le bouquet posé par terre, et les larmes lui venaient aux yeux, elle disait :

« Allons, David, montre-toi. Il y a bien trop longtemps que je ne t'ai pas vu, espèce de salaud… »

Leurs fâcheries durent rarement plus de quarante-huit heures. Mais cette fois, quatre-vingt-seize heures. Bien plus qu'une éternité.

L'indifférence de David choque profondément Ruth. Mais elle se persuade qu'il est comme tant d'hommes qui ne supportent pas les hôpitaux, leurs odeurs d'éther et de désinfectant. Aussitôt qu'elle sera dehors, pense-t-elle, elle retrouvera l'homme qu'elle aime – et qui l'aime, de ça au moins elle est sûre.

Elle se trompe : David ne vient pas la chercher à sa sortie d'hôpital (à défaut de pouvoir lui parler directement, elle l'a fait prévenir par Desmond Cussen), et pourtant ce jour-là il pleut à verse, et il ne l'attend pas non plus à Knightsbridge, il n'a rien préparé pour fêter son retour, le garde-manger est vide, seules traînent quelques bouteilles d'alcool, vides elles aussi.

Elle le revoit par hasard, sur un trottoir de Sloane Street.

De loin, elle reconnaît sa silhouette, sa démarche, elle court, le rejoint, l'enlace, lui offre ses lèvres, il les effleure puis se ravise, se dégage :

— S'il te plaît, Ruth, pas en pleine rue.

— Qu'est-ce qui te prend ? On a toujours fait comme ça. On s'en fout, des autres. D'ailleurs, sous leurs parapluies, ils ne voient rien.

— C'est que je n'ai pas le temps. Je suis déjà en retard, terriblement.

— Bon, d'accord, mais on se retrouve pour dîner ?

— Ce soir, je suis pris.

— Et demain ?....

Demain, pareil. Et après-demain aussi. Sa seule soirée libre, c'est jeudi en huit, mais il hésite à la bloquer une semaine à l'avance car une urgence de dernière minute pourrait se présenter – quelle urgence, il n'en sait rien, mais il faut tout prévoir, surtout l'imprévisible, c'est au moins ça que lui aura appris le sport automobile : au vingt-deuxième tour, avec aucun cul de voiture devant toi sinon ceux des pilotes ayant plusieurs tours de retard, tu es le vainqueur potentiel, et au vingt-troisième, à cause de rien du tout, juste une pie qui traverse la piste en rase-mottes et s'écrase sur ton pare-brise, coup de volant involontaire, les roues mordent le bas-côté, la pie en bouillie n'en finit pas de dégouliner, à cause de quoi tu hurles je n'y vois plus rien, putain, enlevez-moi cette merde, et ta voiture s'envole, part en looping, en tonneaux, et puis plus rien.

Desmond Cussen se fait un plaisir pervers de prouver à Ruth que les dîners que David lui refuse ne sont pas perdus pour tout le monde :

— Lundi, il invite Linda Dawson à manger des huîtres au *Wiltons* ; mardi, il a retenu deux fauteuils d'orchestre au *Criterion Theatre* pour Linda et lui ; mercredi il emmène miss Dawson aux courses de lévriers de Walthamstow ; jeudi, il…

Elle l'interrompt :

— Mais comment vous savez tout ça ?

— David ne se cache pas. Pourquoi le ferait-il, d'ailleurs ? Après tout, la petite Dawson et lui sont officiellement fiancés.

— Il ne l'épousera pas, dit Ruth avec assurance.

Elle dispose d'une information – en l'occurrence, appelons cela une arme – qui persuadera David que c'est elle, et non pas Linda Dawson, qu'il doit épouser.

Début avril, lorsque Ruth a dû être hospitalisée pour sa cheville brisée, elle a été examinée de façon assez complète à cause des traces de coups relevées sur son corps.

Après que la jeune femme lui a exposé sa situation de famille plutôt compliquée – Andy qu'elle élève seule, un gosse un peu comme une plante : en apparence, il pousse correctement, mais comment savoir s'il est bien enraciné dans la vie, si ses branches vont se déployer, s'épanouir ; et puis Georgina à laquelle elle a renoncé, estimant qu'il valait mieux, dans l'intérêt même de l'enfant, la laisser (l'abandonner ?) à la garde de son père, tout ça sans oublier quelques grossesses manquées –, le médecin prend des précautions pour lui annoncer qu'elle est à nouveau enceinte, de deux mois cette fois-ci.

Ruth éclate en sanglots.

Mais ce sont des larmes de joie, comme si ce bébé à venir était le signe qu'elle est pardonnée, absoute de tous ses ratages, de tous ses gâchis.

Elle éprouve comme un ravissement, un choc presque mystique. Elle pense tout de suite que ce sera un garçon, elle s'imagine porter en elle un David Blakely, certes minuscule, mais déjà le clone parfait de son géniteur. Car même s'il existe autant de probabilités pour que l'enfant soit celui de Desmond, Ruth a tout de suite décidé qu'il était le fils de David. Et rien, jamais, ne la fera revenir là-dessus. C'est tout juste si elle ne le voit pas sortir d'elle déjà revêtu des mêmes habits élégants que ceux portés par David.

Elle patiente presque toute la semaine. Un matin, David l'appelle. Comme il l'avait laissé entendre lors de leur rencontre fortuite sur le trottoir de Sloane Street, il peut lui consacrer sa soirée du jeudi. Il lui laisse le choix du restaurant.

— Pas de restaurant, dit Ruth, je préfère qu'on se retrouve chez moi. Enfin, chez nous. Ne te soucie de rien, je vais nous préparer quelque chose de très bon.

Tout en parlant, elle caresse le microphone de ses lèvres rouges, de la pointe de sa langue, voici que commence (pense-t-elle) l'une des plus belles journées de sa vie.

Elle décide de ne mettre ce soir aucun vêtement que David ait déjà pu voir sur elle, ça lui coûtera ce que ça lui coûtera mais tant pis, tout sera neuf, elle gambade dans Notting Hill, le quartier sent bon le malt, la poudre de riz, la guimauve grillée, elle tombe en arrêt devant un numéro du *Picture Post* où s'étale en première page la grande photo d'un Teddy Boy qui danse avec une fille en jupe noire et ronde qui lui descend presque jusqu'aux chevilles, avec sur le buste une veste également noire, très cintrée, à manches trop longues, boutonnée jusqu'au cou, le seul éclat sur cette fille venant de deux énormes anneaux d'or, très lourds, qui se balancent à ses oreilles.

C'est cette robe qu'il me faut, pense aussitôt Ruth, et cette veste, et ces drôles de chaussures plates.

Elle s'achète aussi un nouveau rouge à lèvres, plus lilas que sanglant, ainsi qu'une eau de toilette plus florale, plus fraîche, plus évocatrice d'enfance que le parfum qu'elle porte d'habitude.

Puis elle se rend chez un épicier italien, fait emplète de tomates séchées farcies aux anchois, de saucisson de sanglier de Toscane, de pancetta, de bresaola, de pâtes artisanales, de crème de sauge, d'olives et de basilic, de parmesan, de vin des Abruzzes et de carolus de Lombardie – pour la soif, celui-là.

Elle se dépêche de rentrer pour préparer le dîner, dresse la table, allume des bougies.

Elle s'habille, s'observe dans le miroir, elle comprend qu'un homme puisse tomber amoureux d'elle, et en même temps elle n'est pas sûre de ce qu'elle penserait d'elle-même si elle était cet homme.

A présent, elle n'a plus qu'à attendre. Elle a mis de l'eau à bouillir, elle la renouvelle au fur et à mesure qu'elle s'évapore, prête à y jeter les pâtes dès qu'elle repérera, parmi les bruits de la circulation, le feulement familier du moteur de la Vanguard que David a achetée pour ménager l'*Emperor* toujours en convalescence.

Elle expérimente à voix basse plusieurs façons de lui annoncer la grande nouvelle. Si George Ellis a aussi mal réagi à la naissance de Georgina, c'est sans doute, pense Ruth, parce qu'elle n'a pas su s'y prendre pour l'y préparer. Qu'aurait-elle dû faire ou ne pas faire, elle n'en sait rien, peut-être a-t-elle eu tort de clamer partout que Georgina était la merveille des merveilles, ce qui n'était pas loin d'être vrai, mais elle n'avait pas à forcer l'admiration de George, elle aurait dû attendre qu'il s'extasie tout seul. Cette fois, pense-t-elle, quand je parlerai du bébé, il sera encore enfoui au plus profond de moi, c'est moi et moi seule qui ferai face à David, je serai comme une ambassade de notre enfant, une ambassade endormie, aux portes encore closes.

Elle entend le bruit de l'ascenseur, l'ouverture de sa grille, le pas de David sur le palier, elle sait très exactement ce qui se passe de l'autre côté du chambranle : David a sonné, une longue deux brèves, la lettre D en morse, D pour David, et le temps qu'elle ouvre la porte il a déjà fini d'ôter sa gabardine, laquelle repose à présent sur son bras gauche, constellée de taches de pluie, il n'aime pas les vêtements contraignants, sa combinaison de pilote est la moins ajustée, la plus flottante du circuit, quand il est en sueur il nage dedans, littéralement. Ruth regarde les fleurs que David tient à la main, de grosses pivoines d'un rouge presque marron, pas du tout le genre de fleurs qu'on offre à une jeune femme enceinte – mais juste à cet instant elle se rappelle que David ne sait rien, elle ne lui a rien dit du retard de ses règles, ni de l'odeur du papier journal qui lui soulève le cœur, ni non plus qu'elle rêve de manger un artichaut vinaigrette bien que ce ne soit pas la saison des artichauts, alors elle lui sourit, elle trouve tellement gentil de sa part d'être venu avec un bouquet, comme ça, sans raison, juste parce qu'il a eu envie de lui offrir des fleurs, alors il a choisi les plus grosses, et d'une couleur moins conventionnelle que le rose habituel, sa manie de faire de l'épate, elle rit, elle aime les hommes incorrigibles, ils la font penser à des petits garçons.

— Bien sûr, dit-elle en s'emparant des pivoines, tu ne pouvais pas savoir que ce marron n'est pas vraiment la couleur qui convient.

— Qui convient à quoi ?

— A l'événement.

— Quel événement ?

Elle détache une fleur du bouquet, s'amuse à en fustiger doucement David :

— Ah, ah ! Surprise ! Tout à l'heure, si tu es très sage, tu sauras.

Mais elle n'en peut plus de porter son secret. Alors, tout en se dirigeant vers le placard où elle sait trouver un vase assez grand pour accueillir les pivoines, elle dit :

— Un enfant, David.

— Quoi ?

— Nous allons avoir un enfant.

Il laisse passer un temps. Elle se retourne pour l'observer. Il marche vers elle :

— Tu es enceinte ?

— On le dirait bien. Deux mois et demi. Je sais, j'aurais dû t'en parler dès que je l'ai su, mais je voulais d'abord être absolument sûre, j'avais si peur de te faire une fausse joie…

Il avance toujours vers Ruth. Comme il est beau, pense-t-elle. Elle écarte les bras pour l'accueillir tout contre elle. Elle n'a pas lâché ses pivoines.

Le premier coup de poing la vide de tout l'air qu'elle avait dans les poumons, elle se dégonfle comme une baudruche, les douleurs qui courent dans sa chair lui donnent l'impression que son corps plisse de partout, ballon ratatiné, ballon crevé.

Et déjà le deuxième coup de poing. Dans l'estomac, celui-là. Quelque chose d'acide remonte dans l'œsophage de Ruth, tapisse et brûle sa gorge.

Troisième coup de poing, un peu plus bas que les deux premiers, dans le ventre, là où est nichée la petite chose en forme de virgule qui doit devenir un bébé, Ruth tombe, alors David lui donne des coups de pied, il porte les chaussures Edward Green qu'elle lui a offertes, les mêmes que celles du duc de Windsor, montées selon la méthode du cousu trépointe à la main, en box-calf à toute épreuve, il peut cogner tant qu'il veut sans risquer de les abîmer, et c'est ce qu'il fait, il continue, visant toujours le ventre.

Ruth se met en boule, ses mains s'ouvrent sans qu'elle le veuille, les pivoines lui glissent entre les doigts, s'éparpillent sur le parquet comme les bâtonnets d'un jeu de mikado.

David Blakely regarde la femme inerte, recroquevillée parmi les fleurs brunes. Il attrape sa gabardine, sort sans se retourner.

Dans la cuisine, l'eau des pâtes est en ébullition, il y a de plus en plus de vapeur, et cette fois la casserole va se vider complètement avant que Ruth soit en mesure de l'écarter du feu.

Malgré la douleur, la jeune femme parvient à se redresser en s'agrippant à ce qui lui tombe sous la main. Une fois debout, elle constate qu'elle ne peut se déplacer que par courtes saccades, mais ça n'a pas vraiment d'importance parce qu'elle a tellement mal qu'elle a déjà oublié où elle avait l'intention d'aller si jamais elle réussissait à se relever

– ce n'est qu'une heure et quarante minutes plus tard qu'elle se rappellera avoir voulu éteindre le gaz sous la casserole, dont le fond sera alors à jamais bosselé et noirci.

— Tu ne pourras pas toujours me piétiner comme ça, David, ne crois pas ça. Un être humain, il y a des limites à ce que ça peut supporter. Après, au-delà, ça meurt ou ça mord.

Quand il a cessé de la frapper, elle a eu la sensation que toute la chair de son corps venait d'être broyée, qu'elle n'était plus qu'un magma de viande rose et obscène comme on en voit à l'étal des boucheries.

Mais une trentaine de minutes après que Ruth a encaissé le dernier direct à l'estomac, seules les portions de son visage, de ses seins et de son abdomen sur lesquelles David s'est acharné continuent d'irradier des douleurs fulgurantes, certaines à fleur de peau, d'autres profondément enfouies. Le reste de son corps semble s'être éteint, désolidarisé des centres nerveux comme si son organisme renonçait à gérer d'autres informations que celles émises par ses blessures. Elle a déjà éprouvé ça, cette scission, cette disjonction entre deux parties d'elle-même, lorsque son père abusait d'elle, lorsque Morris Conley lui soufflait au visage son haleine d'alcoolique, ou quand George Ellis la giflait. Sans rien dire des soi-disant parties fines dont elle était l'invitée d'honneur, c'est-à-dire le mets principal, la volaille troussée, le crustacé ébouillanté, le poisson tronçonné, le légume pelé à vif.

Combien de fois Ruth Ellis fut-elle ainsi *consommée*, et par qui, elle ne s'en souvient plus. Ne se rappelle que les haleines lourdes, les souffles courts, les nuques moites, la palpitation des veines, les langues grasses, les sexes aux extrémités rouges, aux replis farcis d'une pommade de pisse et de sperme mêlés, et pour finir, après le cri de l'homme, toujours ce même abandon glacé où elle se retrouvait seule.

Plus tard dans la nuit. Ruth s'est de nouveau affaissée. Elle s'est réfugiée sous une table à bridge. Elle a le nez dans la moquette. La poussière la fait éternuer. Elle a décidément très mal, tellement abrutie de coups qu'elle n'a pas entendu David claquer la porte en partant ; et donc rien ne prouve qu'il ait quitté l'appartement, peut-être est-il embusqué, guettant son passage pour lui bondir dessus et recommencer à la frapper. Alors, en plus d'avoir mal, elle a peur.

Tout ça parce qu'elle attend un enfant de lui. Elle n'est pas loin de penser qu'il est devenu fou. Mais elle va l'apaiser, le rassurer : tu ne veux pas de cet enfant ? C'est bon, David, n'y pense plus, tu ne le verras jamais, tu n'en entendras jamais parler. Tu sais ce qu'on dit : ce qui n'est pas nommé n'existe pas, alors je m'engage à ne pas prononcer son prénom devant toi, pas une seule fois durant toute ma vie. J'en suis capable, David, je suis capable d'un tas de choses dont tu n'as pas idée. Jamais je ne discuterai l'heure ou la date d'un rendez-vous avec toi sous prétexte que je dois m'occuper de l'enfant ; je dis l'enfant, parce que, bien sûr, j'ignore encore s'il sera mâle ou femelle – tu remarques que je ne dis pas garçon ou fille : je le chosifie, je le neutralise autant qu'il m'est possible, oui, oui, je fais ça pour toi. Mais je ne peux pas te promettre – c'est là ma limite, et je t'en demande pardon – de ne pas l'aimer. Laisse-moi le garder, David. De toute façon, tu ne peux pas vraiment m'en empêcher. Tu as essayé, à coups de poing et à coups de pied, de supprimer ton enfant, mais tu vois, ça n'a pas réussi. Ce sang qui s'est mis à couler entre mes cuisses, c'est le mien, pas le sien – il doit en avoir si peu, d'ailleurs, il est si petit. C'est vrai, j'ai beaucoup plus mal dans le ventre que partout ailleurs, mais ça ne veut pas dire que tu as tué mon bébé. J'ai appelé Desmond Cussen, je lui ai dit que j'avais besoin de lui, là, tout de suite, besoin qu'il me conduise à l'hôpital. Il a demandé pourquoi, il a bien fallu que je réponde, pas vrai ? Je lui ai raconté qu'on s'était un peu disputés, que tu t'étais énervé, et que, bon, j'avais sans doute besoin d'un ou deux points de suture, que je préférais qu'on me les fasse à l'hôpital parce qu'ils ont là-bas des chirurgiens habiles, de vrais artistes qui ne vous recousent pas avec des aiguilles à tricoter. Pour le reste, David, sois tranquille : je préférerais me faire arracher la langue – ce qui serait dommage, avoue, toi qui dis que j'embrasse comme personne – plutôt que d'aller raconter que tu as voulu tuer ton enfant dans mon ventre.

La remise en état du visage de Ruth Ellis nécessite davantage de soins esthétiques que d'actes médicaux à proprement parler. En revanche, le tabassage en règle que David lui a infligé oblige la jeune femme à rester hospitalisée plusieurs jours.

Comme lors de l'épisode de la cheville brisée, David ne se manifeste d'aucune façon. Il ne cherche pas à avoir des nouvelles de Ruth, moins encore à lui rendre visite. Apparemment, il n'éprouve aucun remords de ce qu'il a fait. Il continue de parader dans les bars de Mayfair en compagnie de Linda Dawson qui s'affirme plus que jamais comme sa fiancée officielle.

28 mars 1955. Dans son lit, Ruth pleure. L'embryon sans vie qu'on a dû retirer de son utérus présentait déjà les formes d'un visage : sa tête était arrondie, on pouvait discerner les yeux, le nez et la bouche, les bras et les jambes étaient apparus, les doigts commençaient à se séparer.

Ruth demande au médecin si, à ce stade, on peut discerner chez l'embryon une ressemblance, fût-elle très vague, avec l'un ou l'autre de ses parents. Le médecin dit que les jeunes femmes ont décidément le don de poser des questions saugrenues, et qu'il est déjà magnifique qu'une si minuscule créature évoque de façon incontestable un être humain.

Seul Desmond Cussen rend visite à Ruth. Il commence toujours par s'asseoir sur le bord du lit, puis insensiblement il se penche, incline son visage vers celui de la jeune femme, et cherche à l'embrasser. La bouche de Ruth a une saveur un peu amère – un mélange de fièvre et de reflux médicamenteux – mais Desmond s'en fiche.

Bien qu'ignorant les causes réelles de la fausse couche de Ruth (elle lui a raconté n'importe quoi, bien sûr), il parle de David avec sévérité. Au fond, il est ravi que ce dernier manque à ses devoirs en n'envoyant même pas un bouquet de violettes : Desmond peut alors profiter des vases vides pour transformer la chambre de Ruth en boutique de fleuriste.

— Quand vous sortirez d'ici, il faudra que vous régliez cette histoire. Et j'ajoute : que vous la régliez une fois pour toutes.

— Quelle histoire ?

— Eh bien ! mais votre histoire avec David. Votre sécurité me préoccupe beaucoup. J'y ai réfléchi, et j'ai eu quelques idées que je voudrais vous soumettre.

C'était un soir de printemps – enfin, ce que les braves gens du Lancashire appellent le printemps – à Much Hoole, dans l'arrière-salle du *Rose and Crown*.

Annie équeutait des jonquilles qu'elle mettait à tremper dans des chopes (celles gravées d'une harpe celtique, réservées aux buveurs de Guinness), ensuite elle disposait les chopes sur les tables aux plateaux sombres et épais. Dans la pénombre du pub – j'évitais les débauches de lumière après l'heure de fermeture – les boules de fleurs jaunes faisaient comme de petits soleils piquetés dans la nuit.

Harry et Annabeth disputaient une partie de fléchettes.

J'entendis le bruit du petit dard qui, lancé par Harry, venait de manquer la cible et de frapper le mur, en même temps que retentissait le rire moqueur d'Annabeth :

— Encore raté, Harry ! Je ne comprendrai

jamais, Albert, que vous acceptiez de travailler avec une potiche pareille.

En réalité, il y avait deux Harry : le Harry conducteur de bus, époux d'Annabeth et (très) accessoirement lanceur de fléchettes, et le Harry qui m'assistait, auprès duquel je passais chaque nuit nous séparant d'une exécution. Ce Harry-là n'avait jamais manqué sa cible, qui consistait à entraver les chevilles du condamné dès que celui-ci était positionné sur la trappe – et croyez-moi, ça n'est pas si facile, il faut s'agenouiller aux pieds du prisonnier, avec le risque de recevoir en plein visage une ruade désespérée. Si le premier des deux Harry pouvait se montrer quelque peu maladroit, le second, celui qui officiait à mes côtés, était impressionnant de précision, de méticulosité.

Aussitôt qu'un crime était commis et qu'il apparaissait que son auteur finirait entre nos mains, Harry épluchait les journaux, découpant et compilant tout ce qui concernait le futur condamné.

— Ce soir-là, nous raconta-t-il, Ruth Ellis et David Blakely s'étaient une fois de plus violemment disputés. D'après des témoins, Ruth aurait même tenté de poignarder David à l'aide d'un gros canif et…

— Mon Dieu, l'interrompit Annie, j'ai beaucoup de mal à croire qu'elle ait été aussi agressive ! C'est que, voyez-vous, quand elle était fillette, elle a dû souvent s'entendre traiter d'adorable petit ange. A cause de sa blondeur, comprenez-vous ? Or les anges ne sont pas des meurtriers. Lisez la Bible, elle vous le confirmera.

Je doute qu'il existe dans tout le Royaume-Uni une femme aussi prompte à l'indulgence qu'Annie Pierrepoint.

— Sauf votre respect, Mrs. Pierrepoint, reprit Harry, il paraît que cette Ruth Ellis n'est pas une vraie blonde, c'est une décolorée, donc pas non plus un vrai ange. Et on a bel et bien relevé des entailles dans le dos et sur les bras de Blakely. Peu profondes, certes, mais faites par une lame, ça c'est incontestable.

— Peut-être a-t-elle frappé pour se défendre, risqua Annie.

— En tout cas, dit Harry, c'est ce que cette dame a juré : elle n'aurait fait que tenter de riposter aux coups dont, une fois de plus, son amant lui martelait le visage, s'acharnant cruellement sur ses yeux dont l'un fut abîmé au point qu'elle a été plusieurs jours sans pouvoir l'ouvrir.

— Pourquoi se querellaient-ils ?

— La jalousie, à ce qu'il paraît. David reprochait à sa maîtresse de coucher avec Desmond Cussen en échange de l'argent que ce dernier lui donnait pour régler son loyer ainsi que la scolarité de son fils Andy. Et Ruth, de son côté, accusait Blakely de la tromper avec la petite Carol Findlater.

— Et finalement, qui couchait avec qui ?

Harry haussa les épaules. Il ne s'était jamais beaucoup intéressé aux histoires d'amour. Je vois trop souvent où et comment elles se terminent, avait-il confié un jour à un journaliste. Sur quoi je donne tort à Harry : la majorité des gens que nous pendons, lui et moi, ne sont pas devenus criminels par amour, mais par cupidité.

— En tout cas, dit Harry, Ruth et David passèrent ensemble la nuit du jeudi 7 au vendredi 8 avril 1955 à Egerton Gardens, ils firent l'amour, et Ruth se retint de crier trop fort car il n'y avait pas de chambre séparée pour Andy – le garçon, qui avait rejoint sa mère pour les vacances de Pâques, dormait sur un lit d'appoint dans la même chambre que Ruth et son amant.

« Le vendredi matin – il se trouve que c'était le vendredi saint – David expliqua à Ruth qu'il avait rendez-vous avec Ant Findlater pour décider ce qu'il convenait de faire de l'*Emperor* : la vendre avec son moteur grillé en perdant probablement beaucoup d'argent, ou la réparer et l'engager dans de nouvelles compétitions. Evidemment, David préférait la seconde solution, sauf que son compte en banque n'était pas assez garni pour financer les réparations. Mais peut-être, avait-il ajouté avec un sourire engageant, que ce bon vieux Desmond Cussen consentirait à lui prêter quatre cents livres, surtout si c'était Ruth qui allait les quémander en déployant tous ses charmes. “Eh ! tu me prends pour une pute ?” avait-elle répliqué, plus sidérée que vexée.

« D'après les journaux, du moins quand ils commencèrent à faire leurs manchettes sur l'affaire, Ruth ne se voyait pas telle qu'elle était : elle se prenait en vérité pour une femme respectable, fille d'un violoniste de classe internationale (on soupait en smoking et robe du soir, et on parlait toutes les langues du monde à bord des transatlantiques sur lesquels s'était produit Arthur Neilson), mère de deux enfants (même si elle avait plus ou moins abandonné l'un des deux), ex-directrice d'un établissement londonien (un bar de nuit, certes, mais en plein Mayfair), maîtresse à la fois d'un fringant pilote de course et du riche manager d'une chaîne de bureaux de tabac.

« David s'était empressé de l'apaiser en lui promettant de revenir la chercher vers huit heures du soir pour l'emmener dîner quelque part, après quoi ils profiteraient ensemble, et comme jamais, de ce long week-end de Pâques, lundi compris, trois jours rien que pour eux, ce serait merveilleux – non ?

« Sous le regard admiratif de son fils Andy, Ruth consacra la journée à se faire belle. Elle inspecta, examina, scruta chaque parcelle de son être, s'efforçant d'en rectifier la moindre défaillance – ou ce qui lui paraissait en être une. Elle avait commencé par laver son sexe à l'eau tiède et pure, sans savon surtout, car David n'aimait pas qu'elle camoufle sa senteur naturelle. Et bien sûr, en même temps elle se caressait doucement en pensant à lui. Puis elle demanda à Andy de l'assister, de lui passer ses flacons de vernis à ongles, ses petits morceaux d'ouate, ses limes, de manier pour elle le recourbe-cils. Après quoi, l'enfant dut enrouler une à une, autour de son index, les mèches des cheveux de sa mère, attendre un moment puis dégager délicatement son doigt et effleurer d'une légère touche de fixateur la boucle qu'il venait ainsi de former.

« Elle avait pris tout son temps pour s'habiller, alors elle s'affola en constatant soudain qu'il était déjà presque neuf heures. Elle supposa que David était rentré sans qu'elle l'entende. Il devait être à la cuisine en train de boire – quand David ne savait pas quoi faire pour s'occuper, il buvait, et d'ailleurs Ruth en faisait tout autant quand c'était à elle d'errer sans but d'un pouf à un autre. Mais Andy lui dit que non, David n'était toujours pas là. Ruth poussa un soupir de soulagement : si la table réservée au restaurant qu'avait choisi David était attribuée à un autre couple à cause de ce retard, à présent de plus d'une heure quinze, ce ne serait pas sa faute à elle. Peut-être parce que la plupart des êtres qu'elle avait croisés dans sa vie avaient quelque chose à se reprocher, Ruth aimait à se sentir innocente. Ce fut la dernière fois où il lui fut permis d'éprouver ce sentiment, souffla Harry, mais la pauvre fille n'en savait rien.

« Elle commença à s'inquiéter vraiment vers dix heures du soir.

« Mais ce n'était pas pour David qu'elle se faisait du souci, c'était pour elle. Elle avait beau savoir qu'il conduisait trop vite, elle n'imaginait pas qu'il puisse avoir un accident.

« Par contre, l'idée qu'il était en train de la tromper ne la lâchait pas. Il l'avait endormie avec ses belles histoires de restaurant et de week-end pascal, en réalité il devait roucouler avec cette embusquée de Carol Findlater, ou avec la Norvégienne de dix-huit ans que les Findlater avaient engagée pour s'occuper de leur fillette.

« Cette jeune fille au pair était rose et potelée comme un bébé, et Ruth se rappelait que cela avait amusé David la première fois qu'il l'avait vue – mais en même temps qu'il s'en amusait, il était évident que ça l'avait troublé. Du coup, Ruth avait fait tout ce qu'elle pouvait pour éviter que David ne revoie la fille bébéiforme. Mais cette nuit, David lui avait échappé.

Samedi 9 avril, veille de Pâques. Dure journée pour les proches de Jésus, sa mère, ses disciples : la veille, ils l'ont vu mourir, ils étaient là quand on l'a décroché de la croix, ils ont assisté à sa mise au tombeau. Une nuit a passé, maintenant tout est fini, terminé. Il faudrait être fou pour croire que tout n'est pas dit, qu'il va encore se passer quelque chose – mais quoi, d'ailleurs ? Détruisez ce temple, et en trois jours je le rebâtirai, a-t-il dit. Certains ont cru voir dans cette phrase sybilline l'annonce d'une résurrection. Une résurrection le troisième jour. Demain dimanche, donc. En attendant, on est samedi – on n'est encore *que* samedi, et Ruth (elle s'est réveillée à l'aube, tout de suite elle s'est mise à fumer, allumant ses cigarettes bout à bout) est sûre, enfin *presque* sûre, que son amour est mort, aussi mort que le crucifié de Jérusalem. Elle voudrait croire que David lui reviendra demain, qu'il s'arrachera des bras de la pâle, molle, voluptueuse fille au pair, comme Jésus, dit-on, s'est arraché à la mort. Désespérément elle voudrait le croire, mais elle n'y parvient pas, et elle a des raisons pour ça : la première fois qu'elle a téléphoné chez les Findlater, c'est David qui a décroché, elle a su que c'était lui à sa façon de dire Allô ?, son cœur a fait un bond dans sa poitrine, un bond joyeux, et elle a dit en écho Allô, David ?, et tout de suite, lui, reconnaissant sa voix, a reposé le combiné sur sa fourche. Elle a rappelé, bien sûr. Mais cette fois, personne n'a décroché. Elle l'imagine en train de regarder le téléphone d'un air hostile, se demandant s'il va sonner à nouveau, il doit être en pyjama, en pantoufles, tout ça prêté par Ant Findlater, le téléphone ne sonne plus, alors David se passe la main dans les cheveux et retourne dans la chambre, la chambre de la Norvégienne, chambre surchauffée parce que ces filles-là, paradoxalement, craignent le froid, il s'allonge contre elle, elle s'étire, elle sent le sommeil, un de ses seins s'échappe de la combinaison qu'elle enfile en guise de chemise de nuit, un sein rond comme un christmas pudding, sûrement délicieux pense David, il arrondit ses lèvres, les pose sur l'aréole, la Norvégienne gémit, David ne pense plus à Ruth.

Au même instant, Ruth compose le numéro de Desmond Cussen (en fait, elle a commencé par refaire celui des Findlater, mais elle s'est reprise à la deuxième sonnerie).

— J'ai besoin de vous, Desmond. Pouvez-vous me conduire à Hampstead ? Là, maintenant, tout de suite ?

Cussen n'est pas long à comprendre.

— Hampstead… je suppose que vous voulez dire au 29 Tanza Road, chez les Findlater ?

— David est chez eux.

— Vous en êtes sûre ?

— Absolument. J'ai appelé là-bas. C'est lui qui a pris le téléphone, j'ai reconnu sa voix, mais dès qu'il a su que c'était moi, il a raccroché.

— Très bien, dit Cussen d'un ton calme, je vais vous y emmener. Le jour se lève à peine, les rues sont encore vides, nous y serons vite. Mais une fois sur place, que comptez-vous faire ?

— Je ne sais pas.

Les Findlater occupent le deuxième étage d'un petit immeuble en briques. Depuis la rue, on ne voit qu'un bow window assez imposant, laqué de blanc, flanqué de chaque côté d'une étroite fenêtre à guillotine.

— On dirait bien que tout le monde dort encore, observe Cussen en désignant les vitres derrière lesquelles on ne perçoit en effet aucune lumière.

En fait, l'appartement comporte d'autres pièces

donnant sur la façade arrière de l'immeuble. L'une de ces pièces, invisible depuis Tanza Road, est la chambre attribuée à la jeune fille au pair.

— Ça dort ou ça baise, dit Ruth entre ses dents serrées. David aime faire l'amour dans le noir. Comme ça, il peut s'imaginer tenir dans ses bras n'importe quelle femme. De toute façon, je sais ce que je voulais savoir : il est bel et bien planqué chez les Findlater – la preuve : sa voiture est là.

Elle désigne la Vanguard stationnée juste devant l'immeuble.

— Je vais sonner, dit-elle.

Elle ouvre la portière, descend. Elle grimpe les quelques marches du perron, appuie longuement sur le bouton surmonté d'un petit carton découpé dans une carte de visite au nom des Findlater. A travers la porte close, elle entend le carillon résonner à l'étage.

— Collez-vous dans le renfoncement, conseille Cussen. S'ils vous voient depuis le bow window, ils ne vous ouvriront pas.

— Oh, ils ont sûrement deviné que c'était moi, dit Ruth avec amertume. Qui d'autre pourrait sonner avec autant d'insistance, si tôt le matin, un samedi de Pâques ?

Elle revient lentement vers la voiture. Cussen allume sa première pipe de la journée, il teste un tabac indonésien importé par sa firme. Une fumée bleutée qui sent le miel vanillé, le baume fleuri, s'échappe par la vitre entrouverte.

— Desmond, vous n'auriez pas un truc genre matraque ?

— Rien qu'une grosse torche électrique, dit Cussen en tétant placidement sa pipe. Sur qui ou sur quoi avez-vous l'intention de passer votre colère ?

— Je vais lui laisser ma signature, à ce salaud.

Longue de près de trente centimètres, la torche a un gros corps cylindrique recouvert de caoutchouc annelé couleur marron. On dirait l'abdomen d'un papillon de nuit monstrueux. Ou bien une sorte d'énorme étron.

Saisissant l'engin par sa dragonne, Ruth le fait tournoyer et l'abat avec force sur une des vitres latérales de la Vanguard. La vitre s'étoile mais résiste. Ruth frappe à nouveau. La vitre se brise, avec fracas cette fois. Une pluie d'éclats crépite sur la chaussée. Dans le calme presque absolu où baigne Tanza Road, ce bruit a quelque chose d'obscène.

— Nous ferions aussi bien de ne pas rester là, dit Cussen dont le regard inquiet va alternativement de Ruth aux fenêtres des Findlater.

Que celles-ci soient toujours lisses et noires ne signifie pas qu'on ne s'agite pas à l'intérieur. Peut-être même est-on en train d'appeler la police.

— Montez vite, insiste Cussen en ouvrant la portière.

Ruth assène un dernier coup de sa torche sur ce qui reste de la vitre fracassée. Elle sent une douleur sourde irradier son poignet gauche, comme à chaque fois qu'elle le sollicite violemment – ce sont les suites des crises d'arthrite qui ont empoisonné son adolescence.

Elle s'assied à côté de Cussen. Il lui sourit, ce qui fait remonter de façon charmante les extrémités de sa fine moustache :

— Pendant que vous vous acharniez sur cette malheureuse voiture, j'ai observé le ciel. Si je me souviens bien des notions de météo qu'on m'a enseignées dans la RAF, tout porte à croire que la journée sera belle. Aussi me suis-je dit que nous pourrions peut-être emmener Andy faire un tour en forêt cet après-midi, qu'en dites-vous ?

Tandis que la voiture commence à rouler, elle le dévisage avec étonnement :

— J'en dis que tout sera affreusement humide, que ça sentira le champignon, qu'il y aura des bestioles qui piquent, et qu'Andy préférerait sûrement qu'on lui paye le cinéma. Il a très envie de voir *L'Enfant et la licorne*[1]. Moi aussi, d'ailleurs. Diana Dors joue dedans, et il se trouve que je la connais un peu, j'ai été figurante dans un de ses films, je faisais une reine de beauté et…

1. *A Kid for Two Farthings*, film de Carol Reed d'après le roman de Wolf Mankowitz.

— Les licornes n'existent pas, coupe Desmond Cussen. N'allez pas farcir la tête d'Andy avec des foutaises. Mon idée était plutôt de vous montrer quelque chose qui, je pense, pourrait vous intéresser.

— Et intéresser aussi Andy ?

— Il va adorer ça.

A une heure trente de Londres par la route, Hatfield demeure la dernière réserve royale de chasse au daim telle qu'il en existait à l'époque médiévale. Mais loin d'être la forêt impénétrable et ténébreuse à quoi fait penser le Moyen Age, c'est un lumineux terrain boisé de plus de quatre cents hectares, creusé de deux lacs et piqueté çà et là de taillis, d'arbres écimés, de conifères, de châtaigniers et de quelques chênes séculaires.

Passé Shell House, petite fabrique du XVIIIe aux murs incrustés de coquillages et de galets, Desmond Cussen s'arrête devant un bouquet d'aubépines. Il saisit les mains de Ruth, les élève à ses lèvres.

— Savez-vous pourquoi je vous ai conduite jusqu'ici ?

Elle n'en a pas la moindre idée, et à vrai dire elle s'en fiche. Elle n'a pas envie de parler, elle veut juste regarder, écouter, respirer ce qui l'entoure. Il y a si longtemps qu'elle n'a pas quitté la ville, qu'elle n'a pas mouillé ses chaussures en s'approchant au plus près d'un lac pour y faire des ricochets, qu'elle n'a pas vu un héron cendré cheminer lentement, silencieux et courbé, son long bec pointu prêt à percer les eaux peu profondes pour harponner une grenouille, un poisson. Elle a trop vécu la nuit, elle a trop bu, trop fumé, trop aimé – trop mal aimé. Elle se sent sale. Elle ne sélectionne plus des galets plats pour réussir ses ricochets, elle choisit au contraire des cailloux lourds, massifs, elle les jette à la lisière du lac pour faire gicler l'eau, et elle offre ses mains ouvertes et son visage aux éclaboussures qui retombent sur elle.

Andy rit. Il y a longtemps que sa mère ne l'avait pas fait rire. En fait, ça n'était peut-être jamais arrivé.

— Autrefois, reprend Cussen, ces plantes, ces aubépines, symbolisaient l'innocence. Nous allons en couper une branche, vous la ferez sécher, et, à chaque fois que vous la regarderez, je veux que vous vous rappeliez que vous êtes aussi innocente qu'elle. Je vous en prie, Ruth, n'allez pas endosser la culpabilité d'une faute imaginaire sous prétexte que David vous corrige – en fait, c'est lui qui parle de correction, moi je dis qu'il vous frappe sans motif, juste parce qu'il a trop bu, ou parce qu'il aime ça.

— Ah bon, dit-elle d'un ton indifférent, vous croyez que c'est ça qu'il aime – se saouler ?

Toute à la petite extase que lui procure la forêt

d'Hatfield, elle ne parvient pas à entrer vraiment dans la conversation.

— Non, fait Cussen, ce qu'il aime, c'est vous cogner dessus. Oui, voilà ce qui lui plaît, à ce salaud.

Il sort de sa veste un petit couteau à plusieurs lames, se met en devoir de sectionner une branche d'aubépine.

— Autre chose, Ruth : savez-vous que cette forêt est hantée ?

Elle sourit – un doux sourire de femme absente, rêveuse.

— Je ne crois pas à ces niaiseries.

— Moi si, dit Andy.

— Et tu as raison, fait Cussen en ébouriffant les cheveux du petit garçon. A ce qu'on raconte, le fantôme de la forêt d'Hatfield serait celui de Dick Turpin, bandit de grand chemin. Il a été pendu voici deux cent seize ans, presque jour pour jour : c'était le 7 avril 1739, un samedi comme aujourd'hui. La veille de son exécution, il s'est fait livrer dans son cachot pour cent livres d'alcools forts et de liqueurs douces. Il a tout bu, le bougre, jusqu'à la dernière goutte...

Ruth le dévisage, amusée. Il devine qu'il a enfin réussi à capter non seulement son attention, mais son intérêt. Il va bientôt pouvoir en arriver là où il le voulait quand il lui a proposé cette balade dans la forêt d'Hatfield.

— Ce n'est pas tout, reprend Cussen, il s'est aussi payé une redingote et des chaussures neuves pour faire bonne figure au bout de sa corde, et il a enrôlé cinq pleureuses auxquelles il a donné trois livres et dix shillings pour qu'elles l'accompagnent de leurs lamentations depuis son cachot jusqu'à la potence.

— Desmond, voyons, pas devant le petit ! proteste Ruth en désignant discrètement Andy qui n'en perd pas une miette.

— Mais c'est de l'Histoire, ça, dit Cussen. De l'Histoire *historique*, ma chère, pas comme votre film avec licorne.

Il lui tend la branche d'aubépine qu'il vient de couper. Comme toutes les femmes à qui on offre une fleur, Ruth l'approche de ses narines pour en respirer le parfum. Elle est un peu déçue, les fleurettes blanches, encore rares, ne sentent pas grand-chose.

— En fait, reprend Cussen, si Turpin a réussi à échapper à la police pendant des années, c'est en grande partie grâce à son habileté à manier le pistolet. Et vous, Ruth ?

— Moi… quoi ?

— Sauriez-vous tenir une arme à feu ?

— Pour quoi faire ?

— Vous défendre.

— Contre qui ?

— Contre n'importe qui – mais là n'est pas la

question. Ce que je veux savoir, c'est si vous sauriez vous servir d'une arme à feu ?

Elle incline légèrement la tête sur le côté comme font les chiens, les oiseaux, et certains chats quand ils sont attentifs – c'est exactement ça, pense Cussen, elle est devenue attentive, les choses devraient se passer comme je l'espère.

— Vous parliez de *tenir* une arme, rectifie Ruth, simplement de la *tenir*.

— La tenir, oui, dans un premier temps. Ensuite, le cas échéant, vous en servir.

Elle hausse les épaules.

— De toute façon, je n'ai pas d'arme.

— Je vous en ai apporté une, dit-il doucement.

— Fais voir, fais voir ! implore Andy en commençant à sautiller sur place.

Cussen entrouvre son veston, déboutonne son gilet, découvrant un revolver glissé dans sa ceinture. C'est un Smith & Wesson calibre .38. Sa couleur gris-noir, ses plaquettes de crosse en bois lisse et son anneau de dragonne indiquent qu'il s'agit d'une arme de la dernière guerre, peut-être celle qu'on lui avait attribuée quand il servait dans la RAF. Sans doute aurait-il dû la restituer lors de sa démobilisation, mais il n'est pas le seul à avoir voulu conserver son arme de service.

Un éclat de soleil entre les branches d'aubépine joue sur le métal mat. Ruth est sidérée. Elle n'aurait jamais imaginé que Desmond Cussen puisse posséder un pareil engin. David, oui, à la rigueur, mais pas Desmond.

Ce dernier plonge la main dans une poche, en sort six balles.

— Observez bien comment je m'y prends, dit-il.

Il dégage le barillet, met en évidence les alvéoles où il place chacune des six balles, referme le barillet, le fait tourner.

— Facile et rapide à approvisionner, n'est-ce pas ? Je vous conseille néanmoins de le garder toujours chargé. Avec sa sécurité verrouillée, bien sûr – mais n'oubliez pas de l'ôter quand vous voudrez tirer.

— Je ne tirerai jamais, murmure-t-elle.

— Bien sûr que si. Et pas plus tard que tout de suite.

Tenant l'arme par le canon, il la lui tend. Elle recule d'un pas. Il sourit, lui dit de ne pas faire l'enfant, qu'elle ne risque rien à essayer. Elle fait non de la tête. Il paraît dépité.

— Vous ne voulez vraiment pas jouer ?

— Jouer ? répète Ruth, incrédule.

— Le tir est un sport, mais on peut aussi le considérer comme un jeu. Un jeu pour grandes personnes, évidemment. Allons, prenez ce revolver et montrez-nous ce que vous savez faire.

— Mais rien du tout, proteste-t-elle, je ne saurai rien faire du tout avec ce truc ! Et d'abord, sur quoi voulez-vous que je tire ?

— Eh bien, voyons… sur cet arbre-là-bas, qu'en dites-vous ? C'est un cyprès, il me semble.

— Pourquoi voulez-vous que je blesse un pauvre arbre qui ne m'a rien fait ?

— Oh, il absorbera votre balle sans broncher – si tant est, ajoute-t-il avec un sourire gentiment moqueur, que vous réussissiez à le toucher.

— Il est beaucoup trop loin pour ça.

— Je vous l'accorde, dit Cussen. Rapprochez-vous donc. D'ailleurs, le jour où vous tirerez pour vous défendre, si ce jour vient jamais, il est probable que vous vous trouverez à quelques pas seulement de votre agresseur. Voire déjà dans ses bras.

Elle n'écoute plus ce qu'il dit. Elle a enfin saisi le revolver et se concentre sur la sensation que lui procure le fait d'avoir refermé la main sur une arme à feu. Sa première impression est que le Smith & Wesson pèse un poids excessif, qu'elle n'arrivera jamais à le maintenir braqué sur le grand cyprès. L'arme dégage en outre une odeur huileuse qui l'écœure.

— J'entends qu'on s'approche, dit Cussen. Vous feriez mieux de tirer avant que des promeneurs n'envahissent notre clairière.

Ruth ôte le cran de sûreté, relève le museau du .38, son index se pose sur la détente, elle cherche à pointer le canon juste sur le tronc du cyprès, mais l'arbre semble pris d'une sorte de danse de

Saint-Guy, il oscille de part et d'autre de l'axe du revolver.

— Je ne peux pas, dit Ruth, je n'ai pas assez de force.

— Essayez de le tenir à deux mains, suggère Cussen. On faisait comme ça, dans l'armée.

Elle suit ses directives, s'applique ; mais malgré ses efforts, le revolver ne reste stable que quelques secondes, après quoi il se remet à piquer du nez.

— Redressez-le, ordonne Cussen, ou vous allez finir par vous tirer une balle dans le pied.

Elle tend ses muscles, déplie et raidit son bras. Desmond Cussen la regarde. Il la trouve belle. Tout au moins désirable. Ce soir, il lui fera l'amour. Il aime le contraste que forment ses boucles si blondes avec l'arme si sombre.

La jeune femme effleure la détente de la pulpe de son index.

Il y a une détonation assez sèche – Ruth s'attendait à un bruit beaucoup plus puissant, qui n'en finirait pas de rouler et de résonner comme dans les films – et presque simultanément un petit choc sourd : la balle a percuté quelque chose, peut-être un arbre, peut-être même le cyprès que Desmond Cussen avait désigné pour cible, ou bien elle s'est simplement enfoncée dans le sol, là-bas, quelque part.

Ruth a poussé un petit cri, elle se frotte l'épaule droite.

— Le recul, dit Cussen. Ça surprend, n'est-ce pas ?

Un faisan surgit d'un buisson, affolé. Mais la répugnance de ces oiseaux à voler est telle qu'il préfère s'enfuir en courant sur le sol. Avec les longues plumes d'or de sa huppe et la collerette orange vif et striée de noir qui couvre son cou, on dirait un petit guerrier coiffé d'un heaume étrange et luxueux.

— Feu ! crie Desmond Cussen. C'est une cible de rêve ! Feu, bon sang, feu ! Abattez cet oiseau !...

— Tire, maman, tire ! s'égosille à son tour Andy.

Il semble que les vociférations de l'homme et de l'enfant persuadent le faisan de prendre enfin l'air. Il s'élève avec lourdeur, en battant bruyamment des ailes. Ce n'est qu'une fois en vol qu'il retrouve sa grâce, s'allonge et file comme une flèche pourpre à pointe d'or.

— Trop tard ! déplore Cussen. Pourquoi diable n'avez-vous pas tiré ?

— Parce que je l'aurais manqué, dit Ruth. Il aurait fallu que je relève le revolver, que je le pointe vers le ciel. Désolée, Desmond, cet engin est beaucoup trop lourd pour moi.

— Ne vous ai-je pas recommandé de le tenir à deux mains ?

— Une ou deux, c'est pareil. Vous savez bien

que je suis pas mal handicapée de la main gauche à cause de la maladie que j'ai eue.

— Une fièvre rhumatismale qui vous a clouée au lit pendant huit semaines, oui, vous m'avez raconté ça. Pauvre Ruth, il serait temps que vous soyez un peu heureuse, vous ne croyez pas ? Oublions le faisan, recommençons avec l'arbre. Je ne vous laisserai pas en paix tant que je ne serai pas sûr que vous savez vous défendre.

— Vous ne prétendez tout de même pas m'obliger à mettre cette arme dans mon sac à main à chaque fois que je sors ?

— Ce sera à vous d'en juger. Ce matin, par exemple, quand vous m'avez demandé de vous conduire à Hampstead, eh bien je crois que…

Il s'interrompt. Elle le dévisage avec curiosité :

— Oui ? Qu'alliez-vous dire ?

— Rien. C'est sans importance. Voyons, reprenez la position, un pied en avant, l'autre légèrement en arrière et perpendiculaire au premier, oui, c'est à peu près ça, maintenant pointez le revolver un peu plus haut que l'endroit que vous cherchez à atteindre, laissez lentement redescendre le canon de votre arme, bien dans l'axe surtout, ne vous crispez pas, ne vous raidissez pas, ne pensez qu'à votre cible – oui, *votre* cible, c'est *vous* qui l'avez choisie, c'est *vous* qui la visez, c'est *vous* qui allez la percuter, la perforer, vous devez faire de ce coup de feu une affaire personnelle.

Elle tire. Avec un bruit mat, la balle s'enfonce profondément dans le tronc du cyprès, dans le prolongement exact du canon du Smith & Wesson.

— Joli tir, apprécie Cussen.

— Un hasard, dit Ruth. Je n'y suis pour rien.

— Ça dépend, répond doucement Cussen, de ce qui vous occupait l'esprit à l'instant de tirer – voyons, à quoi ou à qui pensiez-vous ?

— A rien ni à personne. Ça s'est fait comme ça. Mais ne me demandez pas de recommencer.

La fonction d'exécuteur comporte des obligations dont la plupart relèvent d'une éthique tout ce qu'il y a de sage et naturel, ainsi qu'un nombre, par ailleurs restreint, d'interdictions si évidentes qu'il n'est même pas besoin de les formuler.

Ces règles sont tellement frappées au coin du bon sens que leur application n'a jamais fait naître en moi un quelconque sentiment de frustration.

Mon seul regret est de m'être toujours interdit de franchir la porte d'une cour de justice pour assister à un procès. Certes, aucun texte ne me le défend expressément, mais, depuis l'affaire des pendus de Hamelin, mes traits sont trop connus des personnes ayant de près ou de loin affaire à la justice. Imaginez l'état d'esprit d'un accusé qui, sachant qu'il joue sa vie, reconnaîtrait dans le prétoire le visage placide de l'homme qui va peut-être la lui ôter.

Mon assistant n'est pas tenu à une telle réserve.

Si d'aventure quelqu'un croisait son regard dans une cour de justice et se disait bon sang ! je suis sûr d'avoir déjà vu cette tête-là quelque part, nul doute que la personne en question se rappellerait seulement que Harry n'est autre qu'un des conducteurs de bus de la ligne qui relie Tottenham Court Road à Clapham Junction.

Tout ça pour dire que Harry n'aime rien tant qu'assister au procès d'un meurtrier (ou présumé tel). Je le soupçonne même de préférer une audience criminelle à une séance de cinéma avec pourtant deux grands films, un documentaire, des actualités, un *Felix the Cat* et des friandises. Je ne cherche pas à l'en dissuader, car il ne manque jamais de me raconter ensuite, avec ce sens du détail qui aurait pu faire de lui un romancier à succès s'il avait considéré qu'écrire fût un vrai métier, toutes ces histoires terribles qui, dans une odeur de bois encaustiqué, de cuir et de poudre à perruques, font de l'Old Bailey[1] le théâtre le plus vrai – je me garderai bien de dire le plus juste – de la tragédie humaine.

Harry avait suivi avec une attention toute particulière le procès de Ruth Ellis. Procès à l'issue duquel Ellis (Harry et moi évitions d'appeler les

1. Siège de la Haute Cour criminelle où sont jugés les crimes concernant le Grand Londres.

condamnés par leur prénom afin d'éviter toute tentation de familiarité) risquait fort d'échouer entre nos mains.

Or donc, tout en sirotant une bière (qu'il tenait de la main droite) et un brandy (qu'il réchauffait dans sa main gauche), Harry me rapporta qu'Ellis avait déclaré au jury avoir passé la nuit du samedi au dimanche de Pâques seule avec Andy. Malgré son envie de faire l'amour avec elle, Desmond Cussen avait dû se contenter de déposer la mère et son fils en bas de chez eux, au 44 Egerton Gardens. Il avait ouvert la portière, et Ruth était descendue de voiture sans rien faire pour l'inviter à la suivre.

Une fois dans l'appartement, elle avait mis Andy au lit, puis avalé un ou deux cachets pour dormir – ce qui explique qu'il était près de neuf heures du matin quand elle s'était enfin réveillée le lendemain.

Son premier geste avait été alors de décrocher le téléphone posé sur sa table de chevet, et d'appeler chez les Findlater où elle était convaincue que David avait passé la nuit, le visage blotti dans le cou de la Norvégienne de dix-huit ans.

Le téléphone avait sonné longuement avant que quelqu'un ne se décide à décrocher. Ruth espérait que ce serait David, mais non, ce fut Ant Findlater. Elle ne lui laissa pas le temps de parler. Serrant le combiné entre ses mains tremblantes, elle lui dit, comme si elle lui crachait à la figure :

— J'espère que vous passez de bonnes vacances de Pâques, parce que moi, vous m'avez pourri les miennes.

Ant Findlater ne répondit pas. Il raccrocha.

Ruth alla réveiller Andy, lui prépara son petit déjeuner, l'aida à se doucher et à s'habiller. Sur ces entrefaites, Desmond Cussen appela pour lui demander ce qu'elle avait programmé pour ce dimanche. Elle répondit qu'elle n'avait encore rien prévu de précis, mais que le mieux serait sans doute qu'elle consacre la journée à Andy – dans le même temps, elle se demandait comment allait sa petite Georgina, et si cet ivrogne de George Ellis allait savoir s'occuper d'elle.

— Et tu sais quoi ? fit Harry en éminçant oignon, poireau, carottes et branches de céleri (nous étions ce soir dans l'étroite cuisine du logement qu'Annabeth et lui louaient près du poste de police de Brook Green Road, la nuit était tombée, il faisait si chaud qu'une sorte de suée dégoulinait sur les fenêtres qu'on avait dû se résoudre à ouvrir malgré le bruit qui montait de la rue). Eh bien, poursuivit Harry, elle a été incapable de dire au juge ce qu'elle avait fait de tout l'après-midi. Pour elle, ce dimanche de Pâques a été comme un jour de brouillard, elle l'a traversé sans rien voir de la vraie vie. Elle suppose que Cussen l'a rejointe à Egerton Gardens et qu'ils se sont dévoués ensemble à distraire le gamin. Mais le distraire comment, ça elle l'a oublié.

— Ce n'est pas très important, Harry.

— Oh, mais si ! Comme l'a fait remarquer le juge Havers, ça en dit long sur l'état psychologique d'Ellis : son inconscient a effacé de sa mémoire cette journée avec Andy comme si elle n'avait voulu à aucun prix mêler le souvenir de son enfant à celui du crime qu'elle s'apprêtait à commettre. Pourtant, depuis le matin, depuis l'instant où Ant Findlater lui avait raccroché au nez, elle savait très exactement ce qu'elle allait faire. A ses yeux, c'était inéluctable. Seul un coup de fil de David aurait pu interrompre la marche du destin.

La marche du destin, rien que ça ! J'ai été long à découvrir où Harry allait chercher ces formules ampoulées et vieillottes dont il émaille parfois sa conversation. A présent, je sais : il les emprunte aux titres ronflants des stupides livres sentimentaux qu'Annabeth dévore en attendant qu'il rentre à la maison après avoir remisé son bus de nuit au dépôt ; ou lorsqu'il découche pour m'assister lors d'une exécution.

— Mais ce salaud, reprit-il, n'a pas donné signe de vie. Ellis a avoué que plus les heures passaient sans que David se manifeste, plus elle se confortait dans l'idée de le tuer. C'était le seul remède à la jalousie qui la rongeait, qui la faisait devenir folle.

L'idée lui a sans doute paru d'abord extravagante, puis elle a dû peu à peu l'apprivoiser, la banaliser.

« A sept heures du soir, elle savait avec certitude qu'après avoir fait dîner Andy et l'avoir couché, elle glisserait le Smith & Wesson dans son sac et ressortirait pour aller tuer David.

Ruth a bien essayé de se raisonner, de peser les conséquences de son geste.

Mais si elle peut désigner l'acte qu'elle va accomplir par l'expression la plus triviale – je vais crever un homme, le saigner, le refroidir –, elle ne parvient pas à s'en faire une image.

Elle ne se représente pas David chancelant, s'écroulant sous l'impact des balles – et d'ailleurs s'écroulant où, dans quel décor, devant quel arrière-plan ? Elle n'a pas la moindre idée de l'endroit où elle le tuera, ce peut être n'importe où, là où elle le trouvera, elle espère seulement que sa quête ne sera pas trop longue parce que le revolver pèse vraiment très lourd dans son sac, ce qui lui fait penser qu'elle fera aussi bien de l'abandonner sur place, de toute façon il est improbable qu'elle s'en serve à nouveau.

Non, elle ne voit pas David mort, son cerveau refuse de construire cette vision, tout comme il refuse d'échafauder des hypothèses sur ce qu'il adviendra d'elle après le meurtre. Tout se passe comme si l'acte qu'elle s'apprête à commettre était sans portée, sans futur.

La seule chose qu'elle anticipe clairement, c'est ce qu'elle éprouvera pendant la fraction de seconde où son index pressera la détente du Smith & Wesson : une sensation de délivrance et d'apaisement.

Il y a maintenant une demi-heure qu'Andy est couché sur son étroit lit de camp. Pendant qu'il cherche le sommeil (on l'entend se tourner et se retourner en poussant de petits soupirs de bien-être, il est content de son dimanche de Pâques, le matin il a fait la chasse aux œufs en chocolat que Ruth avait disséminés un peu partout dans l'appartement, et l'après-midi Desmond Cussen leur a offert le cinéma à sa mère et à lui, il a choisi un film de science-fiction qui a enthousiasmé Andy et laissé Ruth complètement indifférente, mais quand on y réfléchit c'était très malin, très habile de la part de Cussen, car ainsi il n'a eu aucun mal à monopoliser l'attention de Ruth pour flirter avec elle, l'embrasser, la caresser pendant toute la séance, et il ne s'est pas contenté de lui toucher les seins car Andy a reniflé une drôle d'odeur sur les doigts de Cussen quand celui-ci lui a ébouriffé les cheveux à la fin du film en lui demandant si ça lui avait plu – une douce odeur de violette, de coquillage et d'urine tiède.

— Dès que votre petit garçon dort, dit Cussen, je vous emmène. Je ne sais pas ce que vous allez faire là-bas et je ne tiens pas à le savoir, mais prenez tout le temps qu'il vous faudra. Quand vous aurez fini, rejoignez la voiture et je vous ramènerai à Egerton – est-ce que ça vous va comme ça ?

— Avant de me reconduire, ça serait bien d'aller boire un verre quelque part. Chez moi, je n'ai plus une goutte d'alcool. D'habitude, j'achète du gin pour David. Et du vin. Mais là, j'ai peur d'avoir vidé ma réserve. Trois nuits que je ne dors pas à cause de lui, alors j'ai picolé, forcément.

Il lui sourit. Lui dit qu'il a justement apporté quelque chose, une sorte d'élixir contre l'angoisse. Elle le regarde comme s'il était son ange.

— C'est non seulement efficace, ajoute-t-il, mais délicieux. Un goût d'anis, une joyeuse couleur jaune. Et puis c'est exotique, ça vient de France, du midi de la France.

Il quitte la pièce un instant, revient avec une bouteille de Pernod et deux verres. De l'eau, des glaçons, elle boit.

— Je connais. On en servait au *Little Club*. J'adorais ça, dit-elle en faisant claquer sa langue. Mais j'ai pris des tranquillisants à cause de ce que David me fait endurer, ça ne va peut-être pas faire bon ménage avec le Pernod ?

Il rit, lui prépare un deuxième verre :

— Pensez-vous ! Avec toute l'eau que je mets dedans…

Elle le croit peut-être. Ou peut-être pas. C'est qu'elle aime l'alcool, de plus en plus. Alors elle se laisse faire, elle boit le deuxième verre. Il y en aura un troisième, un quatrième, ce dernier plus noyé que les précédents : il faut qu'elle boive assez pour se désinhiber, mais pas au point de voir double et de tirer n'importe comment. Cussen l'observe donc avec attention. Elle ne vacille pas encore, mais elle quitte le centre de la pièce pour se rapprocher d'un mur contre lequel elle s'appuie. Elle est à point, estime Cussen, juste à point. Il rebouche la bouteille, l'enfouit dans la poche de son pardessus. Il s'en débarrassera dès que possible. En cas de problème, il ne faudrait pas qu'on puisse établir un lien entre l'haleine de Ruth qui sera passablement anisée et cette bouteille de Pernod dans sa poche à lui.

— Etes-vous sûre de vouloir aller là-bas ? s'enquiert-il encore une fois en démarrant le moteur de sa voiture.

Il conduit ce soir un taxi londonien qu'il a acquis récemment pour enrichir sa collection de voitures anciennes. L'Austin FX3 ne date que de 1948, ce n'est sans doute pas encore une antiquité, mais Desmond Cussen a l'intention de la laisser vieillir comme un bon vin de garde. L'habitacle dégage des arômes de tabac froid, de chien mouillé, de pneus chauds et de bière.

La place du passager avant étant remplacée par une plate-forme destinée aux bagages, Ruth doit monter à l'arrière, comme une vraie cliente :

— Allons-y, chauffeur ! se force-t-elle à plaisanter. 29 Tanza Road, Hampstead.

Cussen embraye, dégage la voiture du trottoir.

— 29 Tanza Road, répète-t-il. Vous croyez que David y sera ?

— Il y était hier.

— Hier, oui. Mais je doute qu'il passe sa vie chez son mécanicien.

— Il couche avec la femme de son mécanicien. Et avec la fille au pair de son mécanicien. J'ai téléphoné tout à l'heure, je suis tombée sur elle, la fille du Nord. Elle m'a juré que David n'était pas là, qu'il était sorti. Qu'elle ne savait pas où il était allé, ni quand il reviendrait. Elle mentait, bien sûr. D'ailleurs, sa voix tremblotait – est-ce qu'on a la voix qui tremble quand on a dix-huit ans et rien à se reprocher ? Je suppose que c'est David qui lui avait dit ce qu'elle devrait répondre au cas où j'appellerais.

D'entendre la voix de cette fille sur fond de rires et de conversations animées a été pour beaucoup dans la décision de Ruth de se rendre à Hampstead, chez les Findlater. Si quelqu'un d'autre lui avait répondu, elle serait peut-être restée à Egerton

Gardens. Mais la voix si claire et si fraîche de la jeune Norvégienne a agi sur elle comme une provocation.

— Et si on ne vous ouvre pas ?

— Oh, on m'ouvrira, ils ne se méfieront pas, je sonnerai et ils croiront que je suis une des personnes qu'ils ont conviées à leur fête. Parce qu'ils sont en train de faire la fête, Desmond, figurez-vous. Sans moi. Je n'ai pas été invitée.

Bien que le lumineux ait été déposé, des passants croient avoir affaire à un vrai taxi, et ils lèvent le bras pour héler Cussen.

— A propos, Ruth, avez-vous pris avec vous ce que je vous ai donné hier ?

— Vous croyez que j'aurais dû ?

— Vous êtes mieux placée que n'importe qui pour savoir à quel point David peut se montrer violent. Alors il me semble que vous vous sentiriez plus tranquille en ayant cette chose avec vous. Ce qui ne signifie pas pour autant que je vous encourage à vous en servir, oh ! mon Dieu, non, bien sûr que non...

— Il n'a pas quitté le fond de mon sac, dit-elle. Il n'en a pas bougé depuis que vous m'avez montré comment m'en servir.

Elle a un sourire un peu forcé, ajoute :

— S'il vous plaît, Desmond, accélérez. Je ne voudrais pas rentrer trop tard. Si Andy se réveille et qu'il s'aperçoit que je ne suis pas à la maison, il va avoir peur. Il a tout le temps besoin que je le rassure.

— Sa voiture n'est pas là, constate Cussen en passant à petite vitesse devant le 29 Tanza Road. On dirait bien qu'il est parti. Peut-être est-il en route pour Egerton. En route vers vous – ce n'est pas que cette idée me comble de joie, mais je vous sens si malheureuse…

— Je ne suis plus malheureuse, Desmond, ce stade-là est dépassé.

Ruth tripote nerveusement son sac, enfonçant ses doigts dans le cuir souple comme pour s'assurer que le Smith & Wesson est toujours à sa place.

— Vous feriez mieux de cesser de jouer avec ça, dit Cussen. Le coup pourrait partir, au risque de blesser quelqu'un.

— Ou de le tuer.

— Oui, et ça pourrait bien être moi, ajoute-t-il en devinant la forme du revolver à travers le sac et en remarquant que le canon est dirigé vers lui.

— Surtout que j'ai enlevé le cran de sûreté, dit Ruth.

— Mais c'est très imprudent, voyons !

— Vous m'avez remis cette arme pour répondre à des situations d'urgence. Eh bien, comme ça, je peux tirer tout de suite, sans me poser de questions. Je me connais, Desmond : si je me mets à réfléchir ne serait-ce qu'une poignée de secondes, je risque de perdre tous mes moyens.

Le taxi longe à présent la façade éclairée d'un pub situé dans une avenue toute proche de l'immeuble Findlater.

Concentré sur la conduite de ce véhicule qui ne lui est pas encore familier, Desmond Cussen ne remarque pas la Vanguard de son rival stationnée devant le pub. Mais Ruth l'a vue, elle. Ce pub, le *Magdala*, fait d'ailleurs partie des adresses où elle pensait avoir une chance de trouver David.

Elle demande à Cussen de s'arrêter. Celui-ci, qui ne veut surtout pas risquer d'être éventuellement identifié par un des clients du *Magdala*, n'obtempère pas tout de suite. Il laisse la voiture courir encore une cinquantaine de mètres avant de stopper. Ruth ouvre la portière, descend, contourne vers la droite comme si elle allait régler la course au chauffeur.

Elle passe son visage par la vitre baissée, se penche, ses lèvres entrouvertes cherchent celles de Cussen.

Les relents de Pernod se mêlent à la fumée des cigarettes qu'elle a allumées bout à bout et à l'odeur grasse et sucrée de son rouge à lèvres. Ça ne lui donne pas une haleine très agréable. Cussen, qui n'est jamais parti bombarder les barrages de la Ruhr sans s'être au préalable lavé les dents, gargarisé et aspergé de lavande Yardley, lui en veut un peu. Mais comme c'est peut-être la dernière fois qu'il embrasse Ruth Ellis, il ne renonce pas au baiser, il se contente de l'abréger.

— Ruth, où comptez-vous aller ? Qu'avez-vous l'intention de faire ?

Elle lui pose un doigt sur la bouche :

— Comme si vous ne le saviez pas... Mais ne vous en mêlez pas. Promettez-moi seulement de vous occuper de mon fils s'il m'arrive quelque chose ; et moi, de mon côté, je m'engage à ne jamais révéler que c'est vous qui m'avez fourni le revolver, ni que vous m'avez conduite ici ce soir. Je dirai que l'arme m'a été donnée par un client du *Little Club* qui n'avait plus que ça sur lui pour régler ses consommations, ce genre de troc s'est déjà produit plusieurs fois, et que c'est un taxi qui m'a amenée à Hampstead, ce qui n'est après tout qu'un demi-mensonge. A présent, rentrez chez vous.

— Je vous verrai demain ?

— Tout est possible, mon ami...

— Mon ami ! relève-t-il avec une pointe d'amertume. Et David, vous l'appelez comment ? Il a droit à « mon amour », lui, n'est-ce pas ?

Elle ne répond pas, s'éloigne, elle continue d'agiter doucement la main par-dessus son épaule tout en se dirigeant vers les lumières du *Magdala*.

Quand elle se retourne, le taxi de Desmond Cussen a déjà disparu dans la nuit.

Avec sa paire de hautes cheminées, l'arrondi de son flanc donnant sur South Hill Park, sa salle à manger qui s'avance comme une timonerie et le mât où flotte l'Union Jack, le *Magdala* évoque un remorqueur de la Tamise, mafflu et déterminé.

Bien qu'il y ait peu de chances que David la reconnaisse à travers les fenêtres en verre teinté, Ruth passe rapidement devant la façade du pub et va se tapir dans le renfoncement qui forme le seuil du marchand de journaux tout de suite à droite du *Magdala*.

Malgré l'air exceptionnellement tiède pour un mois d'avril et la proximité engageante du Heath d'où monte un enivrant parfum de fleurs nocturnes, la jeune femme n'aperçoit aucun promeneur. Puis un couple d'une cinquantaine d'années, Donald et Gladys Yule, apparaît à la jonction de South Hill Park et de Parliament Hill. L'homme et la femme se dirigent manifestement vers le *Magdala*, mais sans passer devant l'encoignure où s'est blottie Ruth.

Celle-ci peut entendre un renard glapir dans le lointain du parc, sans doute un mâle qui protège l'entrée du terrier au fond duquel sa femelle est sur le point de mettre bas, puis le couple venu de Parliament Hill qui se dispute gentiment au sujet des fleurs qui sentent si bon. Ce sont des lys, dit l'homme. Des tubéreuses, rétorque la femme.

Il est alors neuf heures et demie.

La porte du pub s'ouvre, laissant échapper un

brouhaha de conversations et une flaque de lumière ambrée qui s'étale sur le trottoir. David Blakely sort le premier, suivi par un ami, Clive Gunnell, qui fait partie des invités à la fête des Findlater. La porte se referme, la lumière ambrée reflue à l'intérieur du pub, avec elle s'éteignent les voix et les rires.

David et Clive colportent des bouteilles de bière et quelques paquets de cigarettes que Carole Findlater leur a demandé de rapporter.

David cherche les clés de la Vanguard. Pendant qu'il fouille dans ses poches, Clive Gunnell lui raconte une histoire drôle. David trouve enfin ses clés. Mais à cause de l'histoire de Clive et de l'excès d'alcool qu'il a ingurgité, il est secoué d'un tel fou rire qu'il est incapable de mettre la clé dans la serrure. Il a d'autant plus de mal à recouvrer son calme que Clive, impitoyable, ne cesse de lui répéter la chute de l'histoire, et à chaque fois David rit de plus belle.

Il réussit enfin, en hoquetant, à ouvrir la voiture. Clive installe ses bouteilles sur la banquette arrière. David s'apprête à y déposer les siennes.

Dans une poignée de secondes, les deux hommes seront partis.

Ruth ne peut plus différer ce qu'elle est venue faire.

Elle plonge la main dans son sac, écarte deux ou trois tubes de rouge, un poudrier, un nécessaire de rimmel, un petit vaporisateur à décor liberty, un mouchoir ourlé d'une étroite dentelle, la boîte à pilules où elle range ses tranquillisants, et ses doigts se referment sur la crosse tiède du Smith & Wesson.

Elle empoigne l'arme, se dégage du seuil du marchand de journaux.

— David ! crie-t-elle.

Juste à cet instant, David ferme la portière arrière de la Vanguard en la claquant fort. Ce qui l'empêche d'entendre Ruth. Celle-ci pointe sur lui le Smith & Wesson qu'elle tient à deux mains, et l'interpelle à nouveau :

— David !

Il se retourne. Il voit le revolver. Il pivote sur lui-même, se précipite vers Clive Gunnell comme pour chercher sa protection.

Ruth presse la détente. Le Smith & Wesson émet une sorte d'aboiement étouffé. Sous l'effet du recul, son canon se relève.

David s'est-il écarté à temps ? Ruth était-elle trop bouleversée pour assurer sa visée ? La balle passe à côté de sa cible, s'incruste dans la façade du *Magdala*.

Ruth tire à nouveau, tout de suite, avant que David puisse se faire un bouclier du corps de Clive – elle ne sait pas s'il en a l'intention, mais elle l'en croit capable, oh oui ! tout à fait capable.

Le coup part, David vacille et amorce un mouvement de fuite.

La jeune femme croit l'avoir encore manqué. Non, elle l'a bel et bien touché, mais le projectile, qui a pénétré légèrement au-dessus de la hanche gauche, s'est contenté de traverser la chair et un peu de graisse. C'est assez pour faire chanceler David, insuffisant pour l'abattre.

Comprenant qu'elle n'est pas assez rompue au maniement d'un revolver pour tirer efficacement d'aussi loin, Ruth se rapproche et fait feu une troisième fois.

La balle s'infiltre entre la neuvième et la dixième côte, perfore le poumon, traverse la cage thoracique, l'aorte, la trachée, remonte le cou et va se loger dans la partie droite du muscle lingual[1].

David s'écroule, face contre terre.

La jeune femme tire une quatrième balle. Le corps de David tressaute, s'arque, retombe.

Ruth n'a pas mis ses lunettes, alors ses yeux sont brouillés de larmes, elle n'arrive pas à voir si David est mort, ou si elle l'a seulement blessé, ou encore s'il simule pour la dissuader de continuer à faire feu. Pour être sûre de ce qu'il manigance, Ruth doit venir encore plus près de lui, tout près pour entendre s'il respire ou non.

Elle s'approche, se penche, écoute. Il râle.

1. D'après l'autopsie pratiquée par le docteur Albert Hunt, professeur de médecine légale au London Hospital Medical College.

Donc il n'est pas mort. Il est tenace. Il n'a aucune chance d'en réchapper, mais il s'accroche. Il ne faut pas. Il faut arrêter ça. Elle ne sait pas s'il souffre, elle aurait dû se renseigner sur ce qu'on ressent quand on vous tire dessus, elle croit se souvenir d'avoir lu des témoignages disant qu'on éprouvait une impression de choc énorme, de bousculade prodigieuse, mais pas vraiment de douleur ; puis venait une sensation de froid intense, un goût de cuivre et de vomi dans la bouche, la lumière déclinait, le monde bourdonnait de façon assourdissante, et les ténèbres enveloppaient tout, doucement, comme un drap noir qui tombe au ralenti.

Mais elle n'est pas sûre que ça se passe ainsi. David a peut-être horriblement mal. Il ne peut pas se plaindre parce qu'il a la bouche pleine de sang. Elle ne peut pas le laisser comme ça.

Pour la cinquième fois, elle appuie sur la détente, le canon du revolver à moins de trois centimètres du dos de David.

Il continue de râler.

Il reste un dernier projectile dans le barillet.

En s'engageant sur South Hill Park, Donald et Gladys Yule ont vu deux jeunes hommes sortir du *Magdala* et charger en riant des bouteilles de bière dans leur voiture, et puis, presque tout de suite, quelqu'un s'est mis à tirer.

Au premier coup de feu, Donald Yule n'a pas distingué clairement qui était pris pour cible, il n'a pas eu l'impression que ce pouvait être Gladys ou lui, mais il a tout de même ordonné à sa femme de se coucher par terre, ce qu'elle a refusé de faire par crainte d'abîmer sa robe. Il lui a répété bon Dieu, Gladys, à terre ou vous allez vous faire tuer ! Pendant qu'elle hésitait, la fusillade a continué. Un des deux jeunes gens gisait sur le ventre, et la personne qui l'avait abattu – une femme, petite et svelte, très blonde – marchait vers lui tout en continuant à tirer. Donald Yule n'avait pas compté le nombre de coups de feu, mais il lui semblait bien qu'à présent le revolver devait être déchargé. Il se trompait, car il y avait eu une nouvelle détonation et, presque simultanément, Gladys avait poussé un cri à la fois de surprise et de douleur. Ma main, ma main, on m'a tiré dans la main, répétait-elle d'une voix hystérique.

La sixième balle venait de la toucher à la base du pouce droit.

Cette fois, le barillet du Smith & Wesson est vide. Sans lâcher l'arme, Ruth laisse retomber son bras. Elle voit Clive Gunnell se relever prudemment de derrière la Vanguard où il s'était abrité. Il dévisage la jeune femme avec des yeux écarquillés par la stupeur.

— Clive, lui dit-elle de ce même ton posé qu'elle prend pour rassurer Andy quand il sort d'un cauchemar, je crois que vous feriez mieux d'appeler la police et une ambulance.

Clive ne répond pas. Sans la quitter du regard, adoptant une curieuse démarche en crabe, il court vers le *Magdala*.

A l'instant où il va y entrer, un homme en sort ; il se porte avec assurance au-devant de Ruth, tout en expliquant qu'il s'appelle Alan Thompson et qu'il est officier de police. Il vient de finir son service mais la nuit est si douce qu'il n'a pas eu envie de rentrer tout de suite chez lui, alors il s'est offert un ou deux verres au *Magdala*.

Ruth hoche la tête comme pour dire que le hasard fait bien les choses, et elle tend le Smith & Wesson au policier :

— Prenez ça et arrêtez-moi.

Alan Thompson sort un mouchoir pour saisir le revolver sans y appliquer ses propres empreintes. Puis il prend Ruth par un bras et l'entraîne à l'intérieur du pub.

Quelques minutes plus tard, des policiers du poste de Hampstead investissent le *Magdala*, informent Ruth qu'elle est en état d'arrestation, lui disent ses droits et l'emmènent.

A onze heures ce même soir, devant le superintendant Leonard Crawford et les inspecteurs

Davies et Gill, Ruth fait une déposition dans laquelle elle reconnaît avoir tiré sur David Blakely.

Après avoir signé, elle demande si on peut lui donner des nouvelles de David. Le superintendant Crawford lui dit que Mr. Blakely est mort durant son transfert au New End Hospital.

Le lendemain, Ruh Ellis est officiellement inculpée de meurtre et incarcérée sous le numéro 9656 à la prison pour femmes d'Holloway. Elle se montre aussi coopérative qu'on peut l'être, ne se plaint de rien, ne demande rien – si : une photo de David.

Harry repoussa les légumes qu'il avait effilés. Annabeth s'en saisit aussitôt pour les mettre à suer dans une grande cocotte où chauffait de l'huile d'olive. Le couple Harry/Annabeth fonctionnait en cuisine avec autant de célérité, de précision et d'économie dans les gestes que cet autre couple, éphémère celui-là, mais tout aussi efficace, que nous formons, Harry et moi, dans une chambre d'exécution.

Une fois le plan de travail dégagé, Harry s'attaqua au lapin. Il le désossa et le coupa en dés. Depuis que je connais Harry, j'envie son habileté à cuisiner – non seulement sa dextérité, mais le sens inné qu'il a pour marier les saveurs.

Annie et moi surveillions attentivement la progression de la recette qu'il nous concoctait, la tradition voulant en effet que nous trouvions par nous-mêmes le nom du plat dont il avait choisi de nous régaler.

— Harry, quelque chose ne va pas.

Il se figea, son couteau à la main :

— Je t'assure, Albert, que je contrôle parfaitement l'avenir culinaire de ce lapin.

Je suppose qu'il essayait d'être drôle. Harry, si digne et si austère quand il officie avec moi, a la réputation d'être un joyeux drille au volant de son bus, trouvant toujours le mot pour détendre l'atmosphère quand, avec une cargaison de Londoniens harassés, il se retrouve pris dans un encombrement inextricable. Il a déjà reçu à deux reprises le prix du conducteur le plus aimable décerné par les usagers de la ligne 35.

— Il ne s'agit pas du lapin, Harry, mais d'Ellis. L'as-tu vraiment entendue déclarer au tribunal qu'elle s'était préparée depuis le dimanche matin à tuer Blakely ?

— Eh bien, elle a dit quelque chose comme ça. Que cette idée lui avait tourné dans la tête toute la journée, oui, c'est ce qu'elle a dit – ou du moins c'est ce qu'elle a laissé entendre.

— Mais cet aveu, c'était reconnaître avoir agi avec préméditation ! Elle aurait voulu se passer elle-même la corde au cou qu'elle ne s'y serait pas prise autrement.

— Tu as raison, confirma Harry. D'ailleurs, ses avocats en sont tombés des nues. Stevenson était tellement sidéré qu'il lui a même demandé de répéter : « Je crains d'avoir mal saisi vos propos, Mrs. Ellis. Quelle pensée dites-vous avoir eue en tête ? » – « La pensée que j'avais vraiment envie de le tuer. »

J'ai regardé Harry avec incrédulité. La gaffe d'Ellis – pouvait-il s'agir d'autre chose que d'une gaffe ? – prouvait à quel point la jeune femme était simple et naïve.

N'empêche, gaffe ou pas, ce propos était suicidaire, et ça n'avait pas pu échapper à Melford Stevenson. Alors pourquoi avait-il demandé à sa cliente de bisser la déclaration la plus dangereuse qu'elle pouvait faire devant les jurés ?

Misant sur sa blondeur angélique et sa bouche en cœur (qui devaient tout au peroxyde et au rouge à lèvres, les jurés n'en étaient pas dupes), avait-il cherché à la présenter comme une enfant irresponsable ?

Mais même s'il est tentant de le croire, surtout si l'on est un homme – et sur les douze jurés appelés à juger Ruth Ellis, il y avait dix hommes et deux femmes –, toutes les jeunes tueuses ne sont pas des enfants irresponsables : Irma Grese était tout sauf une enfant irresponsable, je l'avais lu dans son regard bleu, un bleu glacé, figé, minéral, à l'instant de lui enfiler sur le visage la cagoule de lin blanc, et personne n'aurait pu me persuader du contraire, et c'est ce qui m'avait grandement aidé à la tuer malgré qu'elle n'eût que vingt-deux ans. J'espérais qu'il en serait de même de Ruth Ellis si le sort voulait que je me retrouve face à elle, les yeux dans les yeux.

Les morceaux de lapin rejoignirent les légumes, et une odeur délicieuse commença à monter de la cocotte.

— A-t-elle plaidé coupable ou non coupable ?

— Non coupable, marmonna Harry comme s'il avait honte de relayer une telle absurdité.

— Comment peut-on se prétendre non coupable quand on rumine toute la journée la mort d'un homme et que, finalement, on l'abat d'une balle…

— … de quatre balles, rectifia Harry. On a retrouvé quatre balles dans le corps de Blakely. Dont une tirée à bout portant.

— Tu veux dire en plein cœur, quelque chose comme ça ? fit Annabeth en apportant à son mari un pichet de bouillon de volaille dans lequel elle avait versé deux bonnes cuillères à soupe de vinaigre, de la gelée de groseilles et de l'estragon frais. Comme c'est romanesque, Harry ! Bien que moi, vois-tu, il me semble que je lui aurais plutôt tiré dans les couilles, puisque c'est par là qu'il avait péché.

Harry touilla énergiquement le contenu du pichet, goûta, rectifia l'assaisonnement et versa le liquide dans la cocotte.

— La sixième et dernière balle, dit-il en couvrant le récipient, a ricoché sur le pavé et blessé la main d'une passante, une certaine Gladys Yule. La dame a fait un sacré raffut, à ce qu'il paraît. Et depuis, elle ne décolère pas. A l'entendre, notre société ne peut pas laisser déambuler dans la rue des personnes aussi dangereuses qu'Ellis. Que celle-ci tue son amant, passe encore ; mais que l'excès d'émotion la rende maladroite au point d'estropier des passants innocents, voilà ce que Mrs. Yule juge intolérable dans un pays civilisé comme le nôtre. Elle a juré de tout faire pour qu'Ellis soit pendue.

Il désigna un article qu'il avait découpé dans l'*Evening Standard* et punaisé au mur. Je m'approchai pour le lire. Placé entre une réclame pour les chemises Mekay et une autre pour les systèmes d'aération Vent-Axia, le texte reprenait les déclarations de Gladys Yule implorant ses concitoyens de ne surtout pas céder à la tentation de faire de Ruth Ellis une héroïne du combat des femmes contre les hommes qui les battent : « *Je suis restée pétrifiée en la voyant tuer David Blakely de sang-froid. Les gens sont-ils bien conscients qu'en tuant Blakely c'est moi qu'elle a failli tuer, moi une passante innocente et complètement étrangère à cette affaire ? Le Royaume-Uni doit rester une nation où l'on respecte la loi, et où tout citoyen pourra continuer à vivre et à se déplacer en paix et en sécurité.* »

— Qui a jamais parlé de transformer Ellis en héroïne ? fit Annabeth.

— Les abolitionnistes, répondit Annie. Ils tiennent là une occasion rêvée de faire progresser leur cause : Ruth Ellis représente pour eux l'exemple type de la personne dont l'exécution peut être présentée comme un acte plus barbare que le crime qu'elle a commis. Pourquoi croyez-vous que malgré le fait d'avoir mis quatre projectiles, dont un tiré à bout portant, dans le corps de son amant, Ellis se soit sentie en droit de plaider non coupable ?

— Justement, s'offusqua Annabeth, j'aimerais bien le savoir !

— Parce qu'elle considère avoir agi en état de légitime défense.

— Quelle légitime défense ? Est-ce que le pauvre Blakely était armé, lui ? Est-ce qu'il la menaçait d'aucune façon ?

— C'est vrai, il ne la menaçait pas ce soir-là, mais combien de fois ne l'avait-il pas déjà martyrisée ?

— Disons tarabustée, minora Annabeth.

— Lui briser une cheville, la frapper à coups de poing jusqu'à ce qu'elle ne puisse plus rouvrir un œil pendant plusieurs jours, lui donner des coups de pied dans le ventre au point de tuer l'embryon qu'elle portait, pour toi c'est juste « tarabuster » ?

— Si c'était si grave, le juge en aurait tenu compte.

— Tout dépend de la façon dont Ruth Ellis a

présenté au tribunal les violences qu'elle a subies de la part de David Blakely, et en premier lieu sa fausse couche, dit Annie en posant sur Harry un regard interrogateur.

Ce dernier n'hésita pas :

— Elle a tout fait pour disculper Blakely. En tout cas, c'est l'impression que j'ai eue. Elle a dit qu'ils s'étaient querellés, certes, et que Blakely était devenu très brutal. Qu'il l'avait alors frappée au ventre avec ses poings – et quand elle était tombée et qu'elle s'était recroquevillée, il avait continué à lui pilonner le ventre, cette fois à coups de pied. Mais elle a ajouté qu'elle ne savait pas si sa fausse couche avait un rapport direct avec la rossée qu'il lui avait infligée…

— Qu'ont dit les experts ?

— Quels experts ?

— Eh bien, les médecins que Melford Stevenson a fait citer.

— La défense n'a appelé aucun médecin à témoigner.

— Aucun ? Comment ça, aucun ? C'est insensé ! Et pourquoi ?

— Ça, Annie, je n'en sais rien ! A part Ellis, qui les a d'ailleurs minimisées comme je viens de le dire, seul Desmond Cussen est venu à la barre évoquer les corrections que Blakely administrait à sa jeune maîtresse. Mais il n'a parlé que d'hématomes, seulement d'hématomes ; et lors du contre-interrogatoire, Ellis elle-même a bien insisté sur le fait qu'elle avait une peau qui bleuissait à la moindre chiquenaude.

— Dirais-tu que les coups que Blakely lui a donnés dans le ventre étaient de simples chiquenaudes ?

Harry reconnut que non, il n'assimilerait pas à des chiquenaudes les sévices infligés par David Blakely – ces soi-disant chiquenaudes avaient tout de même envoyé deux ou trois fois Ellis à l'hôpital, et elles avaient tué le futur enfant qu'elle portait.

— Blakely savait-il qu'elle était enceinte ?

— Oui, elle le lui avait dit. Elle pensait qu'il en serait heureux. Et c'est alors qu'il lui est tombé dessus.

— Et Stevenson n'a pas cherché à exploiter la brutalité de Blakely ?

— Non, répondit Harry. Apparemment, ça ne faisait pas partie de sa stratégie. Lui, son objectif, c'était d'obtenir que le meurtre soit requalifié en homicide involontaire afin d'éviter la condamnation à mort.

Je ne pus m'empêcher d'intervenir :

— Homicide *involontaire* ? Quel tribunal aurait pu avaler ça après qu'Ellis eut déclaré avoir passé le dimanche de Pâques à rêver qu'elle tuait Blakely ?

— Et ce n'est pas tout, dit Harry, elle en a rajouté une couche : quand le procureur lui a demandé quelle était son intention en vidant son revolver sur Blakely, elle a répondu : « Oh, il ne fait aucun doute que j'étais décidée à le tuer. »

— Et malgré cette préméditation plus qu'évidente, Stevenson s'est obstiné à plaider l'homicide involontaire ? Là, j'avoue que je ne le comprends pas. Bien que sa partie soit davantage les questions d'insolvabilité et les divorces que les procès criminels, c'est un avocat expérimenté et plutôt brillant. Alors pourquoi s'est-il enfermé dans un système de défense aussi… indéfendable ?

— Justement, Albert, me dit doucement Annie, c'est parce que cette tactique n'avait aucune chance de réussir qu'il l'a choisie. Ou plutôt, qu'on l'a obligé à la choisir.

— On l'a obligé ?….

— Mais oui. Ruth Ellis l'a obligé.

— Impossible. Il aurait fallu qu'elle soit folle : elle jouait sa vie !

— La plupart des gens jouent pour gagner, reconnut Annie. Mais on ne peut exclure que certains jouent pour perdre.

Annie est si discrète, d'habitude, si réservée. Elle n'a jamais d'avis sur rien. Sur rien d'important, je veux dire. Ou, si d'aventure elle en a un, elle le laisse longtemps mûrir dans sa tête, et elle vous le sert au moment où vous vous y attendez le moins, à l'instant de prendre place dans une des nacelles de la grande roue à la fête foraine de Leicester Square, par exemple.

Or ce soir ses yeux étaient parcourus d'autant d'étincelles qu'on apercevait d'éclairs d'orage, là-bas dans le lointain, au-dessus des Docks et de l'île des Chiens.

— Ma conviction, reprit-elle, c'est que Ruth Ellis a tout fait pour être condamnée à mort. Et qu'elle fera pareillement tout ce qu'elle peut pour ne bénéficier d'aucun recours et être exécutée.

— Si elle tenait tant que ça à se supprimer, dis-je, pourquoi n'a-t-elle pas utilisé l'arme qu'elle avait à sa disposition ?

— Personne ne l'a vue porter le revolver à sa tempe, appuya Harry.

— Qu'on n'ait rien vu ne prouve pas qu'il n'y avait rien à voir, dit Annie. Je crois qu'elle avait gardé la dernière balle pour elle. Mais pour une raison ou pour une autre, cette balle a suivi une trajectoire différente de celle prévue, et elle a fini sa course dans la main d'une passante. Alors, Ruth Ellis a jeté son dévolu sur une autre arme, beaucoup plus sûre celle-là.

— Quelle autre arme plus sûre ? demandai-je.

— Toi, Albert.

Pendant qu'Annie commençait à développer sa théorie, Annabeth avait retroussé ses manches jusqu'aux coudes pour pétrir une pâte composée de farine d'avoine, de levure, d'estragon frais, de beurre fondu et d'un peu d'eau bouillante.

Ce mélange allait-il être modelé en forme de chausson, puis garni des morceaux de lapin et des légumes qui mijotaient dans la cocotte ? Si oui, le nom de ce plat n'était-il pas « lapin blotti en son terrier sous champ d'avoine » ?

— Mais pourquoi Ellis voudrait-elle mourir ? fit Annabeth en présentant ses mains à Harry pour qu'il l'aide à se débarrasser de la gangue de farine qui les engluait. Elle a vingt-huit ans, une myriade d'hommes à ses pieds, et on prétend que c'est une jolie fille.

— Une *très* jolie fille, confirma Harry en suçotant les doigts d'Annabeth.

— Après deux mois de détention[1], elle a dû perdre beaucoup de sa splendeur, dit Annie.

— Détrompez-vous, Mrs. Pierrepoint, dit Harry (il n'avait jamais réussi à appeler Annie par son prénom, impressionné qu'il était par la réussite sociale d'une modeste vendeuse de bonbons devenue l'épouse de l'exécuteur en chef du Royaume-Uni), elle avait obtenu, par faveur exceptionnelle, que son coiffeur habituel soit autorisé à venir à la prison d'Holloway lui refaire sa décoloration juste

1. Il n'y a pas de phase d'instruction dans le système judiciaire britannique. Ce qui raccourcit considérablement le délai entre l'arrestation d'un coupable présumé et sa comparution devant un tribunal. Arrêtée le 10 avril 1955, Ruth Ellis fut jugée les 20 et 21 juin 1955.

avant le procès. Je peux vous assurer qu'elle était au mieux de sa beauté quand elle s'est assise dans son box, vêtue d'un élégant tailleur noir garni d'astrakan et d'un chemisier de soie blanche.

— J'en suis heureuse pour elle, fit Annie. Si j'avais eu la chance d'être belle, il me semble que ma vie aurait été bien différente. Oh, je t'aurais quand même épousé, s'empressa-t-elle d'ajouter en me tapotant la main, mais j'aurais pris certaines petites contrariétés avec plus de hauteur, plus de légèreté. Par exemple, lorsque j'ai découvert la vraie raison pour laquelle il t'arrivait si souvent de découcher. Je me serais sentie moins embarrassée le lendemain, en faisant le tour des commerçants – je m'attendais toujours à ce qu'on me demande si j'achetais cette bouteille de sherry ou ce pudding à l'abricot pour célébrer la réussite d'une nouvelle pendaison. Si j'avais été aussi séduisante que cette petite Ruth Ellis, je me serais cachée derrière ma beauté.

— Ellis ne s'est pas cachée derrière sa beauté, dit Harry, au contraire, elle en a fait quelque chose de… de… quel est le mot, déjà ?

— Provocateur ? proposai-je. Si c'est ça, elle a commis une autre faute impardonnable. L'effet sur les jurés a dû être désastreux.

— Et sur le public aussi, confirma Harry. A peine a-t-elle fait son entrée que les gens ont murmuré « Quelle m'as-tu-vue ! regardez-moi cette cabotine ! » Elle qui voulait tellement plaire, elle s'est mis tout le monde à dos avant même d'avoir prononcé un seul mot.

— C'est exactement ce qu'elle cherchait, affirma Annie. Devenir haïssable, inexcusable. Pour que personne n'ait de scrupule à la faire mourir.

— Il faut maintenant verser le riz dans la cocotte, dit Annabeth, le verser en l'éparpillant, et cuire encore quinze minutes à feu doux.

Le 21 juin 1955, en fin de matinée, au terme d'un jour et demi de procès, le jury se retire pour délibérer. Il revient vingt-trois minutes plus tard. Après avoir prié le président du jury de bien vouloir se lever, le greffier lui demande si les douze jurés sont arrivés à un accord, et, si oui, quel verdict ils prononcent à l'encontre de la prisonnière Ruth Ellis.

— Coupable, répond le président du jury.

— Vous l'estimez coupable, répète le greffier, et c'est votre décision unanime ?

— Oui.

— Accusée, reprend le greffier, vous êtes convaincue de meurtre. Avez-vous quelque chose à déclarer avant que ne soit prononcée contre vous la condamnation conforme à la loi ?

Ruth Ellis ne répond pas.

Le juge Havers coiffe alors la traditionnelle toque noire et dit d'une voix calme :

— Ruth Ellis, le jury vous a reconnue coupable

de meurtre. Selon moi, c'était en effet la seule conclusion possible. En conséquence, la sentence que la Cour prononce contre vous est que vous soyez conduite à la prison d'Holloway, et de là en un lieu d'exécution où vous serez pendue par le cou jusqu'à ce que mort s'ensuive, puis que votre corps soit enseveli dans l'enceinte de la prison où vous aurez été détenue jusqu'à votre exécution. Et que le Seigneur ait pitié de votre âme.

— Merci, murmure Ruth Ellis.

Le lendemain, 22 juin, les avocats de Ruth Ellis annoncent que leur cliente ne fera pas appel de sa condamnation et ne signera aucune demande d'indulgence.

L'opinion publique, qui l'avait accablée à cause de son petit air hautain, de sa blondeur trop éblouissante et de sa toilette trop arrogante, fait aussitôt volte-face : accuser Ruth Ellis de n'avoir pas respecté le *dress code* d'un procès criminel est une chose ; mais laisser l'autorité judiciaire accrocher cette jeune femme au bout d'une corde pour la faire mourir, c'en est une autre – et cette autre chose est insupportable.

Heureusement, même si Ruth ne demande pas sa grâce, la reine Elizabeth II, couronnée deux ans auparavant presque jour pour jour, peut la lui accorder de sa propre initiative, tant pour répondre aux innombrables pétitions et appels à la clémence qui circulent déjà, que par conviction personnelle.

Mais si la jeune souveraine est toute disposée à faire grâce, il n'est pas en son pouvoir de prendre cette décision de sa propre initiative : il faut qu'elle y soit invitée par le *Home Secretary*[1], en l'occurrence Gwilym Lloyd George[2].

Lloyd George affirme avoir pesé le cas de Ruth Ellis en son âme et conscience. On a du mal à le croire. Il est plus vraisemblable que sa décision de laisser la justice suivre son cours lui ait été dictée par des considérations essentiellement politiques : il est en effet l'un des membres éminents du parti conservateur qui vient de remporter les élections avec, en bonne place dans son programme, le maintien de la peine de mort.

Comment, après avoir si ardemment plaidé pour l'application rigoureuse du châtiment suprême, Lloyd George pourrait-il se déjuger ?

Il suffirait, bien sûr, qu'il fasse passer la vie d'une jeune femme avant de basses considérations de politique politicienne. Mais Gwilym Loyd George, qui doit bientôt être élevé à la pairie avec le titre de vicomte Tenby, ne prendra pas ce risque...

1. Equivalent britannique de notre ministre de l'Intérieur.
2. Fils de David Lloyd George, Premier ministre (1916-1922).

Dès lors, la reine Elizabeth, même si elle ne partage pas le point de vue de son ministre, ne peut que se taire et faire semblant de ne rien entendre de l'énorme tapage médiatique qui se déchaîne et secoue jusqu'aux grilles de Buckingham Palace pour que soit épargnée la vie de Ruth Ellis.

Le docteur May Doris Charity Taylor (1914-1998) est une femme exceptionnelle.

Après quelques années passées comme assistante médicale puis comme médecin titulaire de la prison pour femmes d'Holloway, elle a été nommée gouverneur de ce pénitencier. Elle est la première femme du Royaume-Uni à se voir confier la direction d'un établissement carcéral – et l'un des plus importants. Et elle n'a que trente ans.

Energique et patiente, jamais découragée, jamais lassée, elle a une conception plutôt audacieuse, et pas seulement pour son époque, de ce que devrait être la détention : pour elle, le sens de la prison est moins de punir que de réformer, et moins de réformer que de relever.

Quand Ruth Ellis intègre la cellule des condamnés à mort, il ne lui reste plus que vingt et un jours à vivre. C'est assez dire qu'elle n'aura pas le temps de profiter des profonds changements apportés par Charity Taylor à la vie des détenues d'Holloway. Mais elle va comprendre pourquoi le docteur Taylor n'a gardé de ses prénoms que le troisième, Charity, un prénom qui la porte autant qu'elle le porte.

Comme Ruth se plaint de mal dormir à cause de la gêne occasionnée par la lampe qui, règlement oblige, doit demeurer éclairée vingt-quatre heures sur vingt-quatre, Charity Taylor fait fabriquer par une gardienne une sorte d'abat-jour en carton. Ainsi Ruth peut-elle fermer les yeux sans qu'un excès de lumière l'empêche de trouver le sommeil.

Autre largesse du docteur Taylor, là encore contraire au règlement qui régit dans leurs moindres détails les ultimes faits et gestes d'une condamnée à mort : Ruth est autorisée à confectionner de mignonnes et joyeuses petites poupées grâce à des matériaux que lui apporte sa mère à chacune de ses visites.

Et voici encore une occasion de rappeler la mémoire, la belle mémoire, du docteur Charity Taylor : elle se garde bien de se montrer tatillonne quant au nombre et à la stricte légitimité des visiteurs qui demandent à voir la prisonnière 9656.

Il y a d'abord sa famille qui se presse autour d'elle, une famille plutôt digne emmenée par ses parents, Arthur (pantalons aux plis impeccables, ça se remarque même sur les photos pourtant pas forcément très nettes du *Sunday Dispatch*, du *People* ou du *Daily Sketch*) et Bertha (vêtue d'un tailleur austère, très sombre, la bouche réduite à un trait mince et désolé, un bouquet de fleurs dans les bras, on dirait qu'elle se rend déjà aux obsèques de sa fille). Suivent sa sœur Muriel et sa sœur Betty, ainsi que ses frères Granville et Julian.

Et des amis bouleversés, beaucoup d'amis, des filles du *Little Club*, du *Coach and Horses*, du *Carroll's* ou du *Camera Club*, boudinées dans des tailleurs noirs ou marron, tailleurs étriqués des années de guerre, puant l'antimite, seules tenues appropriées (pensent les filles) pour aller dire adieu à Ruth. Jusqu'à ce crapaud de Morris Conley qui a gesticulé – en vain – pour obtenir un permis de visite.

Sans oublier les avocats qui semblent à présent sidérés d'avoir perdu la partie (même si Ruth voulait mourir, ils n'ont pas vraiment pris les moyens de lui sauver la vie – et c'est un euphémisme ; c'est pourtant l'usage, dans la société des hommes, de saisir à bras le corps, malgré ses cris et ses ruades, le désespéré qui s'apprête à se jeter dans le vide) ; et les voilà qui regimbent, et qui se scandalisent, et qui refusent de baisser les bras, qui jurent que tant qu'il y a de la vie, il y a de l'espoir – comme ils m'embêtent, tous ! murmure Ruth Ellis.

Ni Andy ni Georgina ne verront leur mère en prison. A Andy, on racontera que sa maman est partie en Italie poser pour des photos de mode sous le soleil de Naples. En espérant qu'il ne découvre pas trop tôt la vérité. Il la découvrira pourtant. Elle le blessera à mort.

Un des derniers gestes de compassion du gouverneur d'Holloway sera de porter elle-même à sa pensionnaire l'annonce que le *Home Secretary* a officiellement et définitivement refusé de commuer sa peine. D'après plusieurs témoignages, Ruth aurait eu alors un instant de panique et crié qu'elle ne voulait pas mourir. Puis elle se serait effondrée sur son lit. Penchée sur elle, Charity Taylor lui aurait doucement caressé les cheveux jusqu'à ce qu'elle retrouve son calme.

Ruth porte maintenant la blouse bleue réglementaire (une fois de plus Charity Taylor ferme les yeux et lui permet de revêtir, à l'occasion de certaines visites plus solennelles que d'autres, une jupe grise et un pull), la blondeur de ses cheveux s'est éteinte, leurs mèches savamment ondulées se sont aplaties, lissées toutes seules, alors Ruth a renoncé aux accroche-cœurs et s'est fait une queue-de-cheval, ça la rajeunit, même qu'elle a parfois l'air d'une adolescente disent ses surveillantes, elle a pris un peu de poids et ça lui va bien, elle se nourrissait n'importe comment, elle était décidément trop maigre – eh bien, c'est peut-être le comble de l'absurde, mais elle n'a jamais été aussi jolie qu'à l'instant de disparaître.

Malgré l'abat-jour en carton, malgré les sédatifs, elle dort mal. Elle profite de ses insomnies pour répondre à son courrier, remercier tous ces anonymes qui lui disent qu'ils prient pour elle, qu'elle va s'en sortir, ils en sont sûrs, ils ont vu des signes, des hirondelles dont les chassés-croisés dessinaient dans le ciel des mantras bénéfiques, et, au fond des tasses, des feuilles de thé dont l'agencement prédisait d'excellentes nouvelles.

Elle a peur, mais elle se domine. Elle ne pleure qu'une seule fois : en regardant une photo du cadavre de David, photo qu'on ne voulait pas la laisser voir, mais elle a insisté, tellement insisté – et à présent elle sanglote sans pouvoir s'arrêter.

Vingt-quatre heures avant la date fixée pour son exécution, elle reçoit Victor Mishcon, un avocat qu'elle a engagé à la place de ceux qui l'ont si mal défendue lors de son procès.

Ruth n'attend pas de Mishcon qu'il la sauve, mais qu'il l'aide à régler sa succession, qu'il veille sur les intérêts d'Andy et de Georgina, et qu'il s'assure que ses dernières volontés seront respectées. Elle le charge notamment d'obtenir dans des délais raisonnables que son corps, après avoir été mis en terre dans l'enceinte d'Holloway comme l'exige la loi, soit exhumé et remis à ses proches (ses parents, ses enfants) qui décideront d'un lieu d'inhumation moins déshonorant que l'enclos d'une prison. Elle ne l'a pas expressément demandé, mais il est évident qu'elle souhaite être enterrée dans le même cimetière que David.

Mais à dire vrai, la dépouille de Ruth Ellis n'intéresse guère l'avocat : ce qu'il veut, lui, c'est sauver la femme vivante.

Il est persuadé que s'il disposait d'un élément nouveau, il pourrait obliger Lloyd George à revenir sur sa décision. Il supplie Ruth de chercher dans son souvenir : le soir du meurtre, n'y a-t-il pas un détail qu'elle aurait oublié de mentionner, qui lui aurait échappé sur le moment, toute déboussolée qu'elle devait être après avoir absorbé un mélange de tranquillisants et de Pernod ?

— Lors du procès, dit-elle, j'ai raconté tout ce dont je me souvenais. Absolument tout. Je n'ai rien à ajouter.

Pourtant, rien qu'à la voir humecter ses lèvres comme on lubrifie un outil juste avant de s'en servir, et prendre sa respiration comme si elle avait besoin de remplir ses poumons pour parler d'une seule traite et longuement, Mischcon a l'intuition que Ruth lui cache quelque chose.

— Que vous ne vouliez pas m'aider à vous sauver la vie, ça vous regarde. Mais songez à vos enfants.

— Rassurez-vous, Mr. Mischcon, j'ai pris des dispositions les concernant. Nous allons d'ailleurs les revoir ensemble, si vous le voulez bien. Oh, ils ne manqueront de rien. Ni d'amour – moi, vous savez, j'ai été une mère plutôt absente –, ni de quoi assurer leur avenir.

— Et la vérité, Mrs. Ellis ? Vous ne croyez pas que vous leur devez *aussi* la vérité ?

— La vérité, c'est que j'ai tiré sur David et que je l'ai tué. Il n'y a pas à sortir de là.

Elle marque un temps, détourne son regard et ajoute :

— Et quelle importance si j'ai menti ?

Victor Mishcon pousse un couinement, il se penche en avant, s'allonge presque sur la table qui le sépare de Ruth, il secoue la tête comme font les grands lézards, sa voix s'étrangle :

— Quoi ? Vous avez menti ? *Quand* avez-vous menti ? *A qui* avez-vous menti ? *Sur quoi* avez-vous menti ?

Elle hésite, puis :

— A propos du revolver. C'est Desmond Cussen qui me l'a donné, le revolver. Et qui m'a montré comment m'en servir. Un après-midi dans la forêt d'Hatfield. C'est également lui qui m'a conduite à Hampstead, au *Magdala*.

L'avocat la dévisage, sidéré.

— Pourquoi ne pas l'avoir dit à la Cour ? Vous ne comprenez donc pas que cela fait de lui un complice, peut-être même l'instigateur du meurtre ? Sans que cela vous innocente, votre culpabilité est partagée. Donc diminuée, considérablement diminuée.

— C'est précisément pourquoi j'ai menti : je ne voulais pas que Desmond ait des ennuis. Il a toujours été si gentil avec moi. Mais à présent, peu importe que je parle ou non, n'est-ce pas ? Vous n'avez plus assez de temps pour tenter quoi que ce soit, et c'est très bien comme ça.

— Maintenant que je sais la vérité, que je connais le rôle plus qu'ambigu que Cussen a joué dans cette histoire, je dois en faire part à la justice. C'est mon devoir, Mrs. Ellis. Je ne suis pas certain que cela suffira à sauver votre vie, mais nous obtiendrons au moins un sursis et...

Elle l'interrompt doucement :

— Ne vous souciez pas de ma vie, Mr. Mishcon. Faites simplement ce que vous pensez être le mieux pour mes enfants. Rien d'autre n'a d'importance, non, plus rien d'autre.

Ses enfants, bien sûr. Pour Victor Mishcon, ils n'ont été qu'un appât. Auquel elle a mordu. Heureux stratagème grâce auquel elle vivra peut-être. Quelle grandeur, quelquefois, dans le métier d'avocat...

Il est douze heures trente. Il rectifie mentalement : il n'est *que* douze heures trente, il reste encore vingt et une heures avant l'exécution.

Tout est encore possible.

Sans ménager sa peine, Victor Mishcon entame une tournée de toutes les personnes influentes de l'entourage du *Home Secretary* susceptibles de faire revenir celui-ci sur sa décision, ou au moins de lui arracher le sursis.

Mais à deux heures du matin, dans la nuit du 12 au 13, une note rédigée par un haut fonctionnaire du ministère de l'Intérieur (qui ne la signe « courageusement » que de ses initiales) sonne le glas des espoirs de Mishcon : la dernière déposition faite par la prisonnière, dit la note, déposition que n'étaye aucun autre témoignage que le sien propre, n'apporte rien de nouveau par rapport à ce que le ministre savait déjà de cette affaire quand il a décidé de laisser la justice suivre son cours. Et en guise de conclusion, la note laisse entendre que la contradiction flagrante entre les premiers aveux passés par Ruth Ellis et sa déposition de dernière minute est édifiante : elle montre que la condamnée se préoccupe moins de servir la vérité que de sauver sa peau.

Victor Mishcon n'a plus qu'à rentrer chez lui. Sur sa route, il croise des centaines de Londoniens qui convergent vers Holloway.

Il était un peu moins de quatre heures de l'après-midi quand Harry et moi nous présentâmes à la poterne de la prison d'Holloway. Trois jours auparavant, j'avais reçu du sheriff de Londres notification d'avoir à procéder, au matin du mercredi 13 juillet 1955, à une pendaison pour laquelle je toucherais la somme habituelle de quinze livres, plus le remboursement de mes frais de voyage.

Par une curieuse coïncidence, j'avais reçu le même jour une lettre anonyme accompagnée de quatre-vingt-dix livres en petites coupures qui me seraient définitivement acquises si je trouvais un moyen quelconque pour éviter de pendre Ruth Ellis ; au cas où je ne pourrais pas empêcher la pendaison d'avoir lieu, j'étais invité à reverser les quatre-vingt-dix livres à une œuvre de charité de mon choix.

Ce que je m'empressai de faire, sans même me poser la question de savoir si j'avais une quelconque possibilité d'empêcher l'inéluctable de se produire.

Il faisait très beau, en cette veille d'exécution, et Harry et moi étions d'accord pour penser que ce temps se maintiendrait le lendemain.

Si les conditions climatiques ne pouvaient influencer d'aucune façon une pendaison qui se déroulait dans un lieu clos, elles pouvaient peser sur le comportement des dizaines de milliers d'individus (et sans doute beaucoup plus, car les pétitions affluaient du monde entier) qui se sentaient concernés par la mort de Ruth Ellis.

Un temps de chien aurait certainement dissuadé la populace de se rassembler sous les murs d'Holloway. Mais les journaux et la radio ayant annoncé une journée estivale comme Londres n'en avait pas connu depuis longtemps, une foule considérable s'était massée aux abords de la prison. Les gens avaient pris la précaution d'apporter des couvertures et des Thermos de thé chaud au cas où les premières heures du jour eussent été fraîches ; mais à cinq heures trente du matin, heure à laquelle un musicien des rues jouant une transcription pour violon d'une cantate funèbre de Bach m'avait tiré du sommeil, la température extérieure atteignait déjà dix-sept degrés.

Plus tard, quand il nous fut possible d'échanger quelques mots autres que les phrases convenues qui se bourdonnent dans les cortèges accompagnant les condamnés à l'échafaud, le docteur

Charity Taylor m'apprit que Ruth s'était réveillée à peu près à la même heure que moi.

A travers les barreaux de sa fenêtre, elle avait vu le soleil monter dans le ciel, et elle avait décidé de l'admirer aussi longtemps qu'elle le pourrait.

Puis ce fut au tour d'Evelyn Galilee, la surveillante désignée pour assister Ruth ce matin-là, et qui avait somnolé près d'elle sur un lit de camp, d'ouvrir les yeux à son tour. Les deux femmes se souhaitèrent spontanément le bonjour. Evelyn Galilee n'aurait jamais imaginé qu'un mot aussi bienveillant que bonjour pourrait lui paraître si cruellement provocateur.

— Voyons, dit-elle en s'ébrouant, avez-vous réfléchi à ce que vous alliez porter ce matin ?

— Chemise claire et jupe noire, répondit Ruth.

— Très bien, approuva la surveillante. Et si vous le souhaitez, vous pourrez vous maquiller légèrement, le docteur Taylor m'a confirmé qu'elle le permettait.

— C'est une très délicate attention de sa part. Si je suis trop angoissée tout à l'heure pour songer à le faire moi-même, voulez-vous la remercier de ma part, pour cela et pour toute la bienveillance qu'elle m'a témoignée pendant mon passage à Holloway ?

— Je n'y manquerai pas, promit Evelyn Galilee. Eh bien, je suppose que votre petit déjeuner ne va plus tarder, à présent, ajouta-t-elle d'un ton qu'elle s'efforçait de rendre aussi naturel que possible.

Ruth mangea un œuf brouillé, but une tasse de thé et fuma une cigarette – comme ses mains tremblaient un peu, la surveillante dut l'aider à l'allumer.

Puis elle écrivit une courte lettre, la dernière lettre de sa vie, à Leo Simmons, un clerc d'avocat qui avait fait partie de l'équipe de ses défenseurs. Simmons ne l'avait jamais lâchée, la veille encore il lui avait rendu visite – brièvement, car il était trop bouleversé pour s'attarder.

> « *Cher Mr. Simmons,*
>
> *C'est juste pour que vous sachiez que je me sens toujours très bien. Il est sept heures du matin, le personnel ici à Holloway est tout simplement merveilleux. Je tenais à vous le dire afin que vous consoliez ma famille en lui donnant l'assurance que mon état d'esprit est resté le même jusqu'au tout dernier moment.*
>
> *Voilà, Mr. Simmons, je vous ai dit la vérité, c'est tout ce que je peux faire.*
>
> *Encore une fois merci.*
>
> *Adieu.* »

Au fur et à mesure que le soleil devenait plus éblouissant, la porte de la cellule n'arrêtait plus de s'ouvrir. Ruth s'efforçait d'adresser un sourire à chaque nouvel arrivant.

Ce furent d'abord le chapelain et le gouverneur adjoint. Ils s'assirent à la table où Ruth venait de prendre son petit déjeuner. Ils furent bientôt rejoints par une religieuse qui travaillait à Holloway comme infirmière. Après avoir limé les deux extrémités d'une ampoule, la religieuse en versa le contenu dans un verre d'eau et tendit celui-ci à Ruth.

— Qu'est-ce que c'est ?

— Juste un petit calmant.

— Non merci, dit Ruth en repoussant le verre. Est-ce que j'ai l'air d'avoir besoin d'être calmée ?

— Je vous assure que…

— Je n'en veux pas, coupa Ruth. C'est gentil à vous, mais c'est non.

La religieuse prit un air désolé et sortit. Ruth tendit ses lunettes au gouverneur adjoint :

— Tenez, je crois que je n'en aurai plus besoin.

Elle s'agenouilla et commença à prier. Mais il lui fut difficile de se recueillir à cause du vacarme qui montait de la rue : l'épaisseur des murailles ne suffisait pas à étouffer les cris de la foule, ni surtout le formidable concert d'avertisseurs que des milliers d'automobilistes londoniens déclenchaient pour protester contre l'exécution.

Un monstrueux encombrement commença

d'étouffer le quartier, notamment entre Seven Sisters Road et Torriano Avenue, sur le secteur englobant la prison, où, malgré les renforts de police, la circulation fut complètement paralysée.

— Que se passe-t-il donc là-dehors ? chuchota Ruth.

Hésitant sur la réponse à donner (devait-il dire la vérité ou inventer n'importe quelle fable ?), le chapelain se tourna vers le gouverneur adjoint. Celui-ci haussa les épaules : il n'avait pas à commenter ce qui se passait hors les murs de la prison. Laissé à lui-même, le chapelain choisit la vérité :

— Il semble que ce soit un rassemblement de soutien en votre faveur, Mrs. Ellis. Ces gens espèrent…

— … une grâce de dernière minute ? l'interrompit Ruth. Ça n'arrivera pas, révérend. Et si ça arrivait, je la refuserais. J'ai écrit à la mère de David pour lui demander pardon – ça, je sais bien que c'est à peu près impossible –, mais aussi pour lui dire que j'espérais vraiment que ma mort compenserait un peu le mal que je lui ai fait. Pauvre femme ! je lui ai brisé le cœur, vous savez.

Elle écouta encore une fois la rumeur de la rue, comme un ressac où roulaient des lamentations, des slogans, des insultes, des supplications, et au-dessus de quoi, sur un rythme de tambour, on scandait son prénom, Ruth, Ruth, Ruth…

— Décidément, dit-elle, où que j'aille je mets du désordre.

La porte de la cellule s'ouvrit à nouveau. Ruth se releva vivement, pensant que c'était peut-être l'exécuteur. Elle voulait l'accueillir debout, lui montrer qu'elle serait ferme. Mais ce n'était qu'un gardien qui lui apportait un verre de brandy.

Le chapelain fit signe à Ruth qu'elle pouvait le boire si elle le désirait. Et donc elle éleva le verre, le porta à ses lèvres, but lentement, jusqu'à la dernière goutte.

Je reverrai toujours le visage d'Harry quand il m'a dit :

— Tu es sûr que tu es prêt, Albert ?

Je n'ai pas répondu tout de suite, dérouté par sa question. Bien sûr que j'étais prêt, et Harry le savait mieux que personne, lui qui m'avait assisté tout le temps que je procédais aux vérifications minutieuses du matériel, sangle pour les poignets, sangle pour les chevilles, cagoule en lin blanc, que je m'assurais que rien ne risquait de gêner l'ouverture de la trappe, que je recalculais inlassablement la juste longueur à donner à la corde.

Harry dut deviner mon trouble car il précisa sa question :

— Je sais bien que tout est paré. Avec toi, aucun risque qu'on oublie quelque chose. Mais ce que je voulais dire, c'est : est-ce que toi, Albert, tu te sens vraiment prêt ?

— Et pourquoi ne le serais-je pas ?

— Parce qu'il s'agit d'exécuter une femme. Sans doute plus victime que coupable – bon, je dis ça parce que j'ai assisté au procès, mais tu n'es pas obligé de me croire.

— C'est surtout que je n'ai pas à en tenir compte, Harry. A propos, tu as les ongles un peu longs, prends garde de ne pas lui griffer les jambes quand tu saisiras ses chevilles.

— Pour sûr que je ne la brusquerai pas, promit Harry. Je serai aussi doux que possible. Normal, elle est toute jeune, plutôt jolie. Enfin, selon mon goût.

— Selon le mien aussi, Harry, selon le mien aussi. Je l'ai longuement observée, hier après-midi, à travers l'œilleton de sa cellule.

— Je sais, j'étais à côté de toi. Ta nuque était en sueur. Bon Dieu, ça te coulait dans le cou, même que…

Je l'interrompis sèchement – plus tard, Harry prétendit que le terme qui convenait au ton que j'avais employé n'était pas « sèchement » mais « nerveusement » :

— Harry, il reste combien de temps ? Pourquoi est-ce qu'on n'entend pas la grande horloge ?

— Charity Taylor a craint que le carillon n'augmente l'anxiété d'Ellis. Le côté inéluctable de la chose, comprends-tu ? Alors, elle a donné l'ordre de faire taire l'horloge. Celle-ci recommencera à sonner à dix heures, quand tout sera fini.

Harry fouilla dans la poche droite de son pantalon, en sortit sa montre-bracelet. Il ne la portait jamais au poignet lorsqu'il devait m'assister pour une exécution, car il craignait que son remontoir, qui était assez proéminent, ne s'accroche aux sangles qu'il devait serrer autour des chevilles du condamné. C'est à ce genre de détail que je peux dire qu'Harry sera un jour un grand exécuteur, peut-être le plus grand exécuteur qu'aura jamais connu le Royaume-Uni.

— Neuf minutes, dit-il. Tu n'es pas tranquille ?

— Si, Harry, je suis tranquille.

— Essuie ta nuque, tu recommences à être en sueur.

— Nous sommes en été, pas vrai ? L'été me fait toujours cet effet-là.

— Oui, dit Harry qui n'en pensait pas un mot, oui, bien sûr.

Même quand les journaux ont accolé ce titre à mon nom, je n'ai jamais vraiment eu le sentiment d'être un justicier. Un instrument de la justice, ça oui, peut-être. Mais ce matin, je ne me sentais même plus être cet instrument, cet outil nécessaire. J'avais pour la première fois l'impression d'être un tueur.

Ce que Ruth Ellis m'avait inspiré depuis le

premier jour où j'avais su qu'elle finirait sa vie dans mes bras – enfin, peut-être pas exactement dans mes bras, mais presque –, je préfère ne pas le dire. Harry le sait, lui, et ça suffit bien.

— Et maintenant, Harry, il reste combien de temps ?

— Quatre minutes, Albert.

A neuf heures moins vingt-sept secondes, Harry et moi entrâmes dans la cellule. Je vis Harry enfoncer une main dans la poche de son pantalon pour déclencher la grande trotteuse de sa montre.

Ruth se leva si précipitamment qu'elle renversa sa chaise.

— Tout va bien, jeune fille, tout va bien !

Pourquoi l'ai-je appelée jeune fille ? Et pourquoi en usant d'un mot écossais – *lass* au lieu de *young girl* ? Pourquoi fait-on des choses étranges, et pourquoi ne sait-on pas pourquoi on les fait ?

Je l'ai rassurée – l'ai-je assez rassurée, Harry, toi qui as tout vu ?

Je lui ai dit de se rasseoir, et je suis discrètement passé derrière elle pour attacher ses poignets avec une sangle. Je possède plusieurs jeux de sangles, j'avais choisi pour elle une sangle en cuir de veau, le cuir le plus moelleux. Pour l'attacher, j'ai dû lui prendre les mains. Elles étaient froides, elles vibraient, elles étaient douces.

Pendant ce temps, un gardien avait ôté le grand

panneau vert dissimulant la porte qui faisait communiquer la cellule avec la chambre d'exécution contiguë. On ne parle jamais de cette porte aux condamnés. On fait comme si elle n'existait tout simplement pas.

Un regard de Ruth m'a pourtant fait comprendre qu'elle avait toujours su, elle, ce qu'il y avait derrière.

— Suivez-moi, lui ai-je dit.

Elle s'est mise debout. Elle n'a pas vacillé. Elle aurait pu trébucher sans que ce soit un signe de faiblesse. Il n'est jamais commode de se mouvoir avec les mains liées dans le dos. Mais Ruth Ellis avait beaucoup dansé, beaucoup posé, elle savait plier son joli corps aux postures les plus insolites.

J'ai marché vers la porte. Ruth derrière moi, encadrée par deux gardiens. Puis Harry. Et les autres.

Dehors, au soleil, le concert des avertisseurs atteignait son paroxysme, devenait assourdissant ; des milliers de voitures noires hurlaient à la mort.

Dans l'encadrement de la porte, à la verticale de la trappe, parfaitement immobile, il y avait la corde.

Les gardiens qui escortaient Ruth la dirigèrent jusqu'à la trappe et la placèrent sur la marque en forme de T que j'avais dessinée à la craie.

Harry s'accroupit pour attacher les chevilles de la jeune femme.

Je tirai la cagoule blanche de la poche poitrine de ma veste. J'aurais voulu pouvoir la lui enfiler sans effleurer son visage, car je supposais que mon contact devait la révulser, mais c'était évidemment impossible. Et puis, comprenez-moi, il fallait bien que j'aplatisse un peu la masse de ses cheveux blonds afin que la cagoule puisse glisser, descendre jusqu'à son menton. Pour ça, je dus faire un geste qui, dans d'autres circonstances, aurait pu passer pour une caresse.

C'est alors qu'elle m'a regardé droit dans les yeux et qu'elle m'a fait un sourire. Un petit sourire fragile, certes, mais un vrai.

Je me suis dépêché de cacher ce sourire sous le lin blanc.

Je ne sais pas s'il s'est effacé, ou si elle l'avait encore aux lèvres en mourant.

Ensuite, j'ai placé le nœud coulant autour de son cou, et j'ai retiré la goupille de sécurité qui bloquait le levier commandant la trappe. J'ai actionné ce levier de toutes mes forces, ou plutôt de toute ma volonté, et en même temps j'ai poussé tout au fond de moi un terrible cri silencieux, et la trappe s'est ouverte.

J'ai baissé les yeux, j'ai regardé par l'ouverture béante le corps de Ruth Ellis arrivé au terme de sa chute. La jeune femme était parfaitement immobile, sans même un balancement, et pourtant il me semblait qu'elle n'en finissait pas de tomber, comme les jeunes filles du consul des Etats-Unis à Naples, Jane et Elizabeth Du Bois, qui, d'un avion semblable à celui qui m'avait conduit à Hamelin, s'étaient précipitées dans le vide pour rejoindre leurs fiancés morts.

— Dix-sept secondes depuis l'instant où tu t'es glissé derrière elle pour attacher ses mains, m'a soufflé Harry en consultant sa montre. Ça n'est pas ton record, mais c'est plus qu'honorable.

J'ai démissionné l'année suivante. Harry a pris ma succession.

Chaufour – La Roche
Septembre 2010 – Janvier 2013

SUITE(S) ET FIN(S)

Des années plus tard, quand Holloway entreprit un vaste programme de reconstruction, les corps des femmes exécutées et enterrées dans l'enceinte de la prison furent exhumés. La dépouille de Ruth Ellis fut rendue à son fils Andy. Celui-ci fut autorisé à ensevelir sa mère à Amersham (Buckinghamshire). Afin de préserver son anonymat, la pierre tombale porte le nom de Ruth Hornby (Hornby étant le vrai nom de son père) et les deux dates 1926 – 1955.

David Blakely repose dans le cimetière attenant à l'église de Penn, à quelques kilomètres de là.

Crédité de 435 exécutions (dont 17 femmes et 200 criminels de guerre), Albert Pierrepoint s'éteignit paisiblement à l'âge de quatre-vingt-sept ans, le jour même du trente-septième anniversaire de la pendaison de Ruth Ellis.

Bertha, la mère de Ruth, qui avait plusieurs fois frôlé la dépression nerveuse, devint gravement psychotique peu de temps après le décès de sa fille. Elle finit sa vie internée dans un hôpital psychiatrique.

Georgina Ellis avait trois ans lorsque Ruth fut exécutée. Elle devint une fille ravissante – trop, peut-être. A l'exemple de sa mère, sa vie sentimentale fut plutôt agitée. Elle mourut d'un cancer à l'âge de cinquante ans.

Andy, le fils que Ruth avait eu avec un soldat canadien, passa son enfance ballotté entre sa mère (et ses nombreux amants), sa tante Muriel (qui lui servit un temps de mère de substitution), et sa grand-mère Bertha dont la fragilité psychique n'était pas pour aider Andy à trouver son équilibre. Définitivement instable, il ne réussit jamais à rompre avec son enfance et plongea dans la schizophrénie.

Par une journée caniculaire du mois d'août 1982, il se suicida en absorbant un cocktail de drogues et d'alcool.

Ses obsèques furent payées par Christmas Humphrey, le procureur qui avait requis contre Ruth Ellis.

Et il est à noter que chaque année, à Noël, sir Cecil Havers, le juge qui avait présidé le procès, envoyait à Andy une certaine somme d'argent.

Desmond Cussen, l'homme qui avait armé le bras de Ruth Ellis (bien qu'il l'ait toujours nié), quitta l'Angleterre en 1964 pour émigrer en Australie. Après s'être essayé dans diverses entreprises toutes couronnées par des échecs, et après être tombé amoureux d'une femme qui était rapidement décédée des suites d'un cancer, Desmond Cussen devint alcoolique à un degré extrême, au point de distiller lui-même, dans sa salle de bains, l'alcool dont il ne pouvait se passer. Répétant sans le vouloir la façon dont était morte Ruth, il se brisa accidentellement le cou et quitta ce monde le 8 mai 1991.

Quant à George Ellis, lui aussi connut un destin tragique : poursuivi pour ivrognerie et troubles à l'ordre public, il se réfugia à Jersey, dans les îles anglo-normandes. Le samedi 2 août 1958, dans l'incapacité de régler sa note d'hôtel (qui n'était pourtant que de 37 livres), il se donna la mort en s'étranglant avec une corde.

Muriel Jakubait, la sœur de Ruth, est à présent âgée de soixante-dix-sept ans. Elle se bat avec un courage admirable pour défendre la mémoire de Ruth. Elle cherche notamment à obtenir de la justice britannique que l'accusation de meurtre avec préméditation portée contre Ruth soit requalifiée en homicide involontaire.

L'*Emperor*, la voiture sur laquelle David Blakely fondait tant d'espoirs, est exposée au Westridge Museum dans l'île de Wight.

La mort de Ruth Ellis contribua grandement à ce que le Royaume-Uni remette en question la peine de mort. Dix ans après l'exécution inique de la jeune femme, la peine capitale fut suspendue en Grande-Bretagne. Et quatre ans plus tard, elle fut définitivement abolie.

Sources bibliographiques

Bien que *La Pendue de Londres* soit un roman et le revendique absolument, les ouvrages suivants ont très largement contribué à mon approche, à ma connaissance, à mon assimilation de l'affaire Ruth Ellis :

Ruth Ellis, par Victoria Blake (The National Archives, 2008)

Ruth Ellis, my Mother – Memoirs of a Murderer's Daughter, par Georgie Ellis et Rod Taylor (Smith Gryphon Ltd., 1996)

Ruth Ellis, a Case of Diminished Responsability ? par Laurence Marks et Tony Van Der Bergh (Macdonald and James Publishers, 1977 ; Penguin Books, 1990)

The Trial of Ruth Ellis, par Goodman et Pringle (David and Charles, 1974)

Ruth Ellis : The Last Woman to be Hanged, par Robert Hancock (Orion, 2000)

Executioner Pierrepoint : An Autobiography, par Albert Pierrepoint (Harrap, 1974 ; Eric Dolby, 2005)

A Very English Hangman : The Life and Times of Albert Pierrepoint, par Leonora Klein (Corvo, 2006)

A Fine Day For a Hanging : The Rull Ellis Story, par Carol Ann Lee (Mainstream Publishing, 2012)

Les films *Yield to the Night* de J. Lee Thompson (1956) et *Dance with a Stranger* de Mike Newell (1985)

Et, bien sûr, la presse britannique et française de l'époque.

Composé par Nord Compo Multimédia

Cet ouvrage a été achevé d'imprimer
sur Roto-Page
par l'Imprimerie Floch à Mayenne
pour le compte des Éditions Grasset
en avril 2013

N° d'édition : 17707 – N° d'impression : 84726
Dépôt légal : mai 2013

Imprimé en France